KB267831

# 외공 & 내공

Fantastic Oriental Heroes

**7**

# 외공&내공 7

김민수 新무협 판타지 소설

초판 1쇄 찍은 날 § 2002년 7월 10일
초판 1쇄 펴낸 날 § 2002년 7월 20일

지은이 § 김민수
펴낸이 § 서경석

편집장 § 문혜영
편집책임 § 박영주
편집 § 장상수 · 김희정 · 권민정 · 이종민
마케팅 § 정필 · 강양원 · 김규진 · 안진원

펴낸곳 § 도서출판 청어람
등록번호 § 제1081-1-89호
등록일자 § 1999. 5. 31
어람번호 § 제2-0112호

주소 § 경기도 부천시 원미구 심곡1동 350-1 남성B/D 3F (우) 420-011
전화 § 032-656-4452  팩스 § 032-656-4453
http://www.chungeoram.com
e-mail § eoram99@chollian.net

ⓒ 김민수, 2001

값 7,500원

ISBN 89-5505-157-3 (SET)
ISBN 89-5505-412-2 04810

김민수 新무협 판타지 소설

# 외공 & 내공

Fantastic Oriental Heroes

# 7

## 제2부 풍운지의(風雲至意)

도서출판 청어람

소운 : 스물셋. 무림맹이 마도련에게 밀려서 괴멸될 위기에 처했을 때 혜성처럼 나타나 무림맹을 위기에서 구해낸다. 현재는 강호 유람 중. 검을 주로 쓰며 바람을 일으키는 검법을 사용해 강호인들 사이에서 선풍검객이라 불리우고 있다.

강명 : 스물다섯. 혈루라는 살수 집단의 소루주. 무림맹 비룡단의 비룡사수 중 일 인. 현재는 무림맹에서 쫓겨나 행방이 불분명하다. 피를 보면 살인마로 돌변한다는 천살성을 타고남.

마진 : 스물넷. 강명과는 한 사형제지간으로 키가 작다는 것에 상당히 민감한 반응을 일으킨다. 언제나 즐거운 마음으로 지내려는 인물. 때문에 비룡단 내에서도 웃기는 놈이라고 소문이 자자하다. 현재는 비룡단원으로 활동하고 있다.

금초 : 스물하나. 강명 사형제들 중의 막내로 귀여움받았으나 어느새 어엿한 청년으로 성장해 버렸다. 무공에 관한 열정이 뛰어나고 정의감이 투철하다. 마진과 함께 비룡단원으로 있다.

모용신지 : 스물셋. 강호 제일의 미남 공자, 천하제일가의 둘째 공자라는 수식어가 따라붙는 뭇 강호 여인들의 선망의 대상. 스물셋의 나이에 이미 검에 대한 모든 것을 통달했다고 알려졌다. 현재는 비룡단의 부대주로서 맹활약 중.

한풍아 : 스물하나. 풍림곡주가 애지중지하는 손자로 내공에 관해서 만큼은 둘째가라면 서러워할 정도다. 쉴 새 없이 퍼붓는 연환장이 주특기. 하지만 강한 내공만큼 마음이 모질지 못하다. 언제나 누나인 쌍아에게 붙들려 다닌다. 현재 비룡단원 활동 중.

고연진 : 스물넷. 그녀는 무림맹주의 딸이지만 무림맹에 있지 않고 강호 제일의 현자인 신기자의 제자가 되는 길을 택했다. 일견하기에는 얼음장같이 차가운 듯 보이나 마음 한구석에는 따스함을 간직하고 있는 여인. 현재 선부령에서 신기자를 모시고 있다.

한쌍아 : 스물하나. 풍아와 나이는 같지만 쌍둥이 누나이다. 당찬 성격에 무공에 관한 욕심 또한 남다르다. 풍아보다도 심후한 내공에 권법까지 상당한 경지에 이르렀다. 현재 비룡단에서 뭇 남성들에게 경의의 대상으로 여겨지고 있다.

모용수린 : 스물둘. 신기자도 놀라게 만들었다는 총명한 여인. 평소 남자는 거들떠보지도 않았는데 누군가를 만나고 나서부터는 생각이 바뀌어 버렸다. 마도련이 무림맹을 공격해 들어왔을 때 최소한의 전력만으로 마도련을 막아내려 했던 여인. 현재는 천하제일가라 불리우는 본가에서 휴양 중이다.

천향혜 : 스물셋. 강명 사형제들 중의 홍일점. 이 년 전 마도련의 공격으로 아버지 천조삼을 여읜 뒤에 비룡단에서 임무 수행에만 전력투구하고 있다. 그녀의 사형제들은 그녀가 예전의 활기 찬 성격으로 돌아오길 바라고 있다.

사도련 : 스물넷. 마도련의 소련주 신분에서 이제는 아무것도 아닌 신세로 변해 버린 여인. 무림맹과의 충돌로 와해된 마도련을 재건하기 위해 새로이 사검련을 창설하고 고군분투하고 있다.

신기자 : 강호상의 전설적인 인물. 그가 모르는 것은 이 세상에 존재하지 않는다고 전해진다. 소운에게 많은 도움을 준 노인. 현재 선부령에 기거하고 있다.

목검자 : 전진파의 도장으로 검선의 경지에 다다랐다고 전해진다. 소운의 사부이며 무림맹에서 기재들을 가르치는 일을 하고 있다.

고수천 : 무림맹주. 불 같은 성격으로 강호인들을 호령하려고 했으나 무림맹의 위기로 인해 그 위세가 줄어들었다. 현재는 과거의 오명을 벗기 위해 무림맹 재건에 발벗고 나서고 있다.

그 외의 인물들 : 무림맹의 태상장로 현명 대사, 부맹주 인정 신니, 무림맹 흑룡당주 섬전각 이명각, 전설의 거마들인 흑백쌍마, 한천번마, 소수마녀, 사도련의 부하들이며 비룡단의 맞수인 반룡각의 아홉 명의 기재들, 서장의 주인 게둔과 그를 보필하는 좌황 타후치, 소리세가의 여리지만 강한 가주 백금향과 삼인의 소월영, 비룡단주 유운상, 안정성의 거부 금 대야, 화산사룡, 청룡단주 모용신기, 그리고 앞으로 등장할 수많은 인물들.

# 제56장
## 어둠은 서둘러 찾아오지 않는다

찌르르… 찌르르…….

풀벌레의 울음소리가 한 마리 두 마리씩 그 기세를 더해갔다. 이곳은 아름드리 나무를 사이에 두고 자그마하게 지어져 있는 오두막이었다. 그리고 이 안에는 고상한 성품을 가지고 있을 것만 같은 흰 수염의 노인이 책자를 한 장씩 넘겨보고 있었다. 풀벌레의 울음소리가 점점 커지는 것과는 반대로 노인의 책장 넘기는 소리는 잔잔하고 평화롭게 방 안에 울려 퍼졌다.

방 안에는 책을 넘기는 소리와 풀벌레 소리밖에는 들리지 않았다. 이 두 개의 소리는 기묘한 어울림을 이루며 아무 소리도 들리지 않는 것보다 더욱 조용하게 느껴졌다. 얼마의 시간이 흐른 뒤 노인의 입에서 방 안의 정적을 깨는 목소리가 들려왔다.

"허허. 그놈들, 책을 못 읽게 하는구나."

노인은 창밖을 바라보며 낮은 목소리로 중얼거렸다. 노인에게는 풀벌레의 울음소리가 귀에 거슬리는 것만 같았다.

스르륵.

노인은 책을 덮으며 몸을 한껏 뒤로 젖혔다.

"하아암… 정 그렇다면 어쩔 수 없지."

노인은 의자를 살짝 뒤로 빼며 자리에서 일어났다. 그리고 몸을 돌리며 말했다.

"날 데려가려고 왔는가?"

노인 혼자만이 존재한다고 생각되었던 방 안에 어느샌가 다른 사람이 들어와 있었다. 방금 전에 노인이 했던 말은 풀벌레를 보며 한 소리가 아니었던 것이다.

노인의 뒤에서 호흡 소리조차 내지 않고 있는 이가 천천히 고개를 끄덕였다. 노인은 어쩔 수 없다는 듯이 고개를 끄덕였다.

"그나저나 대단하군. 미리진을 뚫고 오다니 말이야. 잠시만 기다려주게. 내 제자에게 남길 말이 있거든."

노인의 말에 낯선 침입자가 천천히 팔을 들어 손가락 세 개를 펴 들었다.

"후후, 단 세 글자만 허용하겠다는 말인가? 잘 배웠구면. 많게도 적게도 아닌 딱 적당할 만큼이니까."

노인은 책상의 옆에 놓여진 붓을 들어 그가 읽고 있던 책의 겉면에 글자를 적기 시작했다. 그가 적은 글자는 '묘인동(苗人洞)' 이란 글자였다.

"이제……."

노인의 말이 끝나기도 전에 침입자의 몸이 움직였다. 침입자는 노인의 허리를 휘감으며 창밖으로 달려나갔다. 참으로 전광석화같이 빠른 동작이었다.

찌르르… 찌르르…….

아무도 없는 방 안에는 풀벌레 소리만이 울려 퍼졌다.

"사부님."

갑자기 방문을 두드리는 소리가 들려왔다. 하나, 이미 방 안에는 아무도 없었다.

노인을 찾는 목소리의 주인공은 방 안에서 인기척이 들리지 않자 조금 이상함을 느꼈다.

"사부님, 연단의 약을 다 다려놓았습니다."

방 안에서 되돌아온 것은 묵묵부답이었다.

"사부님……?"

콰앙.

바깥에 있던 이가 갑자기 문을 확 하고 열어젖혔다. 순간 풀벌레의 소리가 뚝 하고 멎어버렸다.

방 안으로 들어온 사람은 스물을 갓 넘긴 듯이 보이는 아리따운 여인이었다. 여인은 사방으로 고개를 돌려 노인을 찾았지만 방 안에서는 아무런 흔적도 발견할 수가 없었다.

"어찌 된 일이지?"

여인은 활짝 열려져 있는 창을 바라보며 당황한 표정을 지었다. 그녀의 사부는 아무 말도 없이 사라질 분이 아닌 것이다. 그것도 자신에게 약을 다리라는 일을 부탁한 상태에서 말이다.

여인의 시선에 어지럽게 흩어져 있는 붓들과 먹물이 채 마르지 않은 글자가 적혀 있는 책 한 권이 눈에 들어왔다.

　무림맹과 마도련의 충돌로 황폐화된 무림은 이 년이 흐른 지금 조금씩 활기를 되찾아가고 있었다. 정도의 각 문파들은 충돌로 인해 희생된 자파 제자들의 뒤를 이을 새로운 인재를 육성하는 것에 전력을 다했다. 또한 무림맹과의 연계성도 높여서 오 년마다 한 번씩 뽑아왔던 비룡단원들을 이 년마다 한 번씩 뽑는 것으로 그 시기를 앞당겼다. 그것은 각 파의 수장들이 자신의 제자들의 실력을 증진시키는 데 더욱 총력을 기울이는 계기가 됐다.

　무림맹의 승천관에 들어가기만 한다면 기라성 같은 고수들에 의해 자신의 파에서 보낸 기재들의 무공이 급상승하기 때문이었다. 그렇게 되면 자파의 발전이 앞당겨질 것은 불 보듯 뻔한 것이고 말이다. 이미 비룡단원들은 강호에서 중추적인 역할을 담당하는 신진 세력으로 분류되고 있었다.

　비룡단원이 아니면 후기지수를 논하지 말라.

　이것이 강호에 새로이 떠도는 말이 될 정도였다.

　무림맹에서 마도련을 상대하기 위해 만들었던 청룡, 주작, 현무단은 이미 그 역할을 끝마치고 해체된 상태였지만 비룡단만은 그 역할이 더욱 가중되었다. 마도련이라는 구심점을 잃은 흑도의 수많은 문파들이 서로 세력을 키우며 호시탐탐 기회를 엿보고 있기 때문이었다. 그 가운데에 사방에서 날뛰는 사파인들을 막아서기 위해 무림맹에서는 비룡단원들을 전력 투입할 수밖에 없었다.

　원래 비룡단원의 임무가 무림맹에 쏟아지는 강호의 크고 작은 문제들을 해결하는 것이었지만 당금에는 그 역할을 넘어서 완전한 해결사로서 무림을 안정시키는 일을 도맡아 하고 있는 실정이었다. 때문에 강호에서 비룡단 하면 대다수의 사람들이 정도의 새로운 기둥으로 인식할 정도가 되었다.

한편, 마도련주의 실종으로 인해 뿔뿔이 흩어진 마도련의 잔존 세력들은 마도련주의 딸인 사도련을 중심으로 다시 한 번 모여들기 시작했다. 사도련은 사검각에서 이름을 따 새로이 사검련을 창설하고 재건의 깃발을 휘날렸다. 하지만 사파인들은 사도련의 움직임에 냉랭한 시선을 던질 뿐이었다. 흑도는 현재 사분오열되어서 서로의 눈치만 보고 있는 상황이었다. 소규모의 싸움은 곳곳에서 일어나고 있었지만 굵직굵직한 충돌은 모두들 피하고 있었다.

흑도가 서로의 세력을 가다듬으며 커다란 충돌을 일으키지 않자 무림맹과 정도의 문파들은 평온한 상태에 접어든 듯했다. 적어도… 이 사건이 발생하기 전까지는 말이다.

**고수라 추앙받던 사람들의 실종!**

이것은 정말 크나큰 사건이었다. 제일 처음 검선이라 불리우던 목검자가 사라진 것을 시작으로 무당의 장로 적송 도장, 소림의 전대 장문인인 현종 대사, 종남의 태상호법 초상인, 아미의 성녀 인화 보살, 청성의 괴협 두령 도장, 당문의 최고령 장로 당백문, 남궁세가 가주의 형이며 검에 미친 검광이었던 남궁창협까지 고수들의 실종은 날이 갈수록 더해갔다. 게다가 천하제일가의 전대 가주였던 모용격이 이 년 전 무림맹과 마도련의 충돌이 있은 직후 실종되었다는 것까지 밝혀져 강호인들 사이에서 놀라움이 더해지고 있었다.

도대체 그 많은 고수들이 어디로 사라졌단 말인가? 강호인들은 감쪽

같이 사라진 그들의 종적을 도저히 찾아낼 수가 없었다. 때문에 정도의 모든 문파에는 비상이 걸렸다. 혼란한 시기를 틈타 기회를 엿보고 있는 사파인들이 날뛰고 다니는 상황이 벌어졌기 때문이다. 이 사건으로 인해 비룡단원들은 이래저래 전 무림을 정신없이 돌아다녀야 했다.

# 제57장
## 그들은 왜 이 자리에 모였는가?

"남궁 형, 소문 들었소?"

"무슨 소문 말인가?"

"철기방에서 이번 형산행에 동참할 사람을 뽑는 이유가 비룡단원들의 이목을 끌어 모으기 위함이란 소문이 돌고 있소."

"후후, 그게 말이 될 법한 소린가? 철기방이 아무리 거대한 흑도 문파라고 해도 무림맹에 비하면 보잘것없는 사파 집단에 지나지 않아. 철기방이 흑도 전체를 통일하지 않고서야 무림맹에 도발을 거는 일 따위를 할 리가 없지 않은가?"

"그건 맞는 말이오."

"그리고 우리가 그렇게 쉽게 철기방의 함정에 빠질 사람들도 아니고 말이야."

두 명의 청년은 탁자 옆에 마주 보고 앉아서 의미심장한 미소를 주고받았다.

"남궁 형, 그렇다면……."

"쉬잇! 그자들이 오고 있네."

두 청년이 앉아 있는 곳은 커다란 객잔의 한쪽 구석 자리였다. 그리고 이 청년들의 주위에는 무림인들로 보이는 많은 사람들이 저마다 의자를 하나씩 차지하고서 앉아 있었다.

"흠흠, 많이들 모인 것 같군."

객잔 안으로 중년인 한 명이 들어왔다. 중년인의 뒤쪽으로는 적갈색의 무복을 입은 십여 명의 무사들이 따라 들어왔다. 십여 명의 무사들은 중년인의 뒤편에서 일사불란하게 시립했다.

중년인은 객잔 안의 무림인들을 날카로운 눈초리로 훑어본 뒤에 말했다.

"난 철기방의 화대주(火隊主) 우기랑이다. 우리 철기방에선 이번 형산행에 사활을 걸고 있다. 그렇기 때문에 무엇보다도 여러분들의 도움을 필요로 하고 있다. 보수는 약속한 대로 오백 냥이지만 우리의 물건이 형산에 무사히 당도한다면 추가로 오백 냥이 더 지급된다."

우기랑의 목소리는 거칠고 탁했다. 하지만 이 안에 있는 무림인들에게 그러한 목소리는 문제가 되지 않았다. 오히려 그 목소리 안에 담겨 있는 천 냥이라는 어마어마한 돈의 액수는 감미롭기까지 했다.

탁자에 앉아 있는 두 청년 중 한 명이 말했다.

"후우, 꽤 많은걸? 우리도 이참에 임무 때려치우고 저들이나 돕는 게 어떤가?"

"농담 마시오, 남궁 형."

우기랑의 얼굴은 이목구비가 굵직굵직하게 생긴 남자다운 모습이었다. 체격 또한 우람해서 섣불리 다가갈 수 없는 위엄을 풍기고 있었다. 때문에 그를 유심히 관찰하고 있는 두 청년들은 혹시나 그와 눈이 마주칠까 조심하고 있는 상태였다.

"철기방에서 이러한 보수를 지급하는 것은 그만큼 이 일이 중요하기 때문이다. 그렇기 때문에 이 안에서 신분이 확실치 않은 자들은 형산행에 동참할 수 없음을 유념해 두기 바란다."

우기랑의 말에 중앙 쪽에 앉아 있던 험상궂게 생긴 무림인이 반발했다.

"우리 같은 낭인에게 제대로 된 신분이 어디 있단 말이오? 낭인들은 그냥 가란 말입니까?"

우기랑은 그자의 말에 빙긋이 미소를 지었다.

"당신 같은 사람들은 오히려 신분이 확실한 편이지. 적어도 돈만 준다면 배신하지 않는 자들이니까. 우리가 걱정하는 것은."

우기랑의 눈빛이 칼을 곤두세운 듯이 날카롭게 변했다.

"가슴속에 비수를 품고 이 자리에 숨어 있는 쥐새끼들이지."

우기랑의 말에 가장자리에 있던 두 청년이 움찔했다. 워낙에 많은 사람들이 밀집되어 있던 터라 우기랑은 그 변화를 눈치 채지 못했다.

"저… 저기… 질문이 있는데요?"

무림인들 틈에서 천천히 위로 들어 올려지는 한 손이 있었다.

우기랑은 사람들 가운데서 멋쩍은 듯이 손을 들어 올리는 한 청년을 바라보았다. 이십 대 초반으로 보이는 청년이었는데 영준하기는 하지만 도시의 귀공자 같은 모습이 아닌 한적한 시골의 순박한 청년 같아 보이는 모습이었다. 우기랑은 저런 청년이 험악한 낭인들 틈에 앉아 있는 것을 보고 조금은 의아한 생각이 들었다.

청년은 우기랑의 눈초리가 자신에게 집중되자 얼굴을 붉혔다.

"정말 형산까지만 같이 가주면 천 냥이나 되는 거금을 주는 건가요?"

우기랑은 고개를 끄덕였다.

"그렇다. 하지만 그만한 실력이 동반되어야겠지."

우기랑은 못 미더운 눈초리로 청년의 모습을 살폈다. 어디를 보아도 강력한 무공을 익혔다는 흔적은 보이지 않았다. 단지 허리춤에 덜렁거리는 장검 하나만 차고 있을 뿐이었다. 검을 차고 있다고 전부 검사는 아니듯이 청년 역시 검이 있다고 해서 고수라고 단정 지을 수는 없었다.

우기랑의 눈이 객잔 안을 두루 살피기 시작했다. 우기랑의 눈에 구석에 앉아 있는 두 청년의 모습이 들어왔다.

"좋아, 마침 잘됐군. 저기 저쪽에 앉아 있는 청년을 이긴다면 자네를 인정해 주지."

질문을 던졌던 청년은 고개를 돌려 구석에 위치한 두 명의 청년을 바라보았다. 두 명의 청년은 난데없는 우기랑의 발언에 어리둥절한 표정을 지었다.

—남궁 형! 어떡하죠?

—어떡하긴! 계획대로 하는 거야. 난 광주 삼기방의 셋째 무한일이고 자넨 초룡방의 소방주 염기력이야.

"저 사람들과 싸우란 말씀인가요?"

청년이 묻자 우기랑이 대답했다.

"자네의 실력을 보이란 소리야. 같은 나이 또래인 저 둘 중에 한 명만 상대하면 충분할 것일세."

구석에 있던 두 청년 중에 조금 어려 보이는 청년이 일어서며 말했다.

"나 염기력은 저런 애송이와 손을 섞고 싶지 않소."

염기력이라고 이름을 밝힌 청년의 말에 우기랑이 놀란 듯한 표정을 지었다.

"호오, 자네가 초룡방의 염 공자란 말인가?"

"그렇소."

"평소 자네의 위명은 익히 들어 알고 있네만… 어떤가? 저 불쌍한 청년을 위해 한 번만 실력을 보여주는 것이. 자네가 나서지 않겠다면 저 청년은 쫓겨나게 된다네."

"흥!"

염기력은 코웃음을 치며 자리에 앉았다. 염기력이 자리에 앉자 순박한 얼굴의 청년이 안도의 한숨을 내쉬었다.

"오호… 그렇다면 염 공자, 자네가 이 청년을 이긴다면 특별히 보수 오백 냥을 더 얹어주지."

염기력은 우기랑의 말을 듣고서 조금 안색이 변했다.

'어쩌지? 되도록이면 무공이 탄로나지 않게 숨기려 했건만… 오백 냥을 더 준다는데 반응하지 않는다면 염기력이 아니겠지?'

"흐음, 정 그렇다면 어쩔 수 없지."

염기력은 못 이기는 척 자리에서 일어났다.

'할 수 없다. 척 보기에도 한 방에 나가떨어질 것 같은 자니까 최대한 신속하게 끝낼 수밖에.'

염기력은 자리에 앉아 있는 그의 동료를 바라보며 눈빛을 주고받았다.

─남궁 형, 설령 일이 잘못되더라도 남궁 형만은 남아야 하오.

앉아 있던 청년은 살짝 고개를 끄덕였다.

"좋아. 자네도 저 초룡방의 소방주를 이긴다면 보수 오백 냥을 더 주겠네."

우기랑은 불안한 표정으로 서 있는 순박한 얼굴의 청년을 바라보며 웃음 지었다.

'떨거지들은 일찌감치 보내 버리는 것이 낫지. 그리고 정체가 의심되는 자들도.'

안에 있던 사람들이 모두 무림인들인지라 장내는 순식간에 정리가 되었다. 탁자가 옆으로 치워지고 객잔의 한가운데에 널찍한 공간이 생겨났다. 순박한 얼굴의 청년 곁으로 염기력이 다가왔다.

"초룡방의 염기력이라 하오."

염기력은 입가에 살짝 비웃음을 띠는 것을 잊어버리지 않았다. 순박한 얼굴의 청년은 당황한 목소리로 말했다.

"전 소… 운이라고 합니다."

순간 염기력과 함께 앉아 있었던 다른 청년의 안색이 급격하게 변했다.

'소운이라고? 설마……?'

소운이라는 청년은 염기력이 검을 빼 들자 어쩔 수 없다는 듯이 자신의 검을 빼 들었다.

반짝.

소운이 검을 빼 들자 염기력을 비롯하여 안에 있던 대다수의 무림인들이 깜짝 놀랐다. 허름한 옷을 입고 있는 청년이었는데 검만은 순백색의 영롱한 빛을 발하는 보검이었던 것이다. 특히나 이 싸움을 주관한 우기랑의 표정 변화는 더욱 심했다.

'저런 어벙하게 생긴 놈이 보검을 지니고 있다니… 설마 멋도 모르고 여기에 지원한 촌놈이 아니란 말인가?'

우기랑은 그의 머리 속을 굴려서 요즘에 저런 특징을 가지고 있는 젊은 고수가 있었는지 생각해 보았다. 소운과 맞상대를 하고 있는 염기력도 상당히 놀란 듯했다. 자신의 검은 평범한 청강 장검인데 저렇게 날카로워 보이는 보검과 맞부딪친다면 순식간에 댕강 잘라져 버릴 것 같았다.

염기력은 혹시나 하여 말했다.

"병기의 날카로움으로 이득을 보려면 미리 말을 하시오. 본인이 지닌 검은 이것 하나뿐인지라 행여나 날이 상하게 된다면 큰일이오."

염기력의 말에 소운은 어리둥절한 표정을 지었다.

"날카로움이오?"

염기력은 이 말을 한 다음 우기랑의 반응을 살폈다. 우기랑은 저 청년의 검을 보고 생각에 잠겨 있는 듯했다.

안에 있던 이들은 저마다 저런 보검을 상대하려면 적어도 상대방보다 두세 배 이상의 무공이 필요할 것이라 생각하고 있었다. 그리고 저 보검을 상대해야만 하는 염기력을 측은한 눈길로 쳐다보기 시작했다.

"아아… 이 검 말이군요."

소운은 모두의 시선이 검으로 향해 있음을 확인하자 괜히 검을 빼 들었다고 생각했다. 뭐 그전에 우기랑에게 괜히 질문을 했다고 후회하고 있었지만 말이다. 소운은 갑자기 탁자의 한 켠에 놓여져 있는 나무 젓가락을 집어 들었다.

“잘 보세요.”

소운은 왼손으로 나무젓가락을 잡은 뒤에 오른손에 들려진 검을 나무젓가락을 향해 내려쳤다.

뿌지직.

“으응?”

충돌음이 조금 특이했다. 볼품없는 나무젓가락과 날카로운 검이 부딪쳤는데 둔탁한 음이 들려왔다. 나무젓가락은 검에 잘리지 않고 검의 무게에 짓눌려 부러져 버렸다.

“이럴 수가!”

“겉만 번지르르 하잖아!”

주변에 있던 무림인들이 소운의 검을 보고 한소리씩 해댔다. 보기에는 보검이었는데 실제로는 나무젓가락 하나 자르지 못하는 검이었던 것이다.

염기력은 생각했다.

‘뭐야, 이자는?’

우기량은 오늘 정말 많이 놀란다는 듯이 고개를 저으며 말했다.

“어서 공격하게나, 염 공자.”

염기력은 검을 하단으로 내리깐 뒤에 소운을 정면으로 바라보았다. 부러진 젓가락과 검을 들고서 어색한 표정을 짓고 있는 소운은 마치 바람 앞의 등불 같아 보였다. 휙 하고 불면 언제 꺼질지 모르는 자그마한 불빛 말이다.

‘단번에!’

염기력의 신형이 신속하게 거리를 좁혀가며 소운을 향해 돌진해 들어갔다. 극히 짧은 시간의 공격이었다. 멍하게 염기력이 다가오는 것을 쳐다보고 있는 소운으로서는 도저히 막아내지 못할 공격 같아 보였다. 그런데 그 순간 소운의 검이 느릿하게 염기력을 향해 움직였다. 너무도 느려서 그 검이 공격을 하기 위한 시도라는 생각은 도저히 할 수 없을 정도였다. 염기력은 달려가던 기세를 이용해 소운의 가슴을 향해 검을 내리그었다.

퍼억!

"우우윽!"

"이런……."

"어라?"

당연히 염기력의 공격에 무너질 것이라고 생각했던 소운이 버젓이 서 있는 것이 아닌가? 주위에 있던 무림인들은 놀람에 찬 신음성을 터뜨렸다. 염기력은 배를 감싸 안은 채 바닥을 데굴데굴 구르고 있었다.

멀쩡한 소운의 모습도 놀라운데다가, 어떻게 쓰러졌는지도 모르는 염기력이 바닥에 뒹굴고 있는 모습은 장내의 사람들에게 경악을 안겨다 주었다. 소운은 두 눈을 동그랗게 뜨고 바닥에서 고통스런 표정을 짓고 있는 염기력에게 다가갔다.

"괜찮아요?"

소운의 얼굴엔 미안함이 가득했다.

우기랑은 그런 소운을 보며 눈가에 색다른 빛을 띠었다.

'마지막 순간에 저자의 검은 빛살보다도 빨리 움직였다. 나조차도 제대로 보지 못했어. 으음… 저자는 더 두고 봐야겠군. 어쩌면 이번 형산행에서 중요한 변수가 될지도…….'

"크으윽……."

염기력은 쓰러져 있는 자신이 믿기지가 않았다.

‘분명 내가 월등히 빨랐는데……’

방심했다고는 하지만 이건 있을 수 없는 일이었다.

“자자, 그만하면 실력을 대충 알았네. 염 공자는 아쉽게도 오백 냥의 상여금은 받지 못하게 됐어.”

우기랑은 소운을 보며 말했다.

“자네가 남아 있겠다면 오백 냥이 아니라 천 냥을 더 얹어주겠네.”

소운은 우기랑의 눈을 바라보았다. 이때만큼은 우기랑도 더 이상 소운을 순박한 시골 청년이라고 이야기할 수 없을 정도였다. 소운의 눈빛이 더할 나위 없이 깨끗하고 안정되어 있었기 때문이다.

“처음에 주겠다고 약속하신 보수면 만족합니다.”

“후후, 그럼 그렇게 하지.”

우기랑은 객잔 안에 있는 전체 군웅들을 향해 말했다.

“내 뒤에 있는 무사들에게 각자의 이름과 활동 내역을 말해 주게. 그리고 나서 간단한 무공에 관한 시험을 통과하면 오백 냥을 지급해 주겠네. 시험이 끝난 이틀 뒤 이곳에서 형산을 향해 출발하게 되네.”

우기랑의 목소리는 객잔 안에 울려 퍼졌다.


장강의 아래쪽 화남 지방의 중심지라 불리우는 광주에는 예전부터 밤을 지배하는 문파가 하나 있었다. 흑도의 삼대문파 중 하나로 방주인 철마악(鐵馬岳)의 이름을 따 철기방(鐵騎幇)이라 불리우는 문파였다. 이 문파는 광주성을 비롯해서 강서성의 대부분 지역까지 세력을 넓혀 두고 있는 거대 문파였다.

이곳은 광주에 똬리를 틀고 있는 철기방의 보호를 받고 있는 한 객잔의 안이었다. 이미 날은 저물어 석양이 지고 있었고 바깥에 지나다니는 이들조차 뜸해졌다.

"그러니까 소 형제는 현재 강호를 유람하고 계신다는 말이오?"

한 청년의 물음에 조금은 순하게 생긴 청년이 대답했다.

"그렇다고 볼 수 있죠."

이들 사이에 있던 가장 나이가 많아 보이는 청년이 말했다.

"정말 이 년 전에 전 강호를 진동시켰던 선풍검객이 아니란 말이오?"

순하게 생긴 청년은 정색을 했다.

"아, 아니라니까요. 전 그런 명호를 들을 만큼 대단한 사람이 아닙니다."

나이가 들어 보이는 청년은 고개를 설레설레 저었다.

"철기방의 수하들도 다 떠나갔으니 정식 통성명이나 합시다."

처음 질문을 던졌던 청년이 말했다.

"남궁 형부터 하쇼."

"음… 그럴까? 난 남궁세가의 남궁종혁이라고 하오. 가주님의 직계 후손은 아니지만 먼 친척뻘은 된다오."

남궁종혁의 말에 순하게 생긴 청년이 이제야 알았다는 듯이 고개를 끄덕였다.

"아… 성이 남궁이었군요. 아까 전에 철기방의 무사들에게 이름을 말할 때 무한일이라고 한 것 같은데 이분이 자꾸 남궁 형이라고 불러서 헷갈렸습니다."

남궁종혁의 옆에 앉아 있는 청년이 뒤이어 입을 열었다.

"난 당섬이오. 나 역시도 남궁 형처럼 이름을 바꾸어 말했었소."

순하게 생긴 청년은 이번에도 고개를 끄덕였다.

"전… 소운… 입니다. 전 이 이름 그대로예요."

소운은 남궁종혁이나 당섬이 왜 본래의 이름을 밝히는지 그것이 궁금해졌다. 당섬은 소운의 말이 끝나자마자 낮은 목소리로 말하기 시작했다.

"우린 소 형제가 보시다시피 정체를 숨기고 이번 철기방의 모집에 응한 것이라오. 우린 원래 무림맹의 비룡단이란 곳에서 활동하고 있소. 소 형제도 소문은 들어서 알고 있겠죠, 비룡단이란 것을?"

소운은 비룡단이라는 말에 흠칫 놀랐다. 비룡단은 그가 너무도 잘 알고 있는 곳이었다. 당섬은 계속해서 말했다.

"위험함을 알면서도 소 형제에게 이렇게 정체를 밝히는 이유는 소 형제가 저들과 같은 무리가 아님을 알았기 때문이오. 소 형제는 무엇 때문에 여기에 지원하게 된 것이오?"

소운은 간단히 대답했다.

"도, 돈이 다 떨어져서……."

남궁종혁이 말했다.

"그럼 철기방의 이번 형산행이 무엇을 뜻하는지 하나도 모른다는 말이오?"

소운은 턱을 끄덕였다. 남궁종혁은 한숨을 쉬었다.

"휴우… 이거 괜히 말을 꺼낸 것일지도 모르겠소만… 일단은 설명해 드리겠소."

"네, 괜찮으시다면……."

"철기방은 현재 흑도에 손꼽히는 삼대문파 중 하나이오. 나머지는 천강문(淺絳門)과 오룡보(五龍堡)가 차지하고 있소. 철기방이 형산으로 향한다는 것은 사실 그리 중요한 것이 아니오. 하지만 형산의 바로 옆

에 호남성이 위치한다는 것은 매우 중요한 일이오. 호남성은 바로 천
강문의 본거지가 있는 곳이기 때문이라오. 형산과는 엎어지면 코 닿을
데 있는 곳이 바로 호남성인 것이오. 철기방이 무슨 생각으로 형산으
로 향하는지는 모르겠지만, 아마도 천강문과의 전면전을 펼칠 생각이
거나 아니라면 그들과 동맹을 맺기 위함이 아닌가 싶소. 우리들은 바
로 이것을 조사하기 위해 여기에 숨어든 것이오. 전면전을 펼친다면
무림맹에서도 쌍수를 들고 환영할 일이지만 동맹을 맺는다면 그만큼
위험한 일이 아닐 수 없소. 철기방은 제이의 마도련이라고 불리우는
곳이오. 그만큼 세력 또한 마도련 못지 않지요. 그런 철기방이 천강문
과 손을 잡는다면… 정말 큰일이오. 이 년 전의 그 공포를 생각한다면
위험스러운 일은 미연에 방지하는 것이 좋은 것이오.”

　소운은 남궁종혁의 말을 듣고서 별다른 반응을 보이진 않았다.

　“사실 우리의 힘으로는 이번 철기문의 형산행에 숨겨진 의미를 알아
내기는 힘들다오. 그래서 소 형제의 도움을 필요로 하는 것이오. 여기
있는 당섬 형제를 한 번에 제압하는 실력만 보더라도 우리에게 많은
도움이 될 것이오. 또한 이번 일이 잘만 된다면 내 비룡단주나 무림맹
의 장로들에게 이야기해 당신이 비룡단에 들어올 수 있도록 건의해 주
겠소.”

　당섬은 남궁종혁의 말에 순간적으로 인상을 찌푸렸으나 곧 정상적
인 안색으로 돌아왔다.

　‘내가 쓰러졌던 것은 방심했기 때문이다. 저자의 검이 빠르긴 했지
만 위력은 없었어. 그때만 조금 고통스러웠을 뿐 지금은 상처 하나 없
이 멀쩡하다.’

　당섬은 이런 생각을 했지만 입 밖으로 내뱉지는 않았다. 남궁종혁은

소운이 자신들을 돕지 않을 수 없을 것이라고 생각했다. 소운 나이 대의 청년들은 비룡단원이라는 직함이 주는 유혹을 떨쳐 내긴 힘들 것이기 때문이었다.

"전… 같은 무림동도로서 남궁 형제나 당 형제를 돕기는 하겠지만 다른 사람에게 피해가 미칠 정도로 무공을 사용할 순 없습니다. 그리고 비룡단주님에게 건의한다는 것은 피해주셨으면 합니다."

남궁종혁은 소운의 대답에 조금은 의외라는 표정을 지었다.

당섬은 아무튼 잘됐다는 식으로 대화를 매듭 지었다.

"그렇다면 소 형제는 이 기호를 잘 봐두시길 바라오. 이것은 비상시를 대비해서 비룡단원이라는 것을 밝히는 하나의 기호이오."

당섬은 오른손을 들어 손등을 안으로 굽히며 기묘한 동작을 선보였다.

"이 기호를 알고 있는 사람은 전부 동료이니 걱정하지 말고 믿어주시길 바라오."

소운은 고개를 끄덕였다. 남궁종혁이 말했다.

"그럼 밤이 늦었으니 이만 들어가서 쉬도록 합시다. 내 오늘 소운 형제를 알게 돼서 밤새 술잔을 기울이고 싶지만 상황이 상황인지라 충분한 휴식을 취해야 하오."

소운은 말했다.

"그렇습니까? 그럼 저 먼저 일어나도록 할게요. 위층에 방을 얻어놓았는데 방이 깨끗한지 둘러보아야겠군요."

"수고하시오, 소 형제."

"비밀은 꼭 지켜야 하오."

소운은 남궁종혁과 당섬의 인사를 뒤로하고 자리에서 일어나 위층으로 올라가는 계단으로 향했다. 이윽고 소운의 모습이 완전히 사라지자 남궁종혁과 당섬은 서로를 바라보며 눈웃음을 지었다.

"쿠훗."

"푸하하하!"

그들은 뭐가 그리 즐거운지 통쾌하게 웃어댔다.

"바보 같은 놈, 남궁 형의 말솜씨에 걸려든 것 같소."

"후후, 그러게나 말이야. 처음에는 정말 이 년 전에 나타났던 선풍검객이 아닌가 의심했었지만 선풍검객이 저 정도로 어리숙할 리가 없지."

"그나저나 잘됐소. 설령 우리가 걸리더라도 빠져나갈 구멍이 생겼으니 말이오."

"그렇지. 저자에게 모든 누명을 씌운다면 우린 임무도 완수하고 추격도 받지 않는 일석이조의 상황이 되겠지."

"어디서 나타났는지는 몰라도 참 둔한 놈이오. 우리가 초면에 정체도 의심하지 않고 이런 비밀을 밝혔는데도 미심쩍은 기색이 없다니."

"아무튼 이제부터 실수는 용납될 수 없네. 이번 임무를 완수하면 부단주의 직속 수하가 될 수 있다네."

"후후, 절세미녀들과 같은 소속이 될 수 있는 기회지요."

이들의 대화는 밤이 깊어진지도 모르고 계속되어 갔다.


위층으로 올라온 청년 소운은 방문을 열자마자 침상 위에 풀썩 드러누웠다.

"후아아… 비룡단이라… 나도 비룡단이 될 뻔했었지."

소운은 누운 상태로 허리에 차여진 검의 매듭을 풀어서 옆의 탁자 위로 집어 던졌다.

사악.

날아간 검은 분명 커다란 충돌음을 내며 탁자에 부딪쳐야 했다. 그런데 검은 전혀 그러지 않았다. 깃털처럼 사뿐하게 내려앉은 것이다. 검 자체에 전혀 무게가 실려 있지 않은 듯했다.

"아까 낮에 하마터면 내공을 발출할 뻔했어. 영검이 가볍지 않았다면 그렇게 빨리 휘두르지 못했을 거야."

소운은 양손으로 깍지를 끼며 머리 쪽으로 움직여 베개를 대신했다. 그리고 멍한 눈빛으로 창밖을 바라보았다.

'선천진기를 숨긴 채 마기를 뒤쫓은 지가 벌써 이 년이 다 돼가는구나. 단공 어르신의 편지대로 강호에는 마기를 가진 이들이 많이 숨어 있었어. 각기 다른 모습으로 다른 행동을 하며 정상적인 사람처럼 행동하고 있지. 이번 철기방에도 강한 마기의 기운이 느껴져 오기는 했는데 화대주 우기랑이라는 사람은 마기와는 상관없었어. 도대체 누구지? 분명 그곳에 있었는데… 단공 어르신을 찾아뵙고 싶어도 소식을 알 수가 없고… 그렇다고 신기자 어르신이 있는 선부령으로 향하기에는 해야 할 일이 너무도 많고……'

소운은 눈을 감았다.

'고 소저가 보고 싶어.'

소운은 무척이나 그리운 한 사람의 영상을 떠올렸다.

'모든 것을 포기하고 선부령으로 달려가고 싶지만… 그럴 순 없어. 그건 부끄러운 짓이니까. 내가 할 수 있는… 해야만 하는 일이 남아 있잖아.'

소운은 감았던 눈을 뜨고서 창밖의 별들을 바라보기 시작했다. 별들은 하늘의 강을 따라서 끝없이 반짝이고 있었다.

＊　　　　＊　　　　＊

황산. 중원오악 중 하나로 밤이 되면 사정없이 광풍과 한기가 휘몰아치는 곳. 황산의 고지대 위에서 컴컴한 어둠과 눈보라 속으로 하나의 인영(人影)이 달려가고 있었다. 이 인영의 손에는 밝은 빛을 발하는 무언가가 들려져 있었는데 어두컴컴한 눈보라 속에서 주변을 밝혀주는 길이 되고 있었다.

"허억, 허억……."

인영은 긴 머리카락을 휘날리는 여인의 형상을 하고 있었다. 그리고 여인은 주변의 추위 때문에 창백한 얼굴을 하고 있었지만 설원의 여신이라 불리울 정도로 아름다운 모습을 하고 있었다.

'도움을 청해야 해.'

여인은 지쳐 가고 있는 자신을 끝없이 독려했다.

'그들은 선부령의 방어진을 간단하게 뚫고서 사부님을 납치해 갔어. 사부님이 아무런 저항을 하지 못했을 정도로 무서운 자들이야. 이런 자들이 강호에 나타났다는 것은…….'

여인의 머리칼이 강한 바람에 의해 휘날렸다. 여인의 손에 들려진 검은 더욱 환한 빛을 발했다.

'강호가 또다시 혼란 속으로 빠져들 거야.'

이 여인의 이름은 강호에서 가장 차가운 꽃, 무심화 고연진이었다.

＊　　　　＊　　　　＊

흑룡당주님 친전.

이번 철기방의 움직임과 관련해 한 가지 중요한 사실을 알아냈습니다. 형산행에 동원된 인원은 총 팔십이 명이며 그중에 육십 명이 광주성에서 새로이 모집한 낭인들입니다. 그런데 이 움직임을 주시하는 다른 세력들이 있었습니다. 현재 그들의 정체가 무엇인지는 밝히지 못했지만 적어도 대여섯 개 이상의 세력이 이번 형산행에 직, 간접적으로 참여하고 있는 듯합니다. 그리고 최종 목적지인 형산까지 얼마나 많은 수의 숨은 세력들이 등장할지는 미지수입니다. 사파무림인들이 결집하고 있는 이 시급한 상황 때문이라도 추후에 몇 명의 비룡단원들을 더 보충해 주실 것을 요청합니다. 사견입니다만 유능한 모용 부단주님의 비룡단원들을 보내주셨으면 합니다.

남궁종혁.

이명각은 전서를 읽은 뒤에 책상 위에 올려놓았다.

"철기방의 움직임이 심상치 않아. 사파의 이목이 전부 철기방에 몰려 있어. 정파 인사들의 실종 사건 때문에 골머리를 썩고 있는데 이거 큰일이야. 맹주님께 보고해야겠어."

이명각은 집무실을 나와 급히 무림맹주가 있는 건물로 향했다.

*　　　　*　　　　*

백여 명 가까이 되는 사람들이 풀숲을 헤치며 앞으로 전진하고 있었다. 이들의 가운데에는 붉은색의 가마가 위치하고 있었는데 적갈색의 어두운 복장을 하고 있는 십여 명의 무사들이 철통같이 호위를 하고 있었다. 붉은 가마를 기준으로 각기 다른 복장을 한 무림인들이 일정한 규칙 없이 쫙 늘어서 있었다. 적갈색 복장의 무사들을 제외하면 다른 모두는 훈련을 받지 않은 사람들 같아 보였다. 그러나 그들의 험악한 인상과 울퉁불퉁한 근육은 그들이 무림인이라는 것을 단적으로 말해 주고 있었다.

소운은 이들 사이에 섞여서 이틀 전에 만난 두 명의 청년과 함께 이야기를 주고받으며 걸어가고 있었다.

당섬이 말했다.

"소운 형제, 그거 아시오? 이들 가운데는 강호에서 내로라하는 고수들이 포진해 있다는 사실을?"

"그래요?"

"모두들 모르는 척하고 있지만 광주에서 다섯 손가락 안에 든다는 인물 중에 넷이나 보이는 것 같소."

당섬은 걸어가는 것이 심심하기라도 한 것인 양 여러 사람들을 손가락으로 가리키며 설명하기 시작했다.

"저기 보이는 저자는 혈랑막도(血狼漠刀) 감오극이라는 자로 눈에 거슬리는 모든 것을 한 자루의 도로 베어버린다는 무서운 자요."

소운은 허리춤에 도를 늘어뜨린 채 터벅터벅 걷고 있는 한 명의 사내를 눈여겨보았다. 되는대로 마구 걸어가고 있는 듯하지만 자세히 보면 발끝의 움직임이 살아 있었다. 게다가 도의 손잡이에 왼손을 바짝 붙이고 있었다. 어떤 위험에서라도 즉시 반응할 수 있을 것 같은 움직임이었다.

"낭인계에서는 전설적인 인물이라오. 그리고 저쪽에 보이는 조금 둔

해 보이는 노인네는 소공불(笑供佛) 포능인데, 몸은 저렇게 보여도 웃
는 낯으로 사람을 죽인다는 아주 험악한 노인네요.”

소운은 포능이라는 사람 역시도 눈여겨보았다.

“저자는 망산귀수(望山鬼手) 나잠이라는 잔데, 소문으로는 맨손으로
쇠도 자를 수 있다고 하오. 그리고 가장 뒤쪽에서 조심스럽게 따라오
고 있는 자는 철서생(鐵書生) 종리후라는 자로 악독한 심보로 광주 일
대에서 이름을 날리고 있는 자요. 저자의 흉계에 걸리면 어떤 자라도
꼼짝없이 당하고 만다고 들었소. 저런 자는 아예 상대하지 않는 편이
나을 것이오.”

소운은 당섬이 설명해 준 두 명의 상대 역시도 주의 깊게 살펴보았
다.

‘휴우… 저자들도 아니야.’

“그 외에도 광주성 주위에서 명성을 날리던 고수들까지 모두 모여
있소. 아마도 철기방에서는 저들을 직접 불러 모은 것 같소만, 소 형제
에게 천 냥을 더 주겠다고 한 것을 보면 저들 역시도 막대한 돈을 들여
초빙해 온 것 같소.”

당섬은 이 임무를 위해서 많은 조사를 해왔었다. 때문에 광주성 일
대에 대한 정보는 빠삭했다. 당섬은 소운에게 자신이 이만큼이나 알고
있다는 사실을 과시하고 싶은 나머지 지금까지 수집해 왔던 주변의 인
물에 대한 정보들을 들뜬 음성으로 하나둘씩 알려주기 시작했다.

이들 일행들은 철기방을 출발하여 첫 번째 경유 지점인 소관(韶關)
을 향해 움직이고 있었다. 이들 일행을 인도하는 철기방의 화대주 우
기량은 보름의 일정을 잡으며 그리 빡빡하지 않은 이동 계획을 알려주
었다. 오늘은 첫출발인 날이라 한나절 정도만 천천히 걸으면 도착할

수 있을 만큼 가까운 거리를 이동하게 되었다.

당섬이 소운에게 쉬지 않고 계속 말을 건네는 가운데 해가 점점 저물어갔다.

"염 형, 한 가지 물어볼 것이 있습니다."

소운은 당섬이 정체를 숨기고 있는 것을 알았기 때문에 염기력이라는 이름으로 불렀다.

당섬은 팔십여 명의 인원들 중 더 이상 말할 사람이 없나 찾아보던 중이었다. 이미 자신이 알고 있는 사람들에 대한 것은 모두 이야기한 상태였다. 때문에 소운의 질문은 말할 거리를 찾고 있는 당섬에게 때마침 찾아온 기회였다.

"그래, 물어볼 것이 뭔가?"

"이들 중에 최근 광주 지방에 새로이 얼굴을 드러낸 자들이 있습니까? 이상한 행동을 한다거나 하는 사람들 말이에요."

"이상한 행동?"

"이를테면 염 형처럼 사람들의 뒤를 캐고 다닌다거나 정체를 숨기려 한다거나 하는 수상한 자 말이에요."

소운의 말에 옆에 있던 남궁종혁이 웃음을 지었다.

"푸훗, 소 형제가 제대로 알고 있군. 당 형제… 아니, 염 형제는 사람 뒤를 캐고 다니는 게 취미지."

당섬은 남궁종혁의 농담에 인상을 찌푸렸으나 반발하지는 않았다.

"수상한 자들이라… 흐음… 그런 자들이 많긴 하지. 지금 이 행렬을 몰래 뒤쫓고 있는 자들도 수상한 자들 중 한 명이지."

소운은 당섬의 말에 행렬의 뒤쪽을 쳐다보았다. 그리고 좌우를 둘러본 뒤에 무덤덤한 말투로 말했다.

"좌측에서 숨죽이며 따라오고 있는 오십여 명의 사람들과 십 리 뒤쪽에서 상인을 가장해 따라붙고 있는 무리들을 말하는 건가요? 으음… 우측에는 십여 명 정도 되는 사람들이 인기척을 죽이고서 따라오고 있군요."

"아, 아니, 그걸 어떻게 알았는가?"

소운은 당연하다는 듯이 말했다.

"염 형께서 처음 설명해 주신 고수라는 네 명의 사람들을 보면 저마다 한곳을 응시하며 경계를 하고 있었습니다. 그래서 막연히 누군가 따라오고 있구나 생각했었는데 지금 보니 자세히 보이는군요."

"아니, 뭐라고 했나? 그들이 보인다고?"

쿠궁!

"모두들 싸울 준비를 하라!"

그때 갑자기 이들을 인솔하고 있던 우기랑의 목소리가 크게 울려 퍼졌다. 당섬은 순간적으로 사방을 둘러보았다. 좌측에서는 혈의 복장을 한 무림인들이 다가오고 있었고, 우측에서는 정체를 알 수 없는 검은 그림자 십여 개가 숲에서 한꺼번에 튀어나오고 있었다. 그리고 일행이 지나온 뒤편에서는 누런 먼지를 일으키며 한 떼의 인마가 접근해 오고 있었다.

"이런… 첫날인데, 이렇게 빨리!"

당섬은 남궁종혁과 눈을 마주쳤다.

―필요하면 무림맹에 알릴 준비를 합시다, 남궁 형.

―좋소.

당섬은 소운에게 전음을 보냈다.

―소 형제, 아마도 싸움이 시작된다면 서로 대화를 나누지 못할 것

같소. 적들에게 패하게 된다면 철기방이고 뭐고 임무 자체가 사라지게 되지만, 적들을 안전하게 물리친다면 처음의 계획대로 우리에게 도움을 주시오. 우린 기회가 닿으면 저 붉은 가마 속에 있는 물건을 확인해 볼 요량이오.

당섬은 이렇게 말한 뒤에 남궁종혁과 함께 우기랑이 있는 곳으로 달려갔다.

남궁종혁이 우기랑에게 물었다.

"무슨 일입니까?"

우기랑은 좌우를 노려보며 말했다.

"아무래도 충돌이 불가피할 것 같군."

"저들이 누구길래……?"

"하하하, 우기랑! 어딜 가시나?"

좌측의 혈의 복장을 하고 있는 무림인들 중에 가장 앞에 서 있는 자가 소리쳤다. 우기랑은 소리친 자를 바라보았다.

"척신명… 네놈이……."

우기랑은 비쩍 마르고 음침하게 생긴 사내를 날카로운 눈빛으로 쏘아보았다. 당섬은 우기랑이 중얼거리는 말을 듣고서 흠칫 놀랐다.

'척신명이라면 오룡보의 사룡단주 아닌가? 역시 오룡보에서도 철기방과 천강문의 결합은 원하지 않나 보군.'

"척신명! 누구 앞에서 칼을 들고 설쳐 대고 있는 것이냐! 어서 길을 비켜라!"

"이런이런, 우가 네놈의 앞길을 막은 건 나뿐만이 아니잖아."

우기랑은 척신명의 말을 듣고서 우측에 서 있는 열 명의 검은 복면인들과 각기 다른 말과 마차를 끌고서 나타난 한 떼의 무림인들을 바라보았다.

'오룡보와 정체를 알 수 없는 무림인들의 연합이라… 충돌은 불가 피하겠군. 하지만 우리 쪽엔 이런 일을 대비해 모셔둔 고수들이 있단 말씀. 나머지야 다 거기서 거기지만… 척신명 이놈… 우릴 가로막은 것을 후회하게 될 것이다.'

"길을 비킨다면 목숨만은 살려주겠다."

우기랑이 척신명을 바라보며 착 가라앉은 목소리로 말했다. 척신명 은 입가에 비웃음을 띠며 우기랑의 말을 되받았다.

"크크큭, 누가 할 소리! 네놈들은 들어라! 우리 오룡보를 도와 저 가 마를 빼앗을 수 있도록 협력해라. 그럼 포상금과 함께 오룡보에 들어 올 수 있는 특권을 주겠다."

척신명의 말에 우기랑 주변에 모여 있던 사람들 틈에서 쇠를 가는 듯한 거친 음성이 들려왔다.

"네놈은 낭인들을 우습게 봐도 너무 우습게 보는군."

척신명에게 말을 꺼낸 남자는 한 자루의 도를 덜렁거리고 있는 감오 극이란 사내였다. 이 사내는 광주 일대에서 혈랑막도라고 불리고 있는 자였다.

척신명은 막 감오극의 모습을 확인하고서 눈이 휘둥그레졌다.

"혀, 혈랑막도?"

감오극은 대답하지 않았다. 척신명은 그런 감오극의 모습을 보고서 인상이 구겨졌다.

'저자가 진정 혈랑막도라면 내 부하들이 아무리 오룡보의 정예병이 라고 해도 힘들어. 우린 오십, 저놈들은 줄잡아 백여 명 정도니까.'

우기랑은 척신명이 주춤하는 모습을 보이자 가소롭다는 듯이 말했다.

"왜? 아까의 그 자신만만하던 기세는 어디 가셨나? 아무래도 우리 쪽의 전력을 보니까 상대하기 힘들겠다는 생각이 드나 보지? 그런데 이걸 어쩌나… 우리 쪽엔 혈랑막도 말고도 소공불과 망산귀수도 있단 말씀."

"소공불? 망산귀수?!"

"후후, 철서생이 길 안내를 해주고 있다는 것을 빠뜨렸군."

우기랑의 말에 척신명은 입을 떠억 벌리고 다물지를 못했다.

'철기방… 네놈들이 아주 작정을 했구나. 철서생에 소공불, 망산귀수까지 불러오다니… 이놈들을 막기 위해선 속히 본 보에 지원 요청을 해야만 한다. 철기방과 천강문의 합작은 우리 오룡보의 사활이 달린 일이니까!'

척신명은 우기랑의 뒤쪽을 흘끔 바라본 뒤에 말했다.

"흐음, 우리 말고도 네놈들이 형산으로 가지 않길 바라는 자들이 많은 것 같으니 이만 물러서야겠군."

우기랑은 척신명이 슬그머니 꼬리를 내리자 미소 지었다.

'철기방을 상대하면서 꼬리를 말고 물러섰다는 소문이 강호에 퍼지기라도 하는 날엔 본 보의 체면이 땅에 떨어지겠지만… 그렇다고 상대도 되지 않을 것을 뻔히 알고서 돌진할 수는 없는 노릇 아닌가?'

척신명은 자신의 부하들에게 소리쳤다.

"가자! 오늘은 날이 아니다!"

척신명과 사오십 명의 오룡보 무사들은 순식간에 장내에서 사라졌다. 우기랑은 자신의 시야에서 사라져 가는 오룡보를 바라보며 생각했다.

'방주님의 고견이 정확하기는 하군. 오룡보는 천강문과 우리의 관계 때문에 섣부른 공격을 하지 않을 것이라고 말이야. 뭐, 그것이 형산에 도착할 때까지만 계속된다면 좋겠지만.'

이제 장내에 남아 있는 무리는 세 개였다. 철기방과 십여 명의 복면인들과 뒤쪽을 완전히 차단하고 있는 백여 명 이상의 무림인들.

당섬은 오룡보가 물러선 것을 보고 감탄한 표정을 하고서 말했다.

"역시 혈랑막도의 위명은 오룡보도 꼼짝 못하게 하는군."

우기랑은 뒤쪽에 서 있는 한 떼의 무림인들을 향해 말했다.

"당신들은 소속이 어딘가?"

철기방이 움직인 길을 따라서 뒤쫓아 달려온 이들은 각양각색의 복장을 하고 있었다. 때문에 우기랑은 그들의 정체가 무엇인지 쉽사리 알아차리지 못했다. 그 무리 중에는 마차를 끌고 온 이들도 있었고 말을 타거나 홀홀 단신으로 서 있는 이들도 있었다. 오룡보나 철기방처럼 어디에 소속되어 있는 사람들 같아 보이진 않았다. 그러나 그들 무리의 일관된 특징이 하나 있었는데, 바로 철기방의 정예 무사 십여 명이 철통같이 호위하고 있는 붉은 가마에 온 정신을 집중하고 있다는 것이었다.

우기랑은 그들이 아무런 대답을 하지 않자 이상하다는 듯이 물었다.

"소속이 없단 말인가?"

"제가 말해 드리죠."

우기랑의 앞으로 검은 삿갓을 쓴 신형이 나타났다. 체격이 호리호리하고 삿갓의 아래로 고운 턱 선이 보이는 것으로 보아 여인인 듯했다.

우기랑은 저들의 정체가 무엇인지 궁금해하고 있다가 여인이 말을 꺼내자 그녀를 주의 깊게 지켜보았다.

"당신네들이 가지고 있는 사파군림영패(邪派君臨令牌)를 차지하기 위해 모여든 사람들이에요."

우기랑은 여인의 말에 안색이 변했다.

"사, 사파군림영패라니? 그런 이름뿐인 고철덩어리가 무슨 가치가 있다고 여기 와서 찾는 것인가?"

"이름뿐인 고철덩어리라… 표현은 좋군요. 하지만 그 고철덩어리가 하나의 문파에 들어가게 된다면 얘기는 달라지죠. 사파를 일통할 수 있는 명분. 군림영패는 사파 전체를 호령했었던 마도련의 유산이니까요."

"그, 그걸… 넌 대체 누구냐!"

"사파군림영패를 노리고 모여든 무림인들을 하나로 모아 당신네들 앞에 나타난 사람이죠."

소운은 철기방이 끌어 모은 낭인들 틈에 섞여서 상황을 지켜보고 있었다. 그는 연신 사방을 두리번거리며 무언가를 찾기 위해 노력하고 있었는데, 그가 기대한 것은 발견하지 못했다. 그러다가 갓을 쓴 여인의 목소리를 듣자 무언가에 놀란 사람처럼 흠칫했다.

'저 여인은 혹시……?'

"마도련이 해체되기 전 만심각주 동혼마가 그것을 훔쳐서 달아났었죠. 그런데 그 물건이 지금은 철기방의 손에 들려져 있군요. 만심각주의 출신이 철기방이란 것은 알았지만 이건 너무 속이 보이는군요."

우기랑은 그 소리를 듣고서 소리쳤다.

"사검련(邪劍聯)! 그렇군. 넌 마도련주 사도굉의 딸 사도련이군. 마도련의 영광을 재현해 보겠다고 조그마한 도적 집단을 만들어서 설쳐 댄다던 그 사도련이었군!"

우기랑은 이제야 이해가 간다는 표정을 지었다.

"오합지졸들이 간뎅이가 부은 것인지……."

갓을 쓴 여인은 손을 치켜 올렸다. 그러자 그녀와 똑같은 갓을 쓴 인물들이 그녀의 뒤쪽에 있던 무림인들 틈에서 번개같이 달려나왔다. 총 아홉의 인물들이 그녀의 뒤에 섰다.

"오합지졸인지 아닌지는 직접 겪어봐야 알겠지."

우기랑은 적들의 정체를 알았으니 손을 쓰는 것은 무리가 없다고 생각했다. 당섬은 우기랑과 여인 사이에 오고 갔던 대화를 듣고서 생각했다.

'사파군림영패? 저 안에 들어 있는 것이 정말 그것이란 말인가? 그렇게 된다면 철기방의 목적은 분명해. 천강문. 우리 이런 영패를 지니고 있으니 같이 한번 사파무림을 휘어잡아 보세. 이런 거 아니겠어?'

당섬은 정말 큰일이라는 생각이 들었다.

우기랑은 갓을 쓴 여인의 말을 무시한 채 좌측에 있는 정체 불명의 복면인들을 바라보았다.

"당신들도 손을 쓰시겠소?"

그러자 복면인들 중 한 명이 대답했다.

"우린 지켜보기만 할 뿐이다."

우기랑은 별로 상관없다는 듯이 담담한 태도로 고개를 끄덕였다.

"그 말… 믿겠소."

복면인의 음성은 조금 특이했다. 끈적끈적함이 묻어 나오는 조금은 늘어지는 듯한 목소리였다. 복면인의 음성이 들려온 순간 소운의 귀가 번쩍 뜨여졌다.

'이 느낌은……!'

소운은 깜짝 놀라서 복면인을 바라보았다. 복면인들은 지켜보겠다는 말을 남기고서 멀어져 가고 있었다. 소운은 그 즉시 자리를 박차고 복면인들의 뒤를 쫓아갔다.

낭인들의 틈에 있던 그가 갑자기 뛰쳐나가자 낭인들은 당황스러운 얼굴을 하고서 그를 바라보았다. 자리를 박차고 신법을 펼치고 있는 그에게서 강렬한 기운이 흘러나왔기 때문이다.

'저들이야! 저들이 지금까지 미약한 마기를 내뿜고 있었어. 저자가 말을 하는 순간 확실하게 느낄 수 있었어. 저들은 단공 어르신이 말한 그와 관계된 인물들이야!'

소운은 소요자의 세상에서 가장 빠른 신법이라는 선월신법을 펼쳐서 복면인들의 뒤를 따르려고 했다.

샤샤샷!

소운은 막 철기방 일행들이 있는 곳을 벗어나려다가 우측에서 강력한 도기(刀氣)가 몰아쳐 오고 있는 것을 깨달았다. 그 도기의 방향은 다른 어느 곳이 아닌 바로 자신을 향한 것이었다.

'뭐야!'

소운은 허리에서 영검을 빼 들어 그 도기와 마주쳐 갔다.

쿠아앙!

소운은 검에 둔중한 충격을 느끼며 옆으로 튕겨져 날아갔다. 그는 다행히 방비를 한 터라 공중에서 몸을 한 바퀴 회전시킨 뒤에 바닥에 착지할 수 있었다.

'누구지?'

소운의 눈앞에 짙은 혈색의 도를 늘어뜨리고 있는 중년 사내가 서 있었다. 당섬이 대단한 고수라고 칭찬했었던 혈랑막도 감오극이었다.

“무슨 짓입니까!”

소운의 말에 감오극이 말했다.

“자네야말로 무슨 짓인가? 조용히 물러서는 자들을 뒤따라가 오히려 적을 보낼 셈인가? 자네가 같은 편이 아니라면 상관하지는 않겠지만 지금은 달라.”

소운의 검과 감오극의 도가 만나 이루어낸 충돌음은 장내에 있던 사람들의 이목을 끌기에 충분했다.

우기랑은 감오극의 도를 받은 소운이 아무런 피해도 없이 멀쩡하게 서 있는 것을 보고 생각했다.

‘저럴 수가! 혈랑막도의 도는 쉽사리 받아낼 수 있는 것이 아닌데…….’

갓을 쓰고 있던 여인은 그것을 보며 뒤쪽에 있는 사람들에게 말했다.

“지금이 기회다! 공격해!”

그 소리를 듣고 우기랑은 안색이 변했다.

‘치잇. 당했군. 우리 쪽이 미처 진열을 갖추기도 전에 혼전으로 치닫게 되었어. 하지만 거기에 단련이 된 낭인들이니… 게다가 우리 쪽엔 상상도 못할 고수들이 즐비해 있어.’

우기랑은 몰려오는 백여 명의 적들을 바라보며 소리쳤다.

“감히 우리의 길을 막다니. 철기방의 매운 맛을 보여주어라!”

그러면서 붉은 가마를 지키고 있는 무사들에게는 움직이지 말라고 지시했다.

소운은 복면인들이 이미 기척을 찾을 수 없을 정도로 멀리 사라져 버렸다는 것을 알았다.

‘뭐… 어쩔 수 없지. 그들은 또다시 나타날 거야. 그때 기회를 잡으면 되지.’

소운은 자신을 막아선 감오극을 보며 말했다.

“미안하군요, 적을 더 만들 뻔해서.”

소운의 어투엔 비꼬는 듯한 어감이 스며들어 있었다. 감오극은 그것이 상관없다는 듯이 흔들림없는 표정으로 말했다.

“미안하다면 어서 동료들을 도와라.”

감오극은 이 말을 한 뒤에 빠른 속도로 접전이 벌어지고 있는 곳을 향해 움직였다.

소운은 갓을 쓰고 있는 십여 명의 무림인들을 바라보았다.

‘그녀는 분명 사도련이었어. 마도련이 사라진 뒤에 새로운 세력을 일으켰다는데… 아마도 그 때문에 나타난 듯싶구나. 하지만 날을 잘못 잡았어. 저 혈랑막도라는 사람 대단한 고수야. 저 사람과 비슷한 실력의 사람들이 셋이나 더 있다고 했으니 서로 다치기 십상이야. 그녀의 부하들은 아마 사검각의 훈련생들이 대다수겠지?

소운은 사도련에게 약간은 껄끄러운 감정을 가지고 있었기에 섣불리 나서서 충고해 주기도 힘들었다.

“아무튼… 밥값은 벌어야 하니까.”

소운은 감오극의 공격 때문에 이미 빼 들고 있었던 영검을 바로잡으며 한창 낭인들과 사도련이 끌어 모은 무림인들의 싸움이 벌어지고 있는 곳으로 몸을 날렸다.

우기랑은 자신이 무언가 크게 착각하고 있었음을 깨달았다. 사도련과 그녀의 부하들 실력은 오합지졸로 치부할 만한 하수가 아니었다. 그들을 상대하고 있는 낭인들이 쩔쩔맬 정도로 상당한 실력을 가지고 있는 고수들이었다. 가볍게 몸을 날리며 손을 휘젓고 있는 사도련의 모습은 왕년의 무시무시했던 사도굉의 장력을 생각나게 할 만큼 엄청 난 위력이었다. 그녀가 한두 방의 장력을 날리면 낭인들이 여지없이 추풍낙엽처럼 쓰러져 갔다.

'으음, 내가 직접 손을 써야 하는 것인가?

우기랑이 이런 생각을 하고 있을 때 막 낭인 한 명을 쓰러뜨리고 다른 상대를 물색하던 사도련에게 누군가가 쏜살같이 달려들었다.

"저리 비켜!"

사도련은 자신에게 돌진해 오는 사내를 향해 강한 장력을 분출했다. 그녀의 행로는 혼전의 와중에서도 조금씩 붉은 가마가 있는 쪽을 향해 전진해 가고 있었다.

쿠우웅!

"크으읏… 역시 위력은 변함이 없네."

사도련은 눈을 크게 떴다. 이번에는 상당한 내공을 사용했기 때문에 단번에 나가떨어지리라고 생각했던 사내가 멀쩡히 서 있는 것이다. 게 다가 자신을 알고 있는 듯한 말투는 그녀의 신경을 거슬리게 했다.

"누구지?"

"나? 당신이 여기서 물러서기를 바라는 사람."

사도련은 흰빛의 검을 두 손으로 쥐고서 굳건하게 버티고 있는 청년 의 얼굴을 확인했다. 순한 듯하면서도 남자답게 생긴 얼굴이었다.

"비켜."

"못하겠다면?"

사도련은 말 대신에 엄청난 장력을 날려왔다. 소운은 그 장력을 보고서 기겁했다.

'이건 어쩔 수 없어. 내공을 방출할 수밖에.'

소운은 영검을 들어 사도련의 장력을 향해 갖다 대었다.

휘이이잉!

사도련은 자신의 장력 사이를 교묘하게 돌면서 움직이는 기를 느끼고는 놀란 표정을 지었다. 소운의 몸에 닿은 사도련의 장력은 그의 몸을 감싸고 있는 바람에 의해 봄눈 녹듯이 사그라들었다.

휘리리릭!

영검에서 뿜어져 나온 바람이 사도련의 장력을 뚫고서 그녀에게 날아들었다. 그녀는 급히 몸을 피했으나 바람은 이미 그녀의 몸을 관통한 후였다.

'뭐였지?

사도련의 갓이 바람에 의해 날아올랐다. 그 바람에 그녀의 머리카락이 휘날리며 얼굴이 드러났다. 이십 대 초반의 성숙한 여인의 얼굴이었다. 이 얼굴에서 그런 무지막지한 장력이 뿜어져 나온다는 것은 상상할 수 없을 정도로 예쁜 얼굴이었다.

"다음번에는 요혈(要穴)을 노리겠어."

사도련은 그 말을 듣고 생각했다.

'봐준 거야?

사도련은 소운의 얼굴을 뚫어지게 쳐다보았다. 그리고 곧바로 누군가의 얼굴을 떠올렸다.

'저자는 서장에서… 휘 오빠! 설마…… 살아 있었던 거야?

"당신은… 혁련휘?"

사도련은 이 년 전 마도련이 무림맹을 공격했을 때 본성에 있었던 터라 소운의 소식을 알지 못했다. 소운이 마도련을 무너뜨린 사람들

가운데 핵심 인물이라는 사실을 말이다.

소운은 사도련을 바라보았다. 사도련은 드디어 자신의 정체를 알아차린 듯 태도가 변해 있었다.

'사도련, 그녀는 아직도 혁련휘를 잊지 못하고 있단 말인가?

소운은 말했다.

"난 혁련휘가 아니야. 소운이지."

사도련은 손을 부들부들 떨었다.

"아니야! 휘 오빠는… 휘 오빠는……."

"당신이 알고 있던 혁련휘라는 사람은 죽었어. 벌써 오래전에. 내가 혁련휘라는 사람으로 속이고 다니기 전부터 이미 죽은 사람이야."

사도련은 그 말을 듣고 혼란스러워졌다. 그녀가 알고 있는 혁련휘는 이런 사람이 아니었다. 자신을 쌀쌀맞게 대하기는 했지만 이렇게… 아무런 감정 없는 말투로 자신을 상대하진 않았었다. 사도련에게 말을 하고 있는 소운의 어투는 메마르고 무감각했다.

이것은 소운이 일부러 의도하고 있는 바였다. 자신이 행세한 혁련휘와 자신은 다른 사람이었다는 것을 사도련에게 각인시키고 싶었던 것이다. 그래서 더 이상 그녀가 마음 상하지 않도록 말이다.

"내가 혁련휘의 행세를 하고서 당신들 틈에서 행동한 것은 잘못된 일이었지만 나도 살기 위해서 어쩔 수 없는 선택이었어. 때문에 당신에게는 항상 미안한 마음만 들더군. 하지만 당신도 이건 알아야 해. 난 소운이지 혁련휘가 아니라는 것을. 당신이 찾고 있는 혁련휘는 이 세상에 없다는 것을."

슈아아아앙!

"위험해!"

　소운을 바라보며 멍하니 서 있는 사도련에게 커다란 낭아봉이 날아들었다. 바로 철기방이 천 냥이나 되는 거금을 주고 고용한 낭인들 중 한 명의 공격이었다. 소운은 급히 앞으로 달려나가서 사도련의 허리를 잡아챘다. 그리고 공격을 시도했던 낭인이 보이지 않을 정도의 속도로 낭인의 시야에서 사라졌다.

　"이봐! 정신 차리라구! 지금은 싸움 중이야! 그리고 당신과 나는 지금 적이라구!"

　소운은 사도련의 허리에서 손을 뗐다. 그녀는 넋이 나간 사람처럼 중얼거렸다.

　"당신은… 왜 철기방을 돕고 있는 거지?"

　소운은 그 말을 듣고서 멋쩍은 듯한 표정을 지었다.

　"음… 밥값이 필요해서일까나?"

　소운은 어색한 미소를 지었다가 풀면서 말했다.

　"아무튼 당신들은 지금 위험한 상황이야. 아무리 숫자가 많고 실력이 좋아도 우리 쪽엔 엄청난 고수들이 즐비해 있거든. 봐봐."

　소운은 한쪽을 손가락으로 가리켰다.

　"무공을 보아하니 노견과 하후성 같은데 지금 감오극이라는 사내 한 명을 당하지 못해서 계속 뒤로 밀리고 있잖아. 저자는 혈랑막도라는 사람으로 엄청 강한데, 저자 같은 사람이 이쪽에는 셋이나 더 있어. 그러니 저 안에 든 물건은 포기하고 돌아가."

　"왜지?"

　"왜라니… 목숨이 위험하잖아."

　"왜 나에게 그런 얘기들을 해준 거지? 당신은 혁련휘가 아니지만 그 사람의 냄새가 나. 나 다신 휘 오빠를 만날 수 없다는 것을 이미 알고 있었지만 당신은… 당신은 무엇 때문에 그 사실을 말해 준 거지?"

부우우웅!

낭아봉이 다시 한 번 날아들었다. 사도련을 공격했던 낭인은 그녀가 어디로 갔는지 한참을 찾다가 뒤늦게야 그녀를 발견하고서 공격을 시도해 오는 중이었다. 현재 소운은 그녀와 떨어져 있었기 때문에 낭인은 설마 하니 소운이 그녀를 구했으리라고 생각지는 못하고 있었다.

"이봐, 공격해 오고 있어! 피하지 않을 거야?"

사도련은 상관없다는 듯한 태도였다. 그녀의 눈빛은 소운에게서 대답을 요구하고 있었다.

"왜지? 왜냐구!"

사도련의 코앞까지 낭아봉이 날아들었다. 소운은 아까와 마찬가지로 엄청난 속력으로 사도련의 허리를 낚아채 그 낭아봉을 휘두르는 낭인의 시야가 닿지 않는 곳으로 움직였다. 이번에도 낭인은 사도련이 어떻게 사라졌는지를 보지 못했다.

"어서 여길 피해."

소운은 그의 공격으로 인해 날아갔었던 사도련의 갓을 어디에선가 찾아가지고 돌아와 그녀의 머리에 씌워주었다. 이것은 매우 빠른 동작이었기 때문에 혼전의 와중인 다른 사람들은 알아차리지 못했다.

소운은 계속해서 자신을 바라보는 사도련의 눈을 갓을 푹 눌러 씌워 가리며 다른 곳으로 움직였다.

갓의 밑으로 드러난 사도련의 턱에 한줄기 눈물방울이 흘러내렸다.

소운은 돈으로 맺어진 그의 동료들과 함께 적들을 공격하기 시작했다. 그러나 그는 공격하는 척을 하고 있을 뿐 오히려 싸움을 뜯어말렸다. 서로 치명적인 공격을 가하고 있다면 다가가서 상대방이 알지 못하도록 서로의 공격을 무마시키고 물러서도록 했다. 때문에 부상을 입을 것도 입지 않고 목숨이 위태로운 지경에 처한 자들 역시도 가벼운 부상으로 끝나는 일들이 생겨나기 시작했다. 소운은 정신없이 장내를 누비고 다니다가 막 강력한 일격을 받고서 쓰러지려는 사람들을 발견하게 되었다.

'위험한데……'

소운은 영검을 들어 앞으로 휘둘렀다. 검의 끝에서 공간을 가르는 날카로운 바람의 칼날이 솟아 나왔다. 바람의 칼날은 반달형으로 공기의 일그러짐을 그리며 쓰러지려는 사람들의 정면으로 날아갔다.

하후성과 노견은 감오극의 엄청난 공격을 더 이상 막지 못하고 쓰러져 있었다.

"노견아, 저자 정말 엄청난데."

"젠장. 이렇게 목숨을 잃는 건가?"

그들 둘은 감오극의 도가 목을 내려치기만을 기다리고 있는 상태였다. 감오극은 마지막 일격을 가하기 위해 도를 사선으로 휘둘렀다. 강력한 도기가 도에서 불끈 솟아올랐다.

하후성과 노견은 그 공격을 보며 속수무책으로 쓰러져 있을 수밖에 없었다. 그들은 방금 전에 당한 충격 때문에 몸을 움직이지도 못하는 상황이었다. 이 순간 어딘가에서 날카로운 기운이 다가왔다. 하후성은 고개를 돌려 그 기운을 바라보았다.

슈아아악!

날카로운 기운은 사방으로 휘몰아치는 바람을 동반하고 있었다.

'저건 또 뭐야. 이 도에 맞은 다음에 확인 사살이라도 하려는 건가?'

하후성의 생각과는 달리 날카로운 기운은 감오극의 도보다도 먼저 그와 노견의 앞에 도달했다. 하후성은 그것을 보고 눈을 질끈 감았다. 하후성은 곧 자신의 몸이 두 쪽으로 나뉘며 오장육부가 사방에 흩어지는 끔찍한 상상을 하며 몸서리를 쳤다.

샤락.

하후성과 노견을 향해 날아왔던 바람의 칼날이 그들의 앞에 멈추어 서며 그 방향을 뒤로 돌렸다. 기세 좋게 돌진해 오던 것과는 달리 상당히 부드러운 움직임이었다. 이것은 감오극의 도가 그들의 앞까지 도착했을 때 일어났다. 바람의 칼날은 시기 적절하게도 감오극의 도와 부딪치며 그의 도에 서려 있는 무시무시한 기운을 상쇄시켜 버리는 역할을 했다.

쎄에엑!

하후성과 노견, 감오극의 옷자락이 심하게 펄럭거렸다.

하후성은 강한 바람이 사방으로 퍼져 나가는 것을 느끼며 눈을 떴다. 그의 눈앞에는 감오극이 황당하다는 표정으로 자신들을 바라보고 있었다. 하후성과 노견은 감오극의 공격이 실패했음을 앎과 동시에 몸을 일으켜 뒤로 움직였다. 감오극의 마지막 공격이 시작되고 실패하기까지는 극히 짧은 시간이었지만 그들 둘이 몸을 움직일 만한 힘을 되찾기에는 충분한 시간이었다.

소운은 하후성과 노견이 안전하게 몸을 뺐음을 확인한 뒤에 안도의 한숨을 내쉬었다. 감오극은 갑자기 화가 난 표정으로 고개를 돌려 소운을 노려보았다. 소운은 그것을 보며 찔끔하여 얼른 몸을 돌렸다.

'에휴~ 하필이면 저 사람이 상대하고 있는 사람들을 도와주다니……'

소운이 이렇게 생각하고 있을 때 사도련이 큰 소리로 외쳤다.

“퇴각한다! 사검련을 따라 같이 온 사람들도 퇴각하는 편이 좋을 것이다!”

사검련의 음성에 하후성과 노견을 비롯해서 검은 갓을 쓴 아홉 명의 무사들은 곧바로 전장에서 손을 뗐다. 나머지는 모두 사도련을 쫓아 어떻게 이득을 한번 얻어볼까 하고 모인 무림인들이었기에 그녀가 소리치자마자 뒤로 물러섰다.

철기방의 행렬을 공격해 왔던 무림인들은 파도가 모래사장 위로 밀려들어 왔다가 빠져나가듯이 한 명도 남기지 않고 깨끗하게 빠져나갔다. 물론 죽은 자를 제외하고 말이다.

도망을 치고 있는 그들을 보며 우기랑이 말했다.

“뒤쫓을 필요는 없다! 우리는 부상자를 수습하고 소관으로 향한다!”

우기랑의 외침에 낭인들과 낭인들을 인솔하고 있는 우기랑의 부하 한 명이 신속하게 움직였다.

소운은 감오극의 살기 어린 눈빛 때문에 쥐 죽은 듯이 고개를 숙이고 부상자들을 부축하는 일을 도왔다.

“소 형제, 여기 있었구만!”

소운의 곁으로 당섬과 남궁종혁이 다가왔다.

“상처 하나 없군. 역시나 고수는 다르단 말이야.”

“아, 아닙니다.”

당섬은 말했다.

“쳇. 싸움 도중에 혼란스러움을 타 저 가마 안에 든 물건을 빼돌리려고 했는데 불가능이었소. 우기랑 저자가 지 부하들과 함께 움직이지도 않고 지키고 있는 통에 다가설 수도 없었소.”

“그렇군요.”

우기랑은 낭인들로 하여금 다시 붉은 가마를 감싸도록 지시한 다음 먼저 앞장서 출발했다. 소운은 큰 싸움이 있고 난 후인데도 별다른 표정의 변화 없이 가던 길을 계속 가는 낭인들을 보며 이런 게 바로 진정한 용병이구나 하는 생각을 했다. 소운은 자신도 돈을 받고 고용된 낭인 중의 한 사람으로서 침착한 모습으로 길을 가야겠다고 생각했다. 하지만 가끔씩 마주치는 감오극의 살벌한 눈빛에는 가슴 한구석이 찔려오는 것을 느껴야 했다.

철기방의 행렬은 저녁이 다 돼서야 첫 번째 경유지인 소관에 도착할 수 있었다.

# 제58장
## 붉은색은 화를 몰고 온다?

이명각은 난데없이 자신의 집무실로 쳐들어온 한 명의 여인을 바라
보며 난감한 표정을 짓고 있었다. 이 여인은 무림맹 내에서 감당할 자
가 없는 무적의 여인이었다. 이명각은 하고 있던 업무도 중지한 채 화
가 난 표정으로 자신을 쏘아보고 있는 여인을 상대해야 했다.

"당주님, 도대체 이유가 뭐죠? 왜 며칠째 쉬고 있는 저를 내보내지
않고 금초와 풍아를 이번 임무에 포함시키는 거냐구요. 가뜩이나 비룡
단 내에 추근덕거리는 사내들이 득실득실해서 빨리 밖으로 나가고 싶
었는데, 이제 막 돌아온 금초와 풍아를 쓰시는 이유가 뭐죠?"

여인은 타는 듯한 적갈색의 머리를 찰랑이며 이명각에게 따졌다. 이
명각은 어쩔 수 없다는 듯이 한숨을 내쉬었다.

"네가 정 그렇게 나가고 싶다면 금초와 풍아 대신에 이번 임무를 맡
아라. 단, 유 단주와 모용 부단주에게 허락을 맡는다면 말이다."

이명각의 말에 여인은 금세 화가 난 표정을 풀고서 싱긋 웃었다.

"진작에 그럴 것이지."

이명각은 골치가 아프다는 듯이 손가락을 들어 미간을 문질렀다.

"그럼 다녀오겠습니다, 흑룡당주님."

여인은 집무실의 문을 열고 나가려고 했다.

"쌍아야."

이명각이 나서려는 여인의 이름을 불렀다.

"왜요, 외숙부?"

이명각은 쌍아의 머리를 가리켰다.

"머리가 점점 붉어지는구나."

쌍아는 이명각의 말을 듣고서 머리 쪽으로 손을 가져가 한 가닥을 앞으로 끌어 내렸다.

"으음… 별로 붉은 것 같지 않은데……."

"방 안에서도 이렇게 붉게 보이는 것을 보면 별로 붉은 정도가 아닐 것이다. 어떻게 된 것이냐?"

"글쎄요… 내공 수련을 너무 과다하게 해서 생긴 부작용일까나?"

"으으음, 요즘 무림맹 내에서 널 어떻게 부르고 있는지는 알고 있겠지?"

"적미나찰(赤美羅刹)이요?"

"그렇다. 그게 어디 여인으로서 들고 다닐 명호더냐?"

"왜요? 그래도 중간에 아름답다는 말이 들어가잖아요. 적미나찰이라… 좋은데요 뭐."

이명각은 또다시 한숨을 내쉬었다.

"스물이 넘은 다 큰 처녀가 못하는 소리가 없구나."

“괜찮아요, 어차피 전 임자가 다 있으니까.”

“에휴…….”

쌍아는 이명각에게 한쪽 눈을 찡긋해 보인 다음 문을 열고 가벼운 발걸음으로 뛰어나갔다.

이명각은 턱을 괴며 생각했다.

‘확실히 이 년 전보다 많이 변했단 말이야. 보는 남자마다 따라다닐 정도로 예뻐지기까지 하고.’


비룡단원들의 숙소 안.

“에엥? 누나, 그게 무슨 소리야?”

풍아는 뾰루퉁한 표정으로 쌍아를 바라보았다.

“풍아, 넌 빠져. 이번 임무는 내가 맡았어.”

“싫어. 나도 오랜만에 화남 쪽을 돌아보고 싶단 말이야.”

쌍아가 갑자기 주먹을 들이밀었다.

“이게! 감히 누나에게 반항을 해? 오랜만에 비무 한번 해볼 테야?”

“치잇, 나도 빙룡환이 있다 뭐.”

“그래서. 날 이길 수 있다는 거야?”

화아악!

쌍아의 손에서 홍염의 불꽃이 피어올랐다. 삼매진화(三昧眞火). 그것도 한 자가 넘는 화려한 불을 일으키는 엄청난 삼매진화였다.

풍아는 그것을 보고 말을 더듬었다.

“내, 내공만 높아져 가지고는…….”

풍아의 옆에 서 있던 금초가 어쩔 수 없다는 듯이 말했다.

“쌍아, 네가 정 그렇다면 할 수 없지. 우린 다른 임무를 맡으면 되니까.”

쌍아는 금초의 말에 고개를 저었다.

“아니, 이번 임무에서는 풍아만 빠져. 금초, 너는 나와 같이 가야
해.”

금초는 화들짝 놀랐다.

“왜… 왜?”

“으음, 만약 적들이 나타나면 널 한가운데 미끼로 던진 다음 차례대
로 쓸어버리면 되니까.”

“그, 그게 무슨 소리야!”

“넌 맷집이 세잖아. 내 대신 바람막이가 되어줘야지.”

풍아는 그 소리를 듣고서 입가에 손을 가져가며 쿡쿡 웃음을 흘렸
다.

“바람막이라… 후훗. 금초야, 수고해라.”

금초는 똥 씹은 표정으로 풍아가 웃어대는 것을 바라볼 수밖에 없었
다.

＊　　　＊　　　＊

소관에 도착해 미리 정해놓은 객잔에 짐을 푼 철기방은 휴식을 취하
기 위해 삼삼오오 짝을 지어 방으로 들어가거나 객점에 남아 술잔을
기울였다.

소운은 당섬과 남궁종혁의 간곡한 청을 못 이겨서 밑에 남아 있었
다. 당섬과 남궁종혁은 젊은 사람은 젊은 사람끼리 뭉쳐야 한다면서
한잔하자고 소운을 꼬시고 있었다. 소운은 극구 사양했지만 혼자서 자

리를 뜨겠다는 말까지는 하지 못했다.

남궁종혁은 조금 취기가 올라 볼이 붉어진 상태에서 소운에게 물었다.

"어이쿠. 소 형제, 이 좋은 술을 왜 안 마시는 건가?"

"전… 술을 잘 못합니다."

당섬이 물었다.

"소 형제는 주량이 얼마요?"

소운은 대답 대신 손가락 두 개를 들어 보였다.

"에게~ 겨우 두 병이란 말이오?"

당섬은 그 정도밖에 못 마시냐는 듯이 말했다. 소운은 묵묵히 고개를 저었다.

"두 잔인데요……."

당섬이 다시 반문했다.

"뭐요?"

남궁종혁은 배를 쥐어 잡고 웃기 시작했다.

"푸하하핫! 소 형제가 사람 웃길 줄도 아는구만! 남자라면 적어도 한 동이 이상은 마셔야지."

당섬도 동감한다는 듯이 고개를 끄덕였다.

"한 동이면 그 안에 물만 넣는다고 해도 다 먹지 못할 만큼 많은 양 아닌가요?"

남궁종혁은 절대 아니라는 듯이 단호히 고개를 저었다.

"술배와 물배는 따로 있다네."

당섬이 말했다.

"명언이우!"

찌릿.

소운은 갑자기 전신을 갉아먹을 듯이 날카롭게 다가오는 살기를 느꼈다. 그는 그 살기가 풍겨져 오는 방향을 바라보았다.

'혈랑막도?'

이층으로 향하는 계단에서 감오극이 어슬렁어슬렁 내려오고 있었다. 드러난 양 어깨는 돌로 뭉쳐진 듯이 단단해 보였고 허리춤에 늘어져 있는 도는 금방이라도 피를 머금을 것같이 붉게 빛나고 있었다. 그의 모습은 편안히 술을 마시고 있던 낭인들에게 충분히 위압감을 안겨주고도 남았다. 소운의 앞에 앉아 있는 당섬과 남궁종혁은 감오극의 등장에 상당히 긴장하고 있었다. 감오극이 내뿜어대는 살기가 바로 자신들을 향하고 있는 것처럼 느껴졌기 때문이다. 방금 전 남자라면 술을 이 정도는 마셔야 한다고 했었을 때의 모습은 어디 갔는지 지금은 상당히 불안해하고 있었다.

감오극이 등장하자 객잔 안은 순식간에 침묵 속으로 빠져들었다.

'아앗! 저자가 이쪽으로 오고 있어!'

당섬은 속으로 비명을 질렀다. 옆에서 지켜보는 것과 직접 마주 대하는 것과는 천양지차였다. 감오극이 가까이 다가올수록 점점 더 숨이 막혀오는 것 같았다.

"따라와라."

감오극이 다가와서 극히 낮은 목소리로 말했다. 대개 이렇게 목소리를 깔면 음침하거나 느끼하게 들리기 마련이지만 감오극은 달랐다. 그의 목소리에는 좌중을 압도하는 무게감이 실려져 있었다. 당섬은 감오극의 말을 듣고서 움찔했다.

'크, 큰일이다……!'

당섬은 감히 감오극과 눈도 마주치지 못했다.

"따라와라."

감오극이 다시 말했다. 당섬은 어쩔 줄 몰라 하며 고개를 들어 감오극을 바라보았다.

'커… 억!'

고개를 쳐든 당섬은 순간 온몸에 힘이 싸악 빠졌다. 과도했던 긴장이 한꺼번에 풀려 버린 것이다. 감오극의 시선은 자신도 아니고 남궁종혁도 아니고 바로 소운을 향해 있었다. 당섬은 안도의 한숨을 내쉬면서 감오극과 소운을 번갈아 바라보았다. 앉아 있는 소운 역시도 감오극의 앞에서 안절부절못하고 있었다.

"무슨 일인가요?"

소운은 감오극이 험악한 말투로―사실은 평소의 말투지만―자신에게 말하자 낮의 일이 떠올랐다. 그때는 본의 아니게 감오극과 두 번이나 검을 부딪쳤었다. 게다가 그 두 번째에서는 감오극이 하려는 일을 망치기까지 했었다.

"지금까지 나와 두 번이나 겨루고서 살아 있는 자는 없었다."

"네에?"

"때문에 정식으로 비무를 신청한다."

감오극의 말에 놀란 것은 소운뿐만이 아니었다. 소운과 함께 앉아 있는 당섬과 남궁종혁 역시도 눈이 튀어나올 정도로 놀랐다.

당섬은 생각했다.

'비, 비무라니! 도라면 중원에서 둘째가라면 서러워할 감오극과의 비무라니. 소 형제의 목숨이 열 개라도 이번만큼은 부족할 것이다!'

"따라와라."

감오극은 소운의 대답도 듣지 않고서 바깥으로 몸을 움직였다. 감오극의 등장으로 기죽어 있던 낭인들은 이 상황을 지켜보며 무척이나 흥미로운 구경거리를 발견한 듯이 눈가에 화색이 돌았다.

소운은 갑작스런 감오극의 말에 어안이 벙벙해 있었다. 그런 그의 귓가로 모기만큼 작은 목소리가 들려왔다.

─나오지 않는다면 낮에 적들을 도왔던 사실을 모두에게 폭로해 버릴 것이다.

"으읏……."

소운은 감오극이 보낸 전음을 듣고서 그의 뒤를 따라 나갈 수밖에 없었다. 소운이 움직이자 그의 뒤를 따라 객잔 안에 있던 모든 사람들이 움직이기 시작했다.


철기방이 묵고 있는 객잔의 삼층에는 일행의 총대장인 우기랑을 비롯해서 특별히 초청해 온 고수들 소공불 포능, 망산귀수 나잠, 철서생 종리후 등이 기거하고 있었다.

포능은 온몸에 포동포동하게 살이 오른 육십 살 전후의 노인이었는데 턱에 쥐꼬리만한 수염이 나 있었다. 그는 창가에 걸터앉아서 바깥을 바라보며 연신 히죽거리고 있었다.

"오호, 이 마을에도 모가지를 잘라 버릴 위인들이 꽤 많구먼."

포능은 눈가에 웃음이 끊이지 않았다. 그러나 그의 입에서 나오는 말은 그의 표정과는 정반대였다.

"저놈은 너무 떠들어대서 주둥이를 비틀어주고 싶고, 저놈은 너무 빨리 걸어서 다리몽둥이를 분질러 주고 싶고, 저놈은… 너무 반반하게 생겼군. 얼굴 가죽을 벗겨 버려야 되겠어."

웃고 있는 포능의 곁으로 양손에 검은 장갑을 끼고 있는 나잠이 다가왔다. 나잠은 삼십 대 중반의 사내였는데 전형적인 흑도인의 인상과는 달리 얼굴이 꽤 미남형으로 생긴 자였다.

"포능 대사, 이 작은 마을에 그렇게나 손봐주고 싶은 인물이 많소?"

포능은 눈을 돌려 나잠을 바라보았다.

"오호, 여기도 한 명 있구먼."

나잠은 포능의 말에 유들유들한 태도로 응수했다.

"나 같은 미남을 손본다면 뭇 여인들의 몰매를 맞아야 할 것이오. 땡중의 머리에 손톱 자국이 생길지도 모른다오."

"오호호, 정말 가죽을 벗겨 버리고 싶어."

"농담 마시오. 나도 포 대사의 그 뱃살 속에 무엇이 있는지 궁금하다오."

한쪽에서 우기랑과 대화를 나누고 있던 철서생 종리후가 나잠과 포능에게 소리쳤다.

"싸우려거든 목적지에 도착하고 난 다음에 싸우시오! 아직 진짜 적들은 나오지도 않았소!"

종리후는 사십 대 초반의 중년문사 같은 모습이었다. 깨끗한 얼굴에 섭선을 한 손에 들고 있는 모습은 영락없는 백면서생이었다.

"오호, 능구렁이는 혓바닥을 뽑아주고 싶군."

포능의 말에 나잠이 말했다.

"동감이오."

종리후는 포능과 나잠을 보며 날카로운 눈빛을 쏘아 보냈다. 나잠은 건들거리는 태도였고 포능은 웃고만 있었다.

"쳇."

종리후는 도무지 저자들의 속을 알 수가 없다는 듯이 고개를 저었다.

"오호, 감가는 벌써 싸움을 일으키고 있구먼. 척 보니 낭인들 중의 한 사람 같은데……."

어느새 창밖으로 시선을 돌린 포능이 한마디 툭 던졌다. 포능의 말에 철기방의 화대주 우기랑이 깜짝 놀란 표정을 지었다.

"소공불, 뭐라고 하셨소?"

포능은 예의 웃음 띤 표정으로 말했다.

"오호호호, 혈랑막도가 선수를 치고 있어. 나도 냄새 나는 낭인들의 목줄기를 모조리 비틀어 버리고 싶었는데. 당했군."

나잠은 창밖으로 고개를 내밀었다.

"얼레? 진짜네? 웬 청년과 싸우고 있는데? 능구렁이, 혈랑막도부터 말리지 그랬소? 나와 포 대사는 아직 싸움도 시작 안 했는데 말이오."

나잠은 밑에 싸움이 벌어지고 있는 곳에서 시선을 떼지 않고 말했다.

"포 대사, 세상에서 제일 재미있는 구경이 무엇이오?"

포능은 대답했다.

"오호, 싸움 구경이지."

나잠이 쾌활한 음성으로 소리쳤다.

"그럼 갑시다!"

포능은 그대로 창문에서 몸을 비틀어 밑으로 떨어지며 바닥에 착지했다. 나잠이 그 뒤를 이어 몸을 날렸다.

우기랑은 그 모습을 보며 기가 막힌다는 표정을 지었다.

'워낙에 괴짜 같은 위인들을 모아온 것이라지만 초장부터 통제 불능

이군.'

"우 대주, 막아야 하지 않겠소? 아직은 때가 아니지 않소."

종리후가 나직한 목소리로 말했다.

"흐음……."

우기랑은 한숨을 내쉬었다.


"승부다."

감오극은 딱 잘라 말했다.

"이봐요. 비무가 애들 장난도 아니고. 같은 편끼리 이렇게 칼을 맞대는……."

차랑.

감오극이 도를 빼 들자 소운은 말을 더 이상 이을 수가 없었다. 소운은 감오극이 막무가내로 비무를 신청했던 것 자체가 이해하기 힘든 일이었다.

"너와 두 번이나 칼을 섞은 것도 애들 장난은 아니지."

감오극의 움직임은 명확했다. 기어코 소운과 비무를 하겠다는 것이었다.

"검을 뽑아라. 뽑지 않는다고 해도 공격한다."

당섬과 남궁종혁은 소운과 멀찌감치 떨어진 곳에서 그를 지켜보았다. 그들은 소운이 정말 끝장날 것이라고 생각했다. 자신들은 감오극이 도를 빼 든 것만으로도 그 위세에 전의를 상실해 버릴 정도였기 때문이다. 그들은 설마 소운의 무공이 자신들보다 높을까 하는 마음을 품고 있었기 때문에 감오극과 비무를 한다는 것은 정말 미치지 않고서는 할 수 없는 일이라고 생각했다.

'뭐야, 소 형제가 받아들일 기세잖아! 내가 그렇게 타일렀건만.'

당섬은 감오극이 소운을 불러내서 밖으로 나갈 때까지 소운에게 계속해서 무릎을 꿇고 싹싹 빌라고 말했었다. 그래도 안 되면 바짓가랑이를 잡고 늘어지라고. 어떻게든 살고 봐야 하지 않겠는가? 그러나 소운은 지금 허리 쪽으로 손을 가져가고 있었다.

"원치 않는 싸움이지만 어쩔 수 없군요."

소운이 검을 빼 들었다. 소운의 검은 새하얀 섬광을 머금고서 날카롭게 빛을 발했다. 그러나 그런 소운의 검을 보고서 놀라는 사람은 한 명도 없었다. 이미 소운의 검이 무조차 베지 못하는 쇠몽둥이임을 알고 있었기 때문이다. 당섬은 어처구니가 없다는 표정을 지으며 옆에 있는 남궁종혁을 향해 말했다.

"저자는 저걸로 뭘 하려는 것일까요? 설마 혈랑막도의 도를 상대하려는 것은 아니겠지요?"

"몰라. 저자가 혹시 우리가 알지 못하는 간이 배 밖으로 튀어나온 자일 수도 있지."

비관적인 생각은 이들만 하고 있는 것이 아니었다. 낭인들 사이에서는 최고의 고수로 불려지고 있는 감오극이었기에 지켜보고 있던 많은 낭인들은 곧 소운이 피를 토하고 쓰러지는 장면을 상상했다.

소운은 감오극을 바라보았다. 감오극은 도를 정중앙에 받쳐 들고서 한 치의 흔들림도 없이 자신을 바라보고 있었다. 빈틈이 없다라는 말은 감오극을 두고 하는 말 같았다.

'고수다. 내가 이제껏 상대했던 사람들과는 전혀 다른 고수야.'

소운은 섣부르게 공격을 하지 못하고 감오극이 공격해 오기만을 기다릴 수밖에 없었다.

‘공격해 오는 틈을 타서 빈 곳을 노려야 해.’

감오극이 소운에게 한 발을 내디뎠다. 소운은 긴장했다. 감오극은 소운이 만만치 않다고 여겼던지 선제공격을 시도했다. 감오극은 곧바로 일직선 방향으로 소운과 가장 가까운 거리를 단번에 좁히며 도를 수직으로 내려쳤다.

‘투도(鬪刀) 묵(默)!’

감오극은 소운의 정수리를 향해 도를 휘둘렀다. 긴장 상태에서 마음의 준비를 하고 있던 소운은 새하얀 검신이 빛나는 자신의 검을 들어 감오극의 도를 막아섰다.

카강!

도와 검이 부딪치면서 불꽃이 피어올랐다. 그리고 소운이 감오극의 도가 주는 충격을 못 이기고 뒤로 밀려났다. 소운은 두 발이 땅에 박혀진 상태로 삼 장여 가까이나 밀려나 버렸다. 땅에는 있는 소운의 두 발이 그려낸 움푹 파여진 궤적이 방금 전 싸움의 결과를 말해 주고 있었다.

“크윽.”

생각보다 엄청난 위력이었다. 소운은 자신이 뒤로 밀려 나간 것보다도 감오극의 도에 담겨져 있는 거대한 무게에 놀라고 있었다.

‘천근바위가 짓누르는 것 같았어… 이것이 도인가?’

도는 검과는 달리 끝이 날카롭지도 않고 한쪽 면에만 날이 세워져 있다. 때문에 도법을 쓰는 사람들은 검법처럼 찌르거나 날렵하게 휘두르는 동작을 하지 않았다. 오로지 베고 또 베는 도의 특징을 살린 도법을 사용하는 것이다. 소운은 감오극의 공격을 받아낸 뒤에 곧바로 틈을 노려 반격할 생각을 가지고 있었다. 그러나 감오극의 도에 담겨져 있는 극강한 위력은 소운에게 반격을 해야겠다는 생각을 송두리째 빼앗아가 버렸다.

감오극은 소운이 숨 돌릴 시간도 주지 않고 공격을 했다. 소운은 저릿저릿한 팔을 주무를 새도 없이 재차 달려드는 감오극의 공격을 막아야 했다. 감오극의 도는 이번에는 좌측에서부터 수평으로 다가왔다. 소운은 있는 힘을 다해 감오극의 공격을 맞받아쳤다.

카아앙!

"흐읍!"

소운의 신형이 감오극의 도가 공격해 온 방향과는 반대 방향으로 날아갔다.

'이럴 수가……!'

소운은 감오극의 힘을 이기지 못하고 공중에 몸이 떠버린 자신을 보며 무척 놀라고 있었다. 감오극은 한번 잡은 승기를 놓치지 않고 곧바로 소운에게 달려들었다. 소운은 공중에 뜬 상태로 감오극의 공격을 막아야만 했다.

'투도 회(廻)!'

감오극의 도가 사방팔방에서 소운의 신형을 노리고 날아들었다. 마치 폭풍우가 몰아치는 것처럼 강력한 연타였다. 소운은 등줄기에 식은 땀을 흘리며 감옥극의 도를 막아내는 데만 급급했다.

'이런… 이런…….'

소운은 정신없이 도를 막아내면서 생각했다.

'영검은 깃털보다도 가벼워. 그리고 저 사람의 도는 천근만근이나 되는 것처럼 무겁고. 거기서 생기는 힘의 차이는 지금 극복할 수 있는 상황이 아니야.'

소운이 감오극의 폭풍과도 같은 공세 속에서 비틀거리는 장면은 당섬이나 남궁종혁으로 하여금 손에 땀을 쥐고 긴장을 하게 만들었다.

'뭐 하는 거야, 소 형제! 도망을 쳐야지!'

도가 아슬아슬하게 소운의 뺨을 비끼고 지나가자 당섬은 마치 자신이 당하고 있기나 한 듯이 가슴을 쓸어 내렸다.

소운은 힘을 앞세우는 도법의 무시무시함을 오늘 절실하게 느낄 수 있었다.

'이래선 안 돼. 제대로 된 공격을 한 번도 하지 못하고 있어. 어쩔 수 없어. 한 번만 내공을 사용하자.'

소운은 결심을 했다. 감오극의 도가 원을 그리며 그의 정면을 향해 들어왔다. 찌르는 것도 베는 것도 아닌 이상한 움직임이었다. 그러나 소운은 그 안에 숨겨져 있는 무서운 변화를 떨려오는 피부로 실감할 수 있었다.

'지금이야!'

슈우욱!

소운의 검에서 갑자기 사방으로 바람이 뿜어져 나갔다. 그리고 원을 그리며 다가오고 있는 감오극의 도를 향해 소운의 검이 돌진해 들어갔다. 감오극은 그것을 보며 생각했다.

'힘으로 막겠다는 건가?'

원을 그리며 다가오고 있던 도가 갑자기 벼락이라도 맞은 것처럼 흔들거리며 소운의 오른팔을 노리고 들어왔다. 소운은 그 순간 검을 움직여 감오극의 도와 정면으로 부딪쳤다.

'그건 불가능이야!'

감오극은 소운이 이 기세를 이기지 못하고 가랑잎처럼 뒤쪽으로 날아가 버릴 것이라고 생각했다. 그러나 소운의 검에 담겨져 있는 위력은 감오극의 예상을 뛰어넘었다.

쾌앙!

감오극의 도가 비무가 시작된 이래 처음으로 밀려났다. 감오극은 도를 들고 있는 오른팔이 쩌렁쩌렁 울리는 것을 느꼈다.

"크으웃."

감오극은 자신의 도를 튕겨낸 소운의 검을 바라보며 믿을 수 없다는 표정을 지었다. 그것은 싸움을 주의 깊게 지켜보고 있던 당섬 역시도 마찬가지였다.

'혈랑막도가 소 형제를 봐주고 있는 건가?'

소운은 감오극의 도를 튕겨낸 뒤에 그를 향해 말했다.

"죄송합니다."

이 말을 함과 동시에 소운의 반격이 시작되었다. 감오극은 소운의 사과를 듣고서 이해하지 못하겠다는 표정을 지었다. 그러다가 소운의 움직임을 보고서야 한 가지 사실을 떠올렸다.

'설마… 이자도 내공을 사용하지 않고 있었던 것인가?'

감오극은 방금 전 검에서 뿜어져 나왔던 바람을 떠올리며 충분히 그럴 수 있다고 생각했다.

'놀랍군.'

소운은 곧바로 검의 장점을 살린 빠른 변화를 위주로 한 공격을 시작했다. 감오극은 일단 수세에 몰렸으니 동귀어진의 수법을 사용할 것이 아니라면 소운의 공격을 막아야만 했다.

"바, 반격을……."

당섬은 너무도 놀랐다는 듯이 말을 더듬었다.

채쟁!

감오극은 소운의 검을 막아내면서 눈썹을 찌푸렸다. 그의 왼 팔뚝에는 한 치 정도의 생채기가 나 있었다.

'망할! 삼재검법이라니. 그것도 이상한 경지의……'

감오극의 패도적인 공격 속에서도 소운은 상처를 입지 않았었는데 감오극은 단 한 번의 공격에 가볍지만 상처를 입은 것이다. 하나 이 상처는 주변에서 관전하고 있던 사람들에게 보이지 않았기 때문에 그들은 왜 감오극이 인상을 쓰고 있는지 알 수가 없었다.

소운이 삼재검법을 쓰고 있다고는 하지만 그것은 상당히 변형된 검법이었다. 주변 사람들에게는 보이지 않을 정도로 빠른 움직임을 보이는. 감오극은 소운의 검을 막아내면서 여러 군데 상처를 입으며 곤욕을 치러야 했다. 소운의 공격은 강력한 일격은 아니었지만 이러다가는 제풀이 지쳐서 쓰러질지도 몰랐다.

감오극은 생각했다.

'어린 청년이 싸움의 경험이 풍부해. 열세의 상황에서 이렇게나 흔들림없이 공격을 시도하다니. 이제는… 내가 열세인가?'

소운의 영검은 비록 무뎠지만 엄청난 속도를 이용해 감오극의 전신에 상처를 남겨주고 있었다. 감오극의 전신은 조금씩 붉은 피로 물들기 시작했다. 지켜보고 있던 사람들은 소운이 일방적으로 공격을 하고 있는 모습에 눈을 뗄 수가 없었다. 광주 일대에서 최고의 고수라는 혈랑막도를 압도하고 있다니……

카강! 캉! 카강!

도와 검이 빠른 속도로 부딪쳤다가 물러나기를 반복했다. 감오극의 도는 위력적이기는 했지만 소운의 빠른 움직임을 따라가기가 힘들었다. 소운의 검이 감오극의 이마를 향해 곧장 찔러 들어왔다. 평범한 움직임이지만 활력에 차 있었다. 마치 검이 살아 있는 듯이.

'위험하다!'

감오극은 도를 들어 소운의 검을 올려쳤다.

화아악!

감오극의 도에서 날카로운 도기가 뿜어져 나왔다. 소운의 검은 그 도기와 충돌해 맥없이 튕겨 나갔다.

"으으윽."

소운은 날아가는 검을 꽉 붙잡으며 왼손으로 오른 손목을 감싸 쥐었다.

'세다……!'

감오극의 도기와 부딪친 충격은 오른 손목이 끊어질 정도로 뼈아픈 고통을 남겨주었다. 감오극은 활발한 공세를 펼치다가 물러선 소운을 보며 생각했다.

'치잇. 내공을 사용하고 말았다. 그것도 위기에 몰려서…….'

감오극과 소운은 서로 눈빛을 교환했다. 이미 한 번씩 주고받은 상태였다. 그 결과는 서로 비등한 상태. 진정한 승부를 가리기 위해서는 서로 내공을 사용해야만 했다.

"너는 누구냐?"

"소운입니다."

"소운… 소운이라……."

감오극은 호흡을 가다듬었다. 그는 붉은빛을 발하고 있는 자신의 도를 바라보았다.

"인정해 주겠다. 넌 내 도를 두 번씩 받고서도 살아 있을 자격이 충분하다.”

감오극의 말에 주변에 있던 낭인들이 술렁거렸다.

“하지만 지금부턴 조심해야 할 것이다. 내 진정한 무공을 보여주겠다.”

감오극의 눈빛은 활활 타올랐다. 소운은 그런 감오극을 보며 긴장할 수밖에 없었다.

당섬은 남궁종혁에게 말했다.

“우와앗! 혈랑막도가 진짜로 소 형제를 죽일 셈인 것 같소.”

“그러게 말이오.”

낭인들은 점차 기세를 올려가고 있는 감오극의 도를 보며 알 수 없는 공포를 느끼고 있었다.

“그만!”

점차 열기가 고조되고 있는 가운데 장내로 우람한 체격의 중년인이 나타났다. 바로 낭인들을 이끌고 있는 화대주 우기랑이었다. 그의 뒤를 따라 철서생이라 불리우는 종리후까지 모습을 드러냈다.

우기랑이 감오극을 보며 말했다.

“감 대협, 이제 그만 하십시오.”

감오극이 낮은 음성으로 말했다.

“싫다면?”

“그렇다면 철기방의 이번 행사에서 빠져 주서야 하겠습니다. 아, 물론 보수는 약속했던 대로 드리겠습니다.”

감오극은 우기랑의 말을 듣고서 가만히 무언가를 생각했다. 그리고 나서 끌어올렸던 내공을 다시 원상태로 풀어버렸다.

“보수는 탐나지 않지만 저 청년이 어떻게 돌변할지는 궁금해지는군.”

감오극은 차분하게 들고 있던 도를 허리춤에 갈무리했다. 소운은 그 모습을 보며 안도의 한숨을 내쉬었다.

"오호, 이거 너무 아쉬워서 이 자리에 있는 자들 모두를 죽여 버리고 싶군."

낭인들 틈에서 살이 통통하게 찐 노인 한 명이 모습을 드러냈다.

"아… 우 대주가 조금만 더 늦게 나타났더라면……."

노인의 뒤를 이어 호남형으로 생긴 삼십 대 중반의 장년인이 모습을 드러냈다. 그들은 바로 객잔의 창밖으로 몸을 날려서 싸움을 구경했던 포능과 나잠이었다.

우기랑은 모두를 향해 소리쳤다.

"싸움은 끝났다! 모두들 들어가 내일 아침 일찍 출발하기 위한 채비를 갖추어라!"

낭인들은 비무를 더 지켜보지 못한 것이 못내 아쉬웠지만 총대장의 말을 거역할 순 없었다. 그들은 들어가면서도 감오극에게 밀리지 않는 싸움을 펼친 소운을 향해 엄지손가락을 치켜 올려 보았다.

"오호, 이거 혈랑막도의 체면이 말이 아니군 그래."

감오극은 포능의 말을 듣고서도 표정 하나 변하지 않았다. 감오극은 소운을 바라보며 말했다.

"승부는 다음으로 미루도록 하지."

감오극은 허리에 찬 도를 덜렁거리며 객잔 안으로 성큼성큼 발을 내디뎠다. 소운은 그런 감오극을 바라보며 생각했다.

'도무지 종잡을 수가 없는 사람이다. 처음 공격을 시작했을 때 내공 없이 펼치는 것은 알았지만 끝까지 그것을 유지하다니. 저 사람은 정말 내 목숨을 취하기 위해서 나와 비무를 벌였던 것일까?

“역시 자네였군.”

소운의 앞으로 우기랑이 다가왔다.

“어떤가, 이참에 낭인들과 숙소를 같이 쓸 게 아니라 삼층으로 올라오는 것이? 대우도 바꿔주겠네.”

“아니요. 전 저 사람들과 함께 있는 것이 편합니다.”

“그런가. 그렇다면 어쩔 수 없지.”

나잠은 소운에게 다가와서 그의 어깨를 탁탁 쳤다.

“대단한 비무였어. 뭐, 비록 서로 전력을 다하진 않았지만, 오랜만에 보는 통쾌한 비무였어. 얼굴을 보아하니 자네도 나처럼 여자깨나 후리겠는데?”

포능이 그런 나잠을 비웃었다.

“오호호, 아가씨와 아줌마라는 차이가 나겠지.”

“늙은이! 말이 많다!”

“오호, 싸워볼 텐가?”

우기랑이 소리쳤다.

“그만 하십시오! 모두들 내일 출발해야 하지 않습니까!”

우기랑이 인상을 쓰자 포능과 나잠은 어쩔 수 없다는 듯이 객잔 안으로 들어갔다.

# 제59장
## 형산에 이는 바람

 비룡단에서 절세미녀로 꼽히는 천향혜, 한쌍아는 모두 임무를 수행하기 위해 출타 중이었다. 때문에 무림맹의 남성들은 여느 때와는 다르게 풀이 죽은 하루를 보내고 있었다. 그런데 이 무림맹에 엄청난 소식이 전해졌다. 바로 천하제일의 미녀라고 불리우는 무림맹주의 딸 무심화 고연진이 무림맹 입구에 나타났다는 소식이 말이다.

 이 소문에 무림맹 안에 기거하고 있던 젊은 청년들은 너나 할 것 없이 무심화를 보기 위해 무림맹 입구로 달려갔다. 그러나 무심화는 이미 그 자리에 없었다. 그녀가 나타났다는 소식을 전해 들은 무림맹주가 친히 그녀를 데려갔기 때문이었다.

 무림맹의 젊은 청년들은 다시금 풀이 죽어서 제자리로 돌아갔다. 개중에 몇몇은 무림맹주의 거처로 달려가 그녀의 뒷발꿈치라도 보기를 원했다. 그러나 무림맹주의 거처를 호위하고 있는 백호단원들의 손길에 막혀서 그 의지마저 꺾여 버려야 했다.

"휴우… 무참히 짓밟혀진 내 신세야……."

마진은 한 정자 안에 걸터앉아 탄식을 내뱉었다.

"오랜만에 고 소저의 얼굴 좀 보려고 했더니 백호단 녀석들이 발길을 막는구나. 사형이 있을 때가 좋았지. 사형이라면 무슨 수를 써서라도 고 소저의 얼굴을 보았을 텐데. 고 소저가 왔다면 분명 소운도 같이 왔을 터. 쌍아가 있었다면 무척이나 좋아했겠구나."

"진이 형! 흑룡당주님이 찾고 있어!"

그때 마진이 앉아 있는 곳으로 귀여운 용모를 한 청년 한 명이 나타났다.

"풍아냐? 누가 찾는다고?"

마진은 헐레벌떡 뛰어온 풍아에게 되물었다.

"흑룡당주님이! 급한 일이래!"

"급한 일은 무슨. 또 쓰잘데기없는 임무를 맡기시려는 거겠지."

"아니야. 나보고 진이 형이랑 신지 형이랑 무인이 형을 꼭 데려오라고 하셨단 말이야."

마진은 풍아의 말을 듣고서 이상하다는 듯이 물었다.

"무인이 형?"

"응."

"혹시 화산사룡 중 가장 설쳐 대는 화무인을 말하는 거냐?"

"응."

마진은 작은 키에서 어찌 그리 높게 손이 올라가는지 주먹을 들어 공중에서 아래로 풍아의 머리를 내리쩍었다.

"화무인이 왜 형이야! 화무인은 그냥 화무인일 뿐이야! 아니면 화뺀

질이라고 부르던가."

"아야!"

풍아는 머리를 감싸 쥐고 마진의 곁에서 물러섰다. 그런데 풍아의
눈은 자신을 쥐어박은 마진에게 향해 있지 않고 그의 뒤쪽을 바라보고
있었다.

"그러는 너는 화뺀질이보다 나이가 많은가?"

마진의 등 뒤에서 낯선 목소리가 들려왔다.

"그야 당연히 한 살 어리지… 끄아아악!"

마진은 등 뒤에 나타난 자를 보고 깜짝 놀랐다.

"진이 형… 무인이 형이 뒤에……."

"그걸 왜 인제 말해!"

풍아가 머리를 긁적였다. 화무인은 아무런 표정 변화 없이 마진을
바라보았다. 마진은 풍아를 보며 나중에 죽을 줄 알리는 듯이 주먹을
쥐어 보였다.

화무인이 말했다.

"맹주님의 거처에서 긴급 소집이다. 넌 안 갈 테냐? 그렇다면 내가
잘 말해 주지. 풍아야, 가자."

"응."

마진은 코웃음을 치며 등을 돌렸다.

"흐응, 내가 거길 왜 가? 내 휴식 기간이 아직 이틀이나 남아 있는
데. 난 이 기간을……."

마진은 갑자기 무언가가 생각이 난 듯이 눈이 번쩍였다.

"자, 잠깐! 맹주님의 거처라고? 그럼 고 소저가 들어간 그곳을 말하
는 거네?"

마진은 멀찌감치 걸어가고 있는 화무인과 풍아를 향해 달려갔다.

"야! 기다려!"

마진은 얼른 뛰어가 그들과 합류했다.


"모두들, 사태의 심각성은 잘 알고 계시겠지요?"

좌중을 향해 말을 꺼낸 태상장로 현명 대사는 얼굴에 수심이 가득했다. 지금 이곳에는 현명 대사를 비롯해서 무림맹을 이끌어가는 중추적인 인물들이 모두 모여 있었다. 그리고 한쪽에는 어두운 표정을 하고 있는 고연진도 있었다. 그녀는 선부령을 나와서 한달음에 무림맹으로 달려온 상태였다.

현명 대사는 침중한 음성으로 말했다.

"목 도장과 함께 무당의 적송 도장이 하루아침에 사라져 버렸습니다. 그분들의 거처에는 어떠한 흔적도 남아 있지 않았고, 어디로 사라졌는지 아무도 알지 못하고 있습니다. 이 일이 무림맹 내에서 일어났다는 것이 더욱 커다란 문제입니다."

이명각이 자리에서 일어났다.

"이미 강호에서는 소림의 전대 장문인 현종 대사와 종남의 태상호법 초상인 노선배와 아미의 장로 인화 보살, 청성의 장로 두령 도장, 당문의 장로 당백문 노선배, 남궁세가의 남궁창협까지 도합 여덟 명이 아무런 이유 없이 자취를 감춘 상태입니다."

고수천이 말했다.

"팔대고수들의 실종인가?"

"네. 강호에서는 벌써부터 이것을 일컬어 팔대고수실종 사건이라고 부르고 있습니다."

고수천이 이명각에게 물었다.

"이게 도대체 언제 벌어진 일인가?"

"두 달여 전부터 순차적으로 방금 전에 나열해 드린 인물들이 사라지기 시작했습니다. 목 도장님이 사라졌을 때만 해도 워낙에 바람 같으신 분이라 어딘가로 여행을 떠나셨겠거니 생각했었습니다. 하지만 그 다음부터 이어지는 각 파의 노장로들과 오대세가 문중 수장들의 실종은 지난달 말일 남궁 대협의 실종을 바탕으로 확실한 문젯거리로 드러났습니다. 이 모든 분들이 작정을 하고서 강호 깊숙이 은거한 것이라는 가능성도 있지만, 사전에 어떠한 언질도 없이 갑자기 사라져 버렸다는 점에서 제삼의 세력이 관여했다고 보여집니다."

인정 신니가 물었다.

"아니, 도대체 현존하는 세력 중에서 그만한 고수들을 납치할 만한 일을 벌일 집단이 어디 있습니까?"

"이 년 전이라면 마도련이 유력했겠지만… 지금의 마도련은 껍데기뿐인 상태. 때문에 이 일이 더욱더 오리무중으로 빠져들고 있습니다."

똑똑똑.

집무실 문을 두드리는 소리가 들려왔다.

"비룡부단주와 그의 부하들이 도착했습니다."

이명각이 바깥을 향해서 말했다.

"들여보내게."

집무실 안으로 네 명의 청년들이 들어왔다. 한 명이 키가 작은 것을 제외한다면 모두들 하나같이 영준한 청년들이었다. 특히 가장 앞에 서 있는 청년은 천상의 옥룡이라고 부를 수 있을 정도로 대단한 미남자였다. 그 청년은 천하제일가의 후손으로 비룡단에서 부단주를 맡고 있는 모용신지였다. 옆에 있는 청년들은 같은 비룡단원인 화무인과 마진, 풍아였다.

"모용신지, 흑룡단주님의 전갈을 받고 급히 달려왔습니다."

모용신지가 대표로 좌중에 있는 사람들을 향해 인사했다. 뒤에 서 있는 세 명의 청년들도 모용신지를 따라 허리를 굽혔다.

"그래, 이리 와 앉게."

이명각이 그들을 보며 자리를 권했다. 모용신지는 안으로 들어서다가 한쪽에 고연진이 앉아 있는 것을 발견하고는 가볍게 눈인사를 했다. 고연진도 모용신지를 보며 가볍게 고개를 끄덕였다.

"이 전대미문의 사건을 해결하기 위해 저와 유 단주가 의논한 끝에 현재 강호에서 활동하고 있는 비룡단원들 중 가장 우수한 단원들을 투입하기로 결정했습니다."

"모용 부단주가 인솔하는 비룡단원들 말인가? 비룡칠연수(飛龍七聯手)라고 했던가?"

"네. 현재 임무 수행 중인 세 명의 비룡단원들이 합류하지는 않겠지만 이번 사건을 그들에게 맡길 생각입니다."

"흐으음, 그것만 가지고 되겠는가?"

"현재로써는 흑룡당의 모든 인원들이 총동원되어서 조사하고 있는 실정입니다만 단서가 전무합니다. 아무리 많은 사람들이 달라붙는다고 해도 단서를 발견하기는 힘들 것입니다. 차라리 몇몇의 유능한 인물들이 이 사건을 조사하는 게 현명하리라고 봅니다. 현재 흑도의 거대 문파들의 움직임이 심상치 않은 마당에 인원을 더 차출할 수 없다는 것도 문제가 되고 있습니다."

이명각과 고수천의 대화는 방 안에 있던 모든 사람들에게 더욱 걱정

거리만 안겨주었을 뿐이었다.

"실종된 사람들 중에 신기자 추 대협도 포함시켜야 할 것 같소."

고수천이 난데없이 말을 꺼냈다. 이명각은 고수천의 말을 듣고 크게 놀랐다.

"네에? 신기자 어르신까지 실종되셨단 말입니까? 그건 어떻게……."

고수천은 어두운 안색을 하고 있는 고연진을 바라보았다.

"모두들 알다시피, 내 딸아이가 신기자 어르신의 제자이지 않소. 그 아이의 말을 들어보니 얼마 전 선부령에 침입자가 들어 신기자 어르신과 함께 사라져 버렸다고 하오."

이명각은 그 소리를 듣고 너무도 놀라서 말조차 나오지 않았다.

'선부령은 그 누구도 들어갈 수 없다는 절대의 방어진이 설치되어 있지 않은가? 그것을 뚫고서 신기자 어르신을 납치해 갔다는 말인가? 어떻게?'

한쪽에 앉아 있던 마진은 근심 어린 고연진의 얼굴을 바라보며 생각했다.

'신기자 어르신이 사라져 버리다니… 고 소저가 오랜만에 강호에 나온 것이 그런 일 때문이었을 줄이야… 그나저나 소운, 이 자식은 어디 있는 거야? 고 소저가 저렇게 가슴 아파하고 있는데.'

"그렇기 때문에 무림맹에 직접적인 위기가 닥친 것은 아니지만 정도의 모든 문파에 소집령을 내리려고 하오."

이명각은 강호를 지탱하는 고수들 아홉이 사라졌다는 사실을 그제야 뼈저리게 느낄 수 있었다.

"소집령이라면… 청룡, 주작, 현무단을 다시 창설하겠다는 말씀이십니까?"

"그렇소. 이것은 새로운 적들의 등장을 암시하고 있는 것이오. 그것도 정도의 기둥들을 소리 소문 없이 납치해 갈 정도로 무서운 적들 말이오."

"하지만 현실적으로 적들은……."

"신기자 어르신마저 실종되셨소. 더 이상 무슨 말이 필요하단 말이오?"

"이미 대부분의 문파들이 이 년 전에 입었던 손실을 복구하지도 못하고 있는 실정입니다. 자칫하다간 정도의 뿌리가 흔들리는 일이 될 수도 있습니다. 이 사건을 더 조사한 뒤에 소집령을 내리시는 것이……."

"으음……."

고수천은 고심했다.

마진은 그런 고수천을 보며 생각했다.

'흥. 얼굴에 안 어울리게 어디 걱정하는 표정을 짓고 있어. 이미 다 정해놓았으면서. 아무튼 예전부터 느낀 거지만 맹주의 억지스런 고집은 알아줘야 한다니까. 신기자 어르신을 핑계 대고 정파 전체를 호령해 보시겠다 이건가?

"아무튼 그 사항은 시일이 더 지난 뒤에 의논해야 할 것 같습니다."

이명각의 말에 고수천은 어쩔 수 없다는 표정을 지었다. 고수천은 모용신지를 비롯해서 그 옆에 앉아 있는 비룡단원들을 보며 말했다.

"자네들, 자네들의 임무가 얼마나 막중한 것인가 잘 알고 있겠지?"

"예, 맹주님."

"수고하게."

집무실에서 있었던 회의는 그렇게 막을 내렸다. 이명각은 따로 모용 신지 등에게 지시하기 위해서 남아 있으라는 말을 전했다.

무림맹을 움직이는 고위급 인사들이 집무실을 빠져나간 뒤에 이명 각은 한숨을 내쉬었다.

'엉망이다. 무림맹은 현재 강호를 조율할 만한 힘이 남아 있지 않아. 맹주는 힘을 더하는 것에만 관심을 쏟고 있고… 만약에 이 사건이 사 파 쪽에서 일으킨 것이 아니라면 더더군다나 힘들어진다. 마도련보다 더한 세력이 남아 있다는 말이 될 테니. 철기방에 잠입한 두 명의 비룡 단원들이 제대로 된 정보를 빼내와야 할 텐데……'

집무실 안에는 모용신지 등과 고연진이 남아 있었다.

"고 소저, 정말 오래간만이에요."

풍아가 고연진을 보며 반가운 듯이 소리쳤다.

"네, 오랜만이군요, 한 공자."

"한 공자? 헤헷……."

풍아는 그 소리가 듣기 좋은지 귀까지 입이 벌려졌다. 마진이 이상 하다는 듯이 고연진에게 물었다.

"고 소저, 그런데 소운은 어디 간 거죠? 같이 다니지 않았나요?"

그 말에 고연진의 표정이 어두워졌다.

"소 공자와는 이 년 전부터 같이 있지 않았어요. 아직 해야 할 일이 남아 있다고… 마 공자야말로 소 공자의 소식을 듣지 못했나요?"

"으음… 아니오, 전혀……."

가만히 있던 화무인은 고연진에게 말했다.

"사매, 신기자 어르신이 갑자기 사라져 버려서 걱정이 이만저만이 아니겠군. 몸은 괜찮은 거야?"

"괜찮아요, 화 사형."

화무인은 고연진의 얼굴을 보며 걱정스러운 듯이 말했다.

"너무 상심하지 마, 고 사매. 신기자 어르신은 분명 무사하실 거야."

고연진은 화무인의 말에 고개를 끄덕였다. 그녀는 잠깐 뜸을 들이다가 모용신지에게 물었다.

"모용 공자는 혹시 소 공자의 소식을 알고 있나요?"

모용신지는 고연진이 이 년 만에 만나 한다는 소리가 소운에 관한 이야기이자 순간적으로 불끈하는 감정이 솟아올랐다. 하지만 표정의 변화 없이 고연진에게 대답했다.

"아니오. 어디에서도 들어보지 못했습니다."

이명각은 맹주와 태상장로가 내려가는 것을 확인한 뒤에 다시 집무실로 돌아왔다.

"외숙부, 우리보고 사건을 맡으라니 그게 무슨 소린가요?"

풍아가 이명각이 들어서자마자 급히 물어왔다. 이명각은 손을 들어 풍아를 진정시킨 다음 말했다.

"신지야, 이 년 전에 너희 가문의 전대 가주님이 사라지셨다고 했었지?"

"네."

"그것과 이 사건이 관계가 있는 것 같다."

"그런가요?"

"물론 시간 차이가 많이 나긴 하지만 아무런 이유 없이 사라져 버렸다는 점이 똑같아. 설마 하니 천하제일가의 전대 가주님께서 이 년 동안이나 몸을 숨기고 장난을 치시지는 않을 테니까. 천하제일가에서는 전대 가주님의 실종을 조사하고 있겠지?"

“네, 수린이가 이곳저곳을 조사하고 있는 중입니다.”

“아마도 흑룡당의 정보력만으론 이번 일을 해결하기 힘들 것이다. 신지, 너는 네 가문의 조사단과 협력해서 이번 사건을 하나하나 조사해 나가기 바란다.”

이명각은 정말이지 믿을 것은 비룡단원들의 힘밖에는 없다고 생각했다.

“이 당주님.”

고연진이 이명각에게 입을 열었다.

“물어볼 것이 하나 있습니다.”

“무엇인데 그러나?”

고연진은 품속에서 책 한 권을 꺼내 들었다. 고풍스러운 표지에 소가운풍록(小家雲風錄)이라고 제목이 적혀 있는 책자였다.

“사부님이 사라진 그날 밤 사부님의 거처에는 이 책자와 함께 이런 글이 적혀 있었어요.”

고연진은 소가운풍록의 아랫부분에 적혀진 글자 세 개를 가리켰다.

“묘(苗), 인(人), 동(洞)?”

“아마도 사부님께서 사라지기 직전에 남기신 글 같아요.”

“묘인동? 묘인동이라…….”

이명각은 고연진이 내민 책자가 뜻밖의 단서가 될 수 있음을 예감했다.

“묘인이라 함은 묘강(苗彊)에 살고 있는 묘족(苗族)들을 칭하는 말 같은데… 묘인동은 들어보지 못했는걸? 신지, 자네는 알고 있나?”

“글쎄요. 저도 들어보지 못했습니다.”

이명각은 고연진에게 말했다.

“그 책자를 훑어보아도 되겠는가?”

고연진은 대답 대신에 책자를 이명각에게 넘겨주었다.

‘으음… 이 책은… 소씨 일족 중 영웅으로 칭송받은 사람들을 모아 놓은 책 같군. 가만있자……’

이명각은 책을 주욱 넘기다가 끝 부분에서 흥미로운 것을 발견해 냈다.

선풍검객. 한 자루의 검으로 무림을 지켜낸 바람의 달인. 마도련과 무림맹이 서로의 세력을 등에 업고 커다란 충돌을 일으켰을 때 혜성처럼 나타난 검객. 사람들은 그를 일컬어 선풍검객이라고 했다…….

‘이것은… 소운이라는 아이를 말하는 것이 아닌가? 이 책이 언제 만들어졌길래 이 년 전의 일까지 상세하게 기록되어 있는 거지?

이명각은 책에서 더 이상의 이상한 점은 발견할 수 없자 고연진에게 다시 넘겨주었다.

“혹시 책의 맨 뒷부분에 써 있는 내용을 읽어보았는가?”

이명각이 고연진에게 묻자 그녀는 고개를 끄덕였다.

“이 책은 사부님께서 친히 기록하신 것이에요. 일 년 전부터 이 책을 써오신 것으로 알고 있어요.”

“흐으음…….”

이명각은 도무지 모르겠다는 표정을 지었다.

‘신기자 어르신이라면 묘인동이라는 글자를 다른 곳이 아닌 이 책에 쓰신 이유가 있을 것이다.’

모용신지가 이명각과 고연진을 향해 말했다.

"수린이라면 묘인동이 무엇을 의미하는지 알고 있을 것입니다. 조금 행동이 방정맞기는 하지만 그 아이만큼 박학한 사람도 드물거든요."

이명각이 말했다.

"으음, 일단 이것은 자네의 동생을 만나야 확실히 알 수 있겠군. 어차피 실종 사건을 조사하기 위해 자네의 동생을 만나봐야 할 테니 잘되었군."

풍아가 말했다.

"우음, 그럼 지금부터 임무 수행 시작인가요?"

이명각은 풍아의 등을 탕 하고 내려쳤다.

"그래, 이 녀석아. 그리고 내가 외숙부라 부르지 말라고 했지!"

"아아! 아파요. 우웅~ 왜 사람들은 날 볼 때마다 때리지 못해서 안달일까……."

마진이 풍아의 볼을 꼬집으며 말했다.

"네가 귀여워서 그래, 욘석아!"

풍아와 마진의 행동은 굳어져 있는 일행의 분위기를 조금은 녹여주었다.

"저도 돕겠어요. 이건 제 사부님의 일이기도 하니까요."

고연진이 말했다. 그녀의 말에 화무인과 마진은 적극 찬성했다. 모용신지도 턱을 끄덕이며 말했다.

"고 소저가 돕는다면 엄청난 힘이 될 것입니다."

풍아가 소리쳤다.

"야호! 이거 서장으로 가던 때가 떠오르는걸? 신지 형, 그럼 당장 출발할까?"

마진이 그런 풍아를 보며 말했다.

"풍아야, 이건 그때와는 달라. 그때보다 훨씬 인원도 적고… 그때는 마도련이라는 확실한 적이 있었지만 지금은 적이 누군지 아무도 모르고 있어."

"알아, 안다구. 하지만 다 같이 움직이는 게 좋기만 한걸? 지금까지 금초 녀석하고만 임무를 수행해서 무척 심심했었단 말이야."

"다 큰 녀석이 어린애같이 굴기는… 참내."

강호에서 벌어진 십대고수의―모용격까지 포함해―실종 사건을 조사하기 위해 모용신지를 비롯한 젊은 비룡단원의 움직임이 시작되었다.

이것이 훗날 강호의 안녕에 어떠한 영향을 끼칠지는 지금 이곳에 있는 어느 누구도 예측할 수 없었다.

*　　　　*　　　　*

"우와! 역시 오악 중의 하나답군."

형산의 초입에 들어선 철기방 일행들은 잠깐의 휴식을 취한 뒤에 산을 넘기 위해 움직였다. 소운은 그 틈 사이에서 당섬, 남궁종혁 등과 함께 이동하고 있었다.

당섬은 사방 백여 리 가까이 굽이굽이 산세가 뻗어 있는 모습을 보며 적잖게 감탄하고 있었다.

"염 형, 입만 벌리고 있을 때가 아니네."

남궁종혁이 당섬을 향해 말했다. 당섬은 현재 염기력이라는 이름으로 가장하고 있었기 때문에 남궁종혁은 그를 '염 형'이라 부르고 있었다.

"이 험한 산을 올라가야 한다고 생각하면 감탄이 탄식으로 바뀌지 않겠는가.”

당섬은 그 말을 듣고 보니 확실히 이 산을 오르는 것은 무척이나 힘든 일이라 생각되었다.

“에휴… 기대했던 적들은 나타나지도 않고…….”

“오호, 무슨 적들 말인가?”

당섬과 남궁종혁의 사이로 불쑥 몸집이 비대한 노인 한 명이 나타났다. 당섬은 그 노인을 보고 기겁했다.

“아, 아닙니다.”

“오호… 그런가?”

포능은 새우같이 자그마한 눈으로 당섬의 얼굴을 훑었다. 당섬은 최대한 당황하지 않으려고 빙그레 웃음을 지어 보였다. 포능은 그런 당섬을 보며 한마디 툭 던지고는 사라졌다.

“오호, 자네의 미소는 나잠, 그 애송이 놈을 닮았군.”

포능이 사라지자마자 검은 장갑을 끼고 있는 나잠이 나타났다.

“어디? 이봐요, 포 대사! 전혀 안 닮았잖아!”

나잠은 당섬의 얼굴을 쥐고 이리저리 흔들어본 뒤에 포능의 뒤를 따라갔다.

‘크으윽……!’

당섬은 똥 씹은 표정이 되었지만 화를 낼 수는 없었다.

‘임무만 아니라면 네놈들을…….’

당섬은 아무 말 없이 묵묵히 걷고 있는 한 청년을 바라보았다. 조금은 어리어리하게 보이는 이십 대 초반의 청년이었다. 하지만 당섬은 그 청년이 어리숙하게 보인다고 해서 전혀 무시할 수가 없었다. 그 청년은 혈랑막도와 막상막하의 대결을 벌인 자였다. 자신이라면 도저히 할 수 없는 일이었다.

'비룡단의 최고수라는 모용 부단주나 적미나찰 정도는 돼야 혈랑막도를 상대할 수 있을까? 아무튼 알 수 없는 자다.'

당섬은 남궁종혁이 했던 말을 떠올렸다.

"그러니까 이 년 전에 나타났었던 선풍검객일지도 모른다니까. 철기방의 패권 다툼에 선풍검객이 나타났다는 건 정말 중요한 일이야. 이것도 맹에 보고해야겠어."

당섬은 계속해서 소운의 모습을 살폈다. 혈랑막도와의 비무가 있은 직후부터 당섬은 소운에게 말조차 붙이지 못하고 있었다.

파악.

당섬은 눈을 부릅떴다. 소운의 어깨를 낭인 중 한 명이 밀치고 지나간 것이다.

'아앗! 이제 넌 죽었어. 감히 선풍검객의 어깨를 건드리다니.'

"이런… 죄송합니다. 제가 생각없이 걷고 있었군요."

당섬은 입에 거품을 물며 비틀거렸다. 소운이 낭인에게 고개를 숙이며 사과를 하고 있었기 때문이다.

'서… 선풍검객이……!'

"다음부터는 조심해!"

"네, 조심할게요."

소운은 숙이고 있던 고개를 들다가 당섬과 눈이 마주쳤다. 소운은 웃음을 지으며 당섬에게 인사했다. 당섬은 엉겁결에 소운의 인사를 받았다.

‘크으윽! 저자는 도대체 뭐란 말인가? 지금 모습으로 보아서는 도무지 혈랑막도와 대등한 대결을 펼쳤던 자라고 생각할 수 없어!’


철기방의 팔십여 명이나 되는 긴 행렬은 저녁이 돼서야 형산의 중턱 산기슭에 도착할 수 있었다.

우기랑은 지쳐 있는 사람들을 보며 말했다.

“내일이면 최종 목적지인 형산의 정상에 도착할 수 있다. 오늘 충분히 휴식을 취하고 내일 목적을 완벽히 달성해 남은 보수를 받아가길 바란다.”

낭인들은 드디어 목적지가 코앞까지 도달했다는 소리에 환호했다. 그들은 나무 밑에 자리를 잡고서 쉬기 시작했다. 땅바닥에서 자는 노숙쯤이야 익숙했기 때문에 몇몇의 낭인들은 벌써부터 꿈나라로 향하는 이들도 있었다.

우기랑은 붉은 가마를 짊어지고 있는 무사들에게 말했다.

“두 명씩 조를 나누어 철통같이 지키도록.”

“예!”

우기랑은 이곳저곳을 살피며 행여나 있을 돌발 상황에 대비했다.

이번 형산행에 참가한 네 명의 고수들 종리후, 감오극, 나잠, 포능은 낭인들과는 상당히 떨어진 곳에 휴식처를 마련했다. 때문에 이들 네 명의 주위에는 풀과 나무만이 있을 뿐 사람의 모습이 보이지 않았다.

“첫날 말고는 아무도 나타나지 않다니. 이거 좀이 쑤시는걸?”

나잠이 양 손마디를 우두둑 꺾어대며 말했다. 종리후가 나잠에게 말을 툭 내뱉었다.

“내일이면 마음대로 싸울 수 있으니 몸이나 풀고 계시오.”

나잠은 종리후의 얼굴을 직시하며 가증스럽다는 듯이 말했다.

"꿍꿍이가 의심스럽군. 내 돈을 많이 준다고 해서 협조하고 있기는 하지만 이번 일… 너무 의심스러운 데가 많아. 안 그렇소, 혈랑막도 나으리?"

"용병은 처음의 임무를 끝까지 지킬 뿐이다."

"그게 무슨 소리요?"

"주인을 의심하거나 배반을 일삼는다면 용병으로서 살아갈 수가 없다."

나잠은 이해할 수가 없다는 표정을 지었다.

"혈랑막도, 당신 같은 사람이라면 여러 문파에서 모시기 위해 혈안이 되어 있을 텐데 굳이 이런 일을 하는 이유가 뭐요?"

"용병은 싸움을 많이 할 수 있으니까."

포능이 그런 감오극을 향해 불쑥 말했다.

"오호, 그렇다면 혈랑막도를 용병으로 고용할 수 있을 만한 문파가 몇이나 될까? 철기방 정도 돼야 그나마 혈랑막도를 초빙할 수 있을 테지."

나잠이 포능의 말을 듣고서 말했다.

"맞아. 그렇다면 생각보다 싸움을 많이 못했겠네. 그렇지 않소?"

감오극은 더 이상 대화하기 싫다는 듯이 짧게 대꾸했다.

"피곤하오."

감오극은 이 말을 한 뒤에 자리에서 일어나 밑동이 굵직한 커다란 나무 위로 올라갔다.

"뭐요? 싸움을 많이 했소, 하지 않았소? 끝까지 말을 해주시오! 왜 이런 용병 생활을 하고 있는 것이오? 너무 궁금하오!"

나잠은 나무 밑으로 달려가서 감오극에게 소리쳤다. 그러나 나무 위의 널찍한 가지 위에 드러누운 감오극은 대답이 없었다.

"오호… 나잠, 조금만 더 혈랑막도의 신경을 건드리면 목이 날아가겠는걸."

포능은 양 볼의 살을 부르르 떨며 미소를 지었다.


밤하늘 위로 작은 새 한 마리가 날아올랐다.

"보냈는가?"

"잘 보냈소. 아마도 내일쯤이면 무림맹의 지원군이 당도할 것이오."

어두컴컴한 풀숲 사이로 두 개의 신형이 모습을 드러냈다. 달빛과 별빛에 비추어 간간이 보이는 두 신형은 전부 건장한 체격을 지닌 남성의 모습이었다.

"비룡단의 전서구는 아무리 봐도 신기하네."

"그렇소. 이 넓은 중원천지에서 어찌 그리 쉽게 사람을 찾아내는지. 아무튼 내일이면 가마 안에 들어 있는 물건을 비롯해 철기방의 꿍꿍이를 확실히 알 수 있을 것이오."

"그렇게 되면 비룡칠연수가 아니라 비룡구연수가 되겠지?"

"후후후. 당연한 말씀이오, 남궁 형."

이들은 낭인들 틈에 있다가 몰래 빠져나온 당섬과 남궁종혁이었다. 이들은 무림맹과 직속으로 통하는 전서구를 이용해 소식을 전달받고 전하고 있는 중이었다.

"선풍검객에 관한 것도 적어 보냈는가?"

"당연하오. 조금이라도 공을 늘려야 하지 않겠소? 선풍검객이 우리를 도와 이번 일을 맡고 있다고 했소. 물론 조금의 과장을 섞어서."

“큭큭큭, 잘했네.”

당섬과 남궁종혁은 다시 철기방 일행들이 쉬고 있는 곳으로 움직이기 위해 나무가 우거진 숲으로 움직였다.

“어디를 갔다 오시는 길인가?”

어둠 속에서 두 개의 눈동자가 빛을 발했다. 당섬과 남궁종혁은 그것을 보고 가슴이 덜컥 내려앉았다.

“우… 대주…….”

그들의 앞에 나타난 사람은 이번 철기방 형산행의 총책임자인 우기랑이었다. 당섬은 이럴 때일수록 당황해서는 안 된다고 생각했다.

“소피를 보고 오는 길이었소.”

우기랑은 날카로운 음성으로 물었다.

“두 명 다 소변을 본 것이란 말인가?”

남궁종혁이 떨리는 음성으로 대답했다.

“그, 그렇소.”

우기랑은 피식 웃더니 한 손을 들어 올렸다. 그의 손에는 등 뒤에 새끼손가락만한 크기의 원통을 묶고 있는 비둘기 한 마리가 쥐어져 있었다.

“혹시 이 새가 어디서 날아온 것인지 알고 있는가?”

당섬과 남궁종혁은 그것을 보며 눈앞이 캄캄해졌다.

―들킨 것 같소.

―그런 것 같네.

“자네들은 한밤중에 몰래 전서구를 날리는 의심스러운 자들을 본 적이 있는가?”

당섬은 한 가닥 희망을 가지고 말했다.

"아니오… 저희는 본 적이 없습니다."

우기랑은 입가에 미소를 그었다.

"나는 봤다네."

순간 당섬과 남궁종혁의 신형이 좌우로 쏜살같이 움직였다.

우기랑은 양 옆으로 갈라져 꽁지 빠지게 도망을 치고 있는 두 명의 청년들을 바라보며 비웃음을 흘렸다.

"잡아들이시오."

스사삿!

우기랑의 말에 어둠 속에서 무언가가 움직이는 소리가 들려왔다.


소운은 땅 위로 튀어나온 나무뿌리를 등받이 삼아 기대앉아 있었다. 그의 눈은 별들이 밝게 빛나고 있는 밤하늘을 향해 있었는데 눈을 깜박일 때마다 하나둘씩 별들이 그의 눈 안에 담겨지는 듯했다.

"별들은 아무리 봐도 질리지 않는 것 같아."

소운은 바닥에 아예 드러누워서 나뭇잎 사이로 보이는 별의 아름다움을 음미했다.

"시간있을 때 많이 봐둬야지. 내일부터는 바빠질 테니까."

소운은 한참 동안을 하늘에서 눈을 떼지 않았다. 그러다가 시간이 많이 지났음을 생각했음인지 옆으로 돌아누워 잠을 자려고 했다.

"어라? 당 형과 남궁 형이 아직까지 돌아오지 않았네? 어디 다른 곳에 좋은 자리를 잡았나?"

소운은 별일 아니라는 듯이 눈을 감고 잠을 청하기 시작했다.

휘이이이—

소운의 몸을 부드러운 바람이 스치고 지나갔다.

형산의 아침이 밝아왔다. 소운은 형산이 황산처럼 밤에 엄청난 폭풍이 몰아치지 않아서 좋다고 생각했다. 형산에는 깊은 계곡과 높은 봉우리들이 즐비해 있었지만 선월신법을 수련한 소운에게는 별다른 문제가 되지 않는 것들이었다. 때문에 소운은 형산이 나중에 한 번 더 유람하기 좋은 곳이라는 결론을 내렸다. 오악 중 하나라는 형산이 소운에 의해 졸지에 유람지로 치부되어 버리는 순간이었다.

"어라? 아직도 보이지 않잖아? 이제 출발할 텐데… 늦잠을 자고 있는 건가?"

소운은 이동하기 위해 모여든 사람들 중에서 당섬과 남궁종혁의 모습이 보이지 않자 이상하다는 듯이 주위를 살폈다.

"자, 마지막 일정을 시작한다!"

우기랑이 낭인들을 향해 소리쳤다. 소운은 그 소리를 듣고 급히 당섬과 남궁종혁의 모습을 찾았으나 발견할 수 없었다.

"잠깐만요!"

소운은 우기랑의 앞으로 달려왔다.

"여, 염 형과 무 형이 아직 모이지 않았습니다."

우기랑은 소운의 말을 듣고서 말했다.

"염기력과 무한일 말인가?"

"네. 너무 먼 곳에서 휴식을 취해 이곳의 위치를 잊어버렸는지… 보이지 않고 있어요."

우기랑은 소운의 표정을 살펴보았다. 소운은 정말 그들이 나타나지 않아서 걱정하고 있는 듯했다.

"흐음, 그들은 말이야, 돌아갔다네."

“네에?”

“어젯밤에 날 찾아와 사정이 생겨서 돌아간다고 말했었네. 어차피 오늘 하루밖에 남지 않은 일정이라 일찍 돌려보냈지.”

“그런가요.”

소운은 그래도 보름 동안이나 같이 다녔던 사람들인데 자신에게 한 마디 말도 하지 않고 떠났다는 것에 조금 섭섭했다.

‘가마 안에 무엇이 들어 있는지 확인한 건가? 아마도 임무가 끝났기 때문에 돌아간 거겠지.’

소운은 고개를 끄덕이며 등을 돌렸다.

우기랑은 가마 옆에 모여 있는 자신의 직속 부하들에게 손을 들어 지시했다. 적갈색의 무복을 입은 십여 명의 무사들은 우기랑의 지시에 따라 붉은 가마를 들어 올렸다.

‘으응? 가마가 조금 묵직해 보이는데?’

소운은 가마를 지탱하고 있는 네 개의 다리가 약간씩 휘어져 있는 것을 보며 고개를 갸웃거렸다.

‘원래 저랬었나?’

소운은 가마를 지나쳐 낭인들의 곁으로 돌아갔다.

*　　　*　　　*

“빨리 와!”

“기, 기다리라구!”

청색 경장을 입은 묘령의 여인과 금색이지만 화려하게 빛나지는 않는 장삼을 걸치고 있는 청년이 산을 오르고 있었다.

"차암, 남자가 그렇게 힘이 없어서 되겠어?"

여인은 청년보다 십여 장 이상이나 높은 지대에 올라서서 양손을 허리에 대고 눈을 내리깔았다. 여인의 머리는 붉은빛이었는데 밝은 햇빛과 어우러져서 아름다운 빛깔을 유지하고 있었다. 그리고 붉은 머리가 허리까지 흘러내려져 있는 여인의 얼굴은 머리 색보다 훨씬 더 아름다움을 뽐내고 있었다.

청년은 훨씬 위쪽에서 자신을 내려다보고 있는 여인을 보며 소리쳤다.

"네가 힘이 넘쳐 나는 거야!"

청년은 그러다가 햇살에 비춰진 여인의 얼굴을 보았는데, 그것이 너무 예뻐서 순간적으로 얼굴이 붉어졌다.

'으아악! 내가 무슨 생각을 한 거야! 상대는 쌍아라구. 비룡단 최강의 무지막지한 마녀 한쌍아라구!'

"금초야, 이러다가 날 새겠다."

쌍아는 팔짱을 끼고 다리를 건들거리며 금초를 재촉했다.

"기, 기다리랬지!"

금초는 열심히 팔과 발을 놀려서 가파른 절벽을 올랐다. 일각 정도를 소비한 끝에 쌍아가 위치한 곳까지 올라갈 수 있었다.

"헤엑, 헤엑… 어이구, 힘들어……."

땀을 뻘뻘 흘리고 있는 금초는 쌍아의 옆에 대자로 벌렁 나자빠졌다.

"다 왔네. 좋아, 가자."

쌍아는 금초가 올라온 것을 보고 다시 산 위를 향해 움직이기 시작했다. 금초는 그런 쌍아를 보며 죽겠다는 듯이 말했다.

“좀 쉬었다 가자.”

쌍아는 금초에게 소리쳤다.

“정상까지 이제 삼십 장 정도밖에 안 남았어. 올라가서 쉬어. 훗, 형
산도 별거 아니네.”

금초는 그런 쌍아에게 악을 써댔다.

“지금까지 올라온 높이가 팔백 장이야! 형산을 하루 만에 오를 생각
을 하다니! 정말 미친 거 아니야!”

쌍아는 콧노래까지 부르면서 절벽을 올랐다. 금초는 어쩔 수 없다는
듯이 몸을 일으켜서 쌍아의 뒤를 쫓기 시작했다.

그들의 지나온 아랫부분에는 보는 이로 하여금 아찔함을 느끼게 하
는 까마득히 높은 산자락이 펼쳐져 있었다. 형산은 한쪽 면은 깎아지
를 듯한 절벽으로 이루어져 있고 다른 쪽은 완만한 경사 지대로 이루
어져 있다. 그리고 절벽의 밑에는 호남성이라는 화남 지방의 대도시가
펼쳐져 있었다. 금초와 쌍아는 호남성을 지나와서 형산과 맞닿은 이
절벽을 오르고 있는 것이었다.

“허억, 허억, 허억… 여기가… 정상인 거야?”

“쉬잇! 누군가 있어.”

겨우겨우 정상으로 올라선 금초는 쌍아의 말에 숨을 죽여야 했다.
쌍아는 금초의 등을 떠밀며 풀숲 사이로 몸을 숨겼다.

쌍아는 풀숲 사이로 고개를 들어 전방을 바라보았다. 전방에는 좁은
길을 따라 오십여 장 정도의 평평한 지대가 있었는데 그 안에 많은 수
의 사람들이 모여 있었다.

‘저들은 누구지? 철기방인가?’

쌍아는 그들의 모습을 살폈다. 모여 있는 사람들은 모두 회색의 장포를 걸치고 있었다.

"아직 도착하지 않았습니다."

쌍아의 귓가에 회의인들의 틈에서 나온 목소리가 들려왔다.

'가만… 철기방은 붉은 가마를 소유하고 있다고 했어. 저자들은 인원수가 많기는 하지만 붉은 가마를 가지고 있지 않아.'

"금초야, 지켜보고 있어봐."

쌍아는 주변을 살펴보기 위해 나무 위로 가볍게 몸을 날렸다. 그리고 나서 내공을 끌어올려 청력을 돋우었다. 쌍아의 눈에 주변의 정경이 한눈에 들어왔다.

화아악.

가뜩이나 높은 지대에서 나무 위로 올라서자 강한 바람이 쌍아의 얼굴을 스치고 지나갔다.

'으음… 지금 이 지역에 있는 건 저들뿐만이 아니야. 다른 쪽에 저자들보다 많은 수의 사람들이 모여 있어. 아직 아무런 충돌이 없다는 건 철기방이 도착하지 않았다는 건가? 으음, 도대체 철기방에 숨어들었다는 놈들은 왜 연락을 안 하는 거야. 비룡단의 표식도 없고. 혹시 뭐가 잘못됐나?

쌍아의 귀에 회의인들에게서부터 흘러나온 목소리가 들려왔다.

"왔습니다. 철기방의 행렬이 보입니다."

'그렇지!'

쌍아는 나무 밑으로 내려왔다.

"어때?"

금초가 쌍아에게 물었다.

"아직 철기방이 도착하진 않았어. 그리고 정체 불명의 집단 둘이 철기방을 기다리고 있는 것 같아."

"그럼 우린 어떡해야 하지?"

"어떡하긴. 기다렸다가 기회를 봐서 철기방이 호송하고 있는 물건을 탈취해야지."

"사람들이 저렇게 많은데 성공할 수 있을까?"

쌍아는 걱정 붙들어 매라는 듯이 말했다.

"그래서 내가 널 데려온 거잖아."

"그게… 무슨……."

금초의 머리 속으로 순간 무림맹에서 쌍아가 했던 말이 떠올랐다.

"넌 맷집이 세잖아. 나 대신 바람막이가 되어줘야지."

금초의 이마로 식은땀이 흘러내렸다.

*     *     *

소운은 정상을 향해 올라갈수록 무언가에 대한 불안감이 가중되었다.

'마기가 다시 느껴지고 있어. 전에 놓쳤었던 그자들이 분명해.'

소운은 그들이 다시 나타났다는 것이 기쁜 한편 한쪽으로는 불안한 마음이 들었다.

'그자들은 아무런 목적 없이 나타나지 않았을 거야. 무얼 노리고 있는 거지? 내가 선천진기를 사용했기 때문인가? 최대한 약하게 썼

는데.’

소운은 자신이 마기를 느낄 수 있는 것처럼 그자들도 자신의 기를 느낄 수 있다는 것을 알았다. 때문에 내공의 사용을 자제해 왔었다.

‘아니야. 내가 선천진기를 사용하기 전에도 그자들이 나타났었어. 일단은 상황을 지켜봐야 해.’

가마를 짊어지고 그 앞뒤를 낭인들 수십여 명이 철통같이 호위하고 있는 이 행렬은 정오가 돼서야 정상에 도착할 수 있었다.

정상에는 이미 백여 명 가까이나 되는 회의인들이 자리를 잡고 있었다.

“어서 오시오.”

회의인들의 가장 앞에 서 있는 이가 우기랑을 향해 입을 열었다. 그 회의인은 오십 대 초반의 중년인이었는데 머리 역시도 옷처럼 회색이었다. 우기랑은 어깨를 으쓱하는 동작을 취하며 놀랐다는 표정을 지어 보였다.

“천강문의 총호법께서 여기까지는 어쩐 일이십니까?”

“후후, 어쩐 일이라니요. 철기방에서 저희의 앞마당인 형산으로 온다는데 당연히 마중을 나와야지요.”

우기랑을 필두로 철기방의 행렬 역시 형산의 정상 위에 자리를 잡았다. 가마를 호송하고 있는 우기랑의 부하 십 인은 조심스럽게 가마를 바닥에 내려놓았다.

천강문의 총호법이라는 사람은 자신의 뒤에 있는 사람들과 마찬가지로 회의경장을 입고 있었는데 어깨 쪽에 붉은 수실이 달려 있다는 것이 뒷사람들과 달랐다.

우기랑의 뒤편에 서 있던 나잠은 조용히 포능에게 물었다.

“저자는 누구요?”

“오호… 천강문의 이인자인 추혼매괴(追魂魅怪) 구양독(歐陽毒)이라네.”

“큭큭, 더러운 명호는 다 들어갔군.”

“오호호, 그렇지. 사실상 저자는 네놈보다 더 더럽고 추한 놈이야. 대단한 거지.”

포능은 나잠을 바라보며 킬킬거렸다.

우기랑은 말했다.

“천강문에서 우리를 마중 나왔다면 그만한 생각이 있을 텐데…….”

“문주님께서는 철기방을 우호적인 세력으로 분류하고 계신다오.”

“후후후.”

우기랑은 생각했다.

‘불여우, 먼저 말을 꺼내지 않고서 유리한 고지를 점령하겠다는 것인가? 뭐… 받아주도록 하지.’

“총호법께서는 우리 철기방이 호송해 온 이 가마 속에 어떠한 물건이 들어 있는지 알고 계십니까?”

“아니오, 알지 못합니다.”

“이 가마 속에는 바로.”

“우기랑! 내가 돌아왔다!”

철기방과 천강문의 사람들이 모여 있는 곳으로 엄청나게 큰 고함 소리가 울려 퍼졌다.

“이 목소리는……?”

우기랑은 갑자기 사면에서 혈의 복장을 하고 있는 무리들이 나타나는 것을 보며 소리쳤다.

“오룡보? 네놈은… 척신명!”

“하하하, 우기랑! 저번에는 어쩔 수 없이 퇴각했다지만 이번에는 다를 것이다.”

어림잡아 삼백여 명이나 되어 보이는 혈의인들이 철기방과 천강문의 사람들이 있는 곳을 둘러쌌다. 혈의인들의 가장 선두에 서 있는 자는 얼마 전에도 마주쳤었던 오룡보의 사룡단주 척신명이었다. 척신명의 곁에는 그와 비슷한 복장을 하고 가슴에 일부터 삼까지의 숫자가 그려진 인물들이 서 있었다. 척신명의 가슴에는 선명하게 사(四)가 수놓아져 있었다.

천강문의 총호법 구양독은 갑자기 나타난 사람들을 바라보며 생각했다.

'오룡보 놈들이 방해할 것이란 건 미리 알고 있었지만 일룡부터 사룡까지 모조리 출동했을 줄이야… 오룡보 전력의 팔 할이 지금 이 자리에 모여 있단 소린가?'

우기랑은 척신명이 득의양양한 표정으로 자신을 바라보고 있는 것도 무시한 채 당황하고 있는 구양독을 향해 말했다.

“천강문에서는 이번 행사에 얼마만큼의 사람이 왔습니까?”

“으음, 내 산하의 수하 오십 명과 외당의 무사들 오십 명이 왔소.”

“천강문 전체 세력의 사 분의 일도 채 못 되는구려. 으으음…….”

“이걸 어쩌면 좋소? 오룡보에서는 거의 모든 힘을 이끌고 여기에 나타난 것 같소.”

“후후, 걱정하지 마시오. 설마 하니 철기방에서 아무런 준비 없이 왔겠소?”

척신명은 우기랑과 구양독이 자신들을 무시하자 발끈해서 소리쳤다.

"지금 이 산 주위에는 오룡보의 천라지망이 펼쳐져 있다. 네놈들은 여기서 살아 나가지 못해!"

우기랑은 척신명을 향해 말했다.

"네놈은 이곳에 나타난 걸 후회하게 될 것이다."

"누가 할 소리!"

척신명은 목소리를 높여 소리쳤다.

"천강문은 들으시오! 우린 천강문에 원한이 없소. 오히려 원만한 관계를 유지하고 싶소. 하지만 오늘 이 자리에서 우리의 일을 방해한다면 살아 돌아가지 못할 것이오!"

하지만 구양독은 척신명의 말을 듣고 주먹을 불끈 쥐었다.

'으으음, 오룡보 놈들이 이렇게 무식하게 나오다니… 척신명, 네놈이 감히 나에게 협박을……!'

하지만 구양독은 상황이 상황이니만큼 척신명에게 성을 낼 수가 없었다.

"자, 어떻게 하시겠소?"

척신명이 눈웃음을 살살 치며 구양독을 향해 물었다. 구양독은 쉽사리 대답할 수가 없었다.

우기랑은 동요하고 있는 낭인들을 바라보았다.

'후후, 어쩔 수 없는 떨거지들.'

우기랑은 입가에 비웃음을 띤 뒤에 한쪽에 서 있는 포능과 나잠, 감오극 등을 향해 말했다.

"임무는 여기서 끝이오. 본 방에 돌아가시면 약속했던 보수를 받을 수 있을 것이오."

감오극이 갑자기 우기랑의 앞으로 다가섰다. 우기랑은 다가오는 감오극에게서 강한 살기를 느낄 수 있었다.

"여기서 돌아가라고? 그게 무슨 말인가? 오룡보의 전 병력이 사방에 진을 치고 있는 함정 속에 몰아넣었으면서 여기서 돌아가라고?"

"어쨌든 임무는 끝난 것 아니겠소."

"네놈!"

감오극은 이를 뿌드득 갈았다. 자신 하나 움직이는 것은 문제가 아니었다. 그러나 이 뒤에 서 있는 낭인들은… 돈 때문에 고용된 이 용병들은 어찌하란 말인가? 아무리 돈에 살고 돈에 죽는 낭인들이라지만 이럴 순 없었다. 자신 역시도 낭인의 피가 흐르고 있지 않은가?

"나잠, 어떤가? 내가 오늘 한바탕 싸울 수 있을 것이라고 했지?"

종리후가 나잠에게 말했다. 나잠은 상황이 어떻게 된 것인지를 생각해 보고 있다가 종리후에게 물었다.

"철서생, 넌 혹시 오룡보가 이렇게 극단적으로 나올 것을 미리 알고 있었던 것이냐?"

"큭큭큭… 글쎄……."

"젠장, 감쪽같이 속았군. 우기랑 저놈이 간곡히 부탁했을 때부터 알아봤어야 하는 건데. 설마 우리를 미끼로 썼을 줄이야."

포능이 살기를 내뿜고 있는 감오극의 어깨를 잡았다.

"오호호, 힘은 저놈들을 위해서 남겨두시게나."

감오극은 우기랑을 잡아먹을 듯이 노려보았지만 도를 뽑아 들지는 않았다.

"나중에 반드시 철기방에 날 속인 대가를 받으러 가겠다."

우기랑은 자신감있는 미소를 지어 보였다.

"언제든지 환영이오."

척신명이 우기랑에게 소리쳤다.

"우기랑, 지금이라도 늦지 않았다! 사파군림영패를 내놓고 내 앞에 무릎 꿇고서 잘못했다고 백 번만 빌면… 흐흐, 편안히 죽여주겠다."

우기랑은 긴장된 기색으로 서 있는 구양독을 흘끔 바라본 뒤에 척신명에게 입을 열었다.

"네놈들은 말이야… 참 멍청해. 우리가 천강문과 합작한다는 소리를 듣고 놀라서 전 병력을 이끌고 나타나다니 말이야."

우기랑은 분명히 수적으로 열세인 상황인데도 전혀 당황하지 않고 있었다. 방해만 하지 않겠다면 살려주겠다는 말을 들은 구양독마저도 긴장한 표정인데 우기랑은 전혀 그러지 않았다.

"우리가 천강문과 합작을 해? 무엇 때문에? 힘이 부족해서? 명분이 없어서? 하하하하하! 네놈들은 너무도 어리석어."

소운은 장내의 상황을 지켜보고 있었다. 그러다가 일말의 동요도 없이 모두를 상대하고 있는 우기랑이 모습을 보며 생각했다.

'저자의 저런 행동과 말투… 어딘가에서 본 것 같아. 어디였더라……'

찌릿.

소운의 머리 속에서 갑자기 경고음을 보냈다.

'마기다! 그자들이 나타났어!'

소운은 마기가 다가오고 있는 방향으로 고개를 돌렸다.

'절벽? 밑에서부터 올라오고 있는 것인가?'

"크하하하하! 모두 쓸어버려라!"

우기랑이 소리쳤다. 척신명은 그게 무슨 개소리냐는 듯이 인상을 썼다. 하지만 절벽 밑에서부터 솟아오르고 있는 검은 그림자들의 물결을 보고 난 뒤엔 척신명의 안색이 급속도로 변해 버렸다.

"뭐, 뭐야!"

척신명은 당황해서 소리쳤다.

"공격해라! 우기랑을 잡아들이고 가마를 빼앗아!"

척신명의 말에 철기방과 천강문을 포위하고 있던 혈의인들 수백 명이 한꺼번에 가마가 있는 쪽을 향해 달려들었다.

구양독은 이 상황을 보며 머리를 쥐어뜯었다.

'이게 뭐야? 어떤 놈들을 도와야 하는 거야?'

구양독은 외쳤다.

"공격해 오는 놈들만 공격해라!"

그것이 현재로써는 최선의 방법이었다.


"아앗! 이자들은 뭐야? 어디 숨어 있던 거야!"

풀숲 사이에서 몸을 숨기고 있던 금초와 쌍아는 자신들이 올라왔던 절벽에서 갑자기 검은 복장을 한 괴인들이 벌 떼같이 밀려오는 것을 보고 깜짝 놀랐다.

금초가 조용히 속삭였다.

"어디서 많이 본 것 같은데……."

금초와 쌍아는 나무 뒤로 몸을 숨겨서 빠르게 이동하고 있는 그들의 눈에 띄지 않게 했다. 쌍아가 나직이 말했다.

"금초, 너도 그렇게 생각했니? 이자들 어디에선가 본 것 같지 않아?"

절벽 밑에서는 검은 옷을 입은 괴인들이 끝없이 올라오고 있었다. 금초는 기억을 더듬어보았다.

'어디였었지? 분명 본 적이 있어…… 아! 맞아!'

금초가 갑자기 떠올랐다는 듯이 소리쳤다.

"이놈들 귀문의 살수들이야!"

"멍청아! 그렇게 소리를 지르면 어떡해!"

쌍아가 금초를 나무랐지만 이미 그들이 낸 소리를 듣고서 검은 그림자들이 몰려오고 있었다.

"너무 많아. 도망쳐!"

쌍아가 소리쳤다. 금초와 쌍아는 철기방, 천강문, 오룡보의 무사들이 얽혀 있는 곳으로 무작정 달려가기 시작했다.


나잠은 종리후의 신형이 어느샌가 사라진 것을 보며 말했다.

"역시 능구렁이 자식도 한통속이었어."

포능이 나잠에게 다가왔다.

"오호, 자네는 아닌가?"

"늙은이야! 내가 그럴 사람으로 보여!"

"오호."

나잠은 포능에게 물었다.

"포 대사, 혹시 당신도 이렇게 될 것을 알고 있던 거야?"

"오호호."

"웃지만 말고 대답해 봐!"

포능은 얼굴 가득 눈웃음을 치며 말했다.

"도를 벗어난 놈들을 무슨 수로 말리겠는가?"

"그게… 무슨 소리지?"

감오극은 혼란스러워하고 있는 낭인들을 향해 소리쳤다.

"모두 한곳으로 모여라! 최대한 빨리 오룡보의 포위진을 돌파해야 한다!"

감오극은 다가오고 있는 혈의인들을 바라보며 소리쳤다. 낭인들은 놀라고 있는 가운데서도 주춤주춤 감오극을 향해 모여들었다. 감오극은 낭인들의 선두에 서서 둥그렇게 포위한 채 달려오고 있는 혈의인들을 맞이했다.

나잠은 감오극을 보며 말했다.

"저자의 전직이 정말 의심스럽군."

나잠은 자연스럽게 낭인들의 틈에 섰다. 그는 고개를 좌우로 돌리며 싸움을 할 채비를 갖추었다. 포능은 상황에 맞지 않게 웃음 띤 표정을 지은 채로 다가오는 혈의인들을 바라보았다.


척신명은 가슴이 일과 이가 수놓아져 있는 자들에게 감오극을 상대하라고 지시했다. 그리고 가슴에 삼이라는 글자가 수놓아져 있는 자에게는 적들의 대장인 우기랑을 쫓으라고 시켰다. 척신명에게는 저 낭인들보다 붉은 가마가 더 중요했기 때문에 자신은 붉은 가마가 있는 쪽으로 달려나갔다.

구양독은 장내의 상황을 지켜보며 발만 동동 굴렸다. 앞에서는 오룡보가, 뒤에서는 정체를 알 수 없는 흑의인들이 다가오고 있었다.

'가마 안에 들어 있는 물건은 분명 사파군림영패일 것이다. 저것을 빼앗는다면 우리 천강문이 유리한 고지를 점령할 수 있다. 일단은 사태를 지켜본 뒤에⋯⋯.'

"비켜!"

갑자기 구양독의 귓가에 고함 소리가 들려왔다.

콰아아앙!

구양독은 커다란 폭음이 들려온 곳으로 고개를 돌렸다. 그리고 그곳을 본 그의 눈은 더 이상 커질 수 없을 정도로 부풀어 올랐다. 이글이글 불타오르는 용의 입김이 자신의 부하들을 집어삼키고 있는 것이다.

'뭐야! 저 엄청난 장력은?!'

구양독은 부하 다섯이 순식간에 날아가 버린 것을 보며 벌린 입을 다물지 못했다. 용 형상의 장력이 휩쓸고 지나간 자리는 꺼멓게 그슬린 자국만이 남아 있을 뿐이었다. 그리고 그 뒤편에는 장력을 쏘아 보낸 장본인이 붉은 머리를 휘날리고 있었다.

구양독은 현재 자신의 부하들에게 움직이지 말라고 지시해 놓은 상태였다. 그러나 여인의 공격 때문에 구양독의 부하들은 너나 할 것 없이 움직이기 시작했다. 구양독의 부하들마저 움직이기 시작하자 장내의 상황이 더욱 혼란스럽게 돌아갔다. 구양독은 부하들에게 악을 써대며 방금 전에 공격했던 여인을 잡아들이라고 소리쳤다.


쌍아는 자신의 일격에 득달같이 달려오고 있는 회의인들을 바라보며 싱긋 미소를 지었다.

"어머, 앞뒤로 꽉꽉 막혔네."

금초는 그 소리를 들은 순간 쌍아를 지나쳐 앞으로 내달렸다. 그러나 어느 순간 다가온 쌍아가 금초의 목덜미를 움켜쥐었다.

"금초야, 시간 좀 끌어라!"

"아앗! 안 돼!"

쌍아는 매정하게도 금초를 회의인들이 다가오고 있는 한복판으로 집어 던졌다.

"수고해!"

"으아아앗!"

금초는 회의인들의 곁에 착지한 후에 쌍아를 원망할 새도 없이 다가오고 있는 칼날들을 막아야 했다. 금초는 검을 뽑아 들고서 빠른 속도로 회의인들의 공격을 쳐내었다.

창! 창! 차장!

백여 명 가까이나 되는 회의인들의 틈에 홀로 버려진 금초는 사방팔방에서 몰아쳐 오는 도검을 쉴 새 없이 받아쳤다.

'왜 이렇게 된 거야!'

금초는 울상이 된 채 회의인들의 공격을 받아내었다. 회의인들은 혼자뿐인 금초에게 득달같이 달려들었다. 그런데 금초는 수십 명의 사람들이 한꺼번에 공격을 해오고 있는데도 상처 하나 입지 않고 막아내는 것이 아닌가? 그는 등 뒤나 양 옆, 사각 지대에서 공격을 해오고 있는데도 온몸에 눈이 달린 듯이 최소한의 움직임만으로 피해냈다.

'이런 거… 신지 형의 천검에 비하면 아무것도 아니야.'

쌍아는 회의인들 중 한 명의 머리를 밟고 뛰어올라 연환장을 쏘아대었다. 그녀의 손에서 수십 장의 장력이 폭풍우처럼 쏟아져 나왔다. 회의인들은 감히 그녀의 앞을 막지 못하고 물러섰다. 쌍아는 빠른 속도로 회의인들의 사이를 벗어나 붉은 가마가 있는 곳으로 달려나갔다. 쌍아는 달려가면서 금초 쪽을 흘끗 바라보았다.

'자식, 실력이 많이 늘었단 말이야.'

쌍아는 금초라면 걱정없을 것이라 생각하며 한창 낭인들과 혈의인들 사이에 접전이 벌어지고 있는 곳으로 달려나갔다.

금초는 주위를 둘러싸고 있는 회의인들을 보며 한숨을 내쉬었다.

'어쩌란 거야? 이대로 맞고만 있으라고? 쌍아, 이 마녀 같으니라구!'

금초의 주변을 백여 명이나 되는 회의인들이 감싸고 있었지만, 정작 그에게 직접 공격을 가할 수 있는 이들은 십여 명밖에 되지 않았다. 그러나 그 십여 명의 회의인들은 끊임없이 공격을 감행해 오고 있었다. 금초는 번개 같은 속도로 검을 놀리면서 그들의 공격을 막아냈는데 움직이는 검의 속도가 눈에 보이지 않을 정도였다.

하지만 아무리 방어를 튼튼히 하고 검을 빠르게 놀린다고 해도 이것은 일 대 수십의 싸움이었다. 방어만 하고 있는 금초에게 틈이 생겨나지 않을 수는 없는 일이었다.

막 정면에서 오는 공격을 받아낸 금초는 다시 정면의 공격을 막으려면 좌우에서 동시에 오는 공격을 한 번에 받아낼 수 없다는 것을 알았다.

'휴우, 어쩔 수 없지.'

금초는 양 옆에서 다가오는 검을 향해 팔뚝을 내밀었다. 공격해 오고 있던 회의인은 이게 웬 떡이냐 하면서 금초의 팔을 자르기 위해 더욱 힘을 가중시켰다. 팔뚝을 내밀고 있는 금초의 모습은 반쯤은 정신이 나간 사람처럼 보였다.

잠깐의 시간이 지난 뒤에 금초의 팔뚝과 두 개의 검이 충돌했다. 두 개의 검은 금초의 팔뚝을 잘라 버릴 것처럼 날카로운 기세였다.

카가앙!

"으으윽!"

"크윽!"

이것은 금초가 낸 신음 소리가 아니었다. 바로 금초의 팔뚝을 자르기 위해 공격을 했던 두 명의 회의인들이 내지른 신음 소리였다. 두 명의 회의인은 금초의 팔뚝과 검이 닿자마자 단단한 바위를 내려친 것 같은 느낌을 받았다. 그리고 뒤이은 엄청난 반탄력. 순간적으로 팔이 마비될 정도로 강한 반탄력이었다.

금초는 검을 팔로 막아낸 뒤에 자세를 바로잡았다.

'으윽… 아프다. 아직 멀었어. 화잠보의(火蠶保衣)의 힘을 빌리지 않고 싸워야 해.'

금초는 절대 상대방의 공격을 맞지 않겠다고 다짐했다.


소운은 맞은편에 있는 회의인들에게서 비명 소리가 들려오면서 그들 사이를 붉은 머리를 휘날리는 한 여성이 휩쓸고 돌아다니는 모습 보게 되었다.

"어라… 저 장력은?"

소운은 여인의 얼굴을 확인해 보았다.

'누구지? 마기는 느껴지지 않아.'

소운은 그 여성의 손에서 뿜어져 나오는 장력이 눈에 익은 것이라고 생각했으나 그 여인은 누군지 알 수가 없었다. 그는 자신이 알고 있는 여인 중에서 붉은 머리를 하고 있는 여인은 없다고 생각했다.

소운은 회의인들의 뒤쪽으로 다가오고 있는 검은 물결에 시선을 고정시켰다. 검은 물결의 위로 십 인의 복면을 한 인물들이 보였다. 십 인의 복면인들은 높은 나무 위에 올라선 상태로 아래를 내려다보고 있었다.

'그자들이다!'

소운은 즉시 선월신법을 펼쳐 그들에게 다가서려고 했다. 그러나 혈의인들에게 둘러싸여서 고전을 면치 못하고 있는 낭인들을 보자 그럴 수가 없었다.

감오극은 가슴에 일과 이가 수놓아져 있는 오룡보의 일룡, 이룡단주를 한꺼번에 상대하고 있었다. 오룡보 역시 흑도 삼대문파 중 하나인 만큼 이들의 실력 역시도 만만치가 않았다. 일룡단주인 등인뢰는 쌍검을 사용하는 양의검법의 달인이었고 이룡단주인 소미도는 감오극과 비견되는 도법의 고수였다. 감오극은 어서 이들을 물리치고 낭인들을 인솔해 이곳을 빠져나가고 싶었지만 마음먹은 대로 할 수가 없었다.

쉐에에엑!

감오극은 등 뒤에서 고막을 울리는 날카로운 바람 소리가 들려오는 것을 느꼈다. 그리고 그 소리는 자신을 스쳐 지나 앞에 있는 등인뢰와 소미도를 향해 날아들었다.

쿠웅! 쿠구궁!

등인뢰와 소미도는 갑자기 날아든 바람의 칼날에 의해 뒤로 물러섰다.

"여긴 제가 맡겠어요."

낭랑한 음성이 감오극의 귓가에 들려왔다. 감오극은 고개를 돌려 소운을 바라보았다. 소운은 맑은 눈빛으로 감오극을 마주 보았다.

감오극은 착 가라앉은 목소리로 말했다.

"부탁한다."

감오극의 신형이 혈의인들 사이에서 어쩔 줄 몰라 하고 있는 낭인들을 향해 움직였다. 소운은 감오극에게 가볍게 고개를 끄덕인 연후에 떨떠름한 표정을 짓고 있는 두 명의 적을 바라보았다.

"네놈은 누구냐?"

등인뢰가 쌍검을 십자로 교차시키며 소운에게 물었다.

소운은 새하얀 검신을 자랑하는 자신의 검을 오른쪽으로 쭉 뻗었다.

그의 팔과 영검이 일직선이 되었다.

"낭인… 일까나?"

검을 들고 있는 소운의 오른팔이 빠른 속도로 밑으로 휘둘러졌다. 그리고 그와 동시에 소운의 전신에서 강렬한 바람이 사방으로 뻗어 나갔다.

슈아아앙!

등인뢰는 소운의 검에서 뿜어져 나온 것을 보며 믿을 수 없다는 표정을 지었다. 검에서 검기도 아니고 검강도 아닌 검풍이 휘몰아치고 있는 것이다. 등인뢰와 함께 서 있던 이룡단주 소미도가 소리쳤다.

"정신 차려라! 저놈은 혈랑막도 못지 않은 고수다!"

소운은 현란한 초식도 없이 단지 검을 몇 번 휘두르는 것만으로 오룡보의 일룡단주와 이룡단주를 압도해 나갔다.

감오극은 낭인들이 모여 있는 곳으로 돌아와서 약간 놀라고 있었다. 무척이나 열세라고 생각했던 그들이 별다른 피해를 입지 않고서 혈의인들을 막아서고 있는 것이다. 그는 곧 그 이유를 알 수가 있었다. 나잠과 포능이 낭인들의 틈에 서서 혈의인과의 싸움을 잘 조율하고 있었던 것이다. 필요한 순간마다 손을 써주고 있는 것이 낭인들을 돕기로 작정한 사람들 같았다.

감오극은 나잠과 포능에게 다가서며 물었다.

"너희들은 왜 떠나지 않고 남아 있는 것이냐?"

나잠은 히죽 입꼬리를 올리며 미소를 지었다. 그 모습이 항상 웃음을 짓고 있는 포능과 닮아 보였다.

"난 아직 당신이 왜 용병 일을 하고 있는지에 대한 대답을 듣지 못했거든."

포능은 예의 웃음 띤 얼굴을 하고서 말했다.

"오호, 세상에서 제일 재미있는 구경은 싸움 구경이라네. 그런데 그것보다 더 재미있는 것이 있지. 오호호, 그건 바로 싸움을 직접 하는 것이야!"

감오극은 강인한 인상에 어울리지 않게 피식 웃음을 지으며 고개를 저었다. 그는 곧바로 도를 치켜 올리면서 소리쳤다.

"우리의 목적은 살아남는 것이다! 적들의 포위진이 엷어지면 곧바로 치고 내려간다!"

감오극은 엄청난 살기를 내뿜으면서 혈의인들을 향해 공격을 시작했다.


금초는 회의인들의 틈에서 무려 일곱 번이나 몸에 검과 도를 얻어맞는 일을 당하고서도 무사히 서 있었다. 회의인들은 찔러도 찔러도 멀쩡하게 서 있는 금초를 괴물 쳐다보듯이 바라보았다. 금초는 시간이 지나면 지날수록 화잠보의에 의존하는 횟수가 많아지자 어서 빨리 벗어나야겠다고 생각했다. 그리고 그 순간 회의인들에게로 검은 물결이 다가오기 시작했다.

"고, 공격이다… *끄어억!*"

금초는 회의인들을 공격하고 있는 검은 물결을 바라보면서 생각했다.

'때맞춰 나타나 주었네. 적의 적은… 결국은 같은 편인가?'

회의인들은 온통 검은 복장을 한 정체 불명의 사람들이 무차별적으로 공격을 해오자 그것을 막기 위해 움직였다.

구양독은 우기랑이 불렀을 것으로 생각되는 흑의인들이 자신들을 공격해 오자 깜짝 놀랐다.

"우 대주! 이게 어찌 된 일인가!"

구양독은 우기랑이 서 있던 곳으로 고개를 돌렸다. 그러나 그곳에는 이미 우기랑의 모습이 보이지 않았다.

"망할!"

구양독은 앞뒤 재볼 것도 없이 검은 물결을 향해 돌진해 들어갔다.

금초는 흑의인들의 공격 덕분에 회의인들에게서 몸을 뺄 수가 있었다.

'어떻게 돌아가는 거야? 귀문 녀석들 예나 지금이나 무식하게 공격하는 것은 여전하군.'

금초는 회의인들의 공격을 피하며 한창 낭인들과 혈의인들 사이에 격전이 벌어지고 있는 곳으로 이동해 갔다.


털썩.

적갈색 복장을 하고 있는 마지막 무사가 쓰러졌다.

척신명은 붉은 가마를 지키고 있던 열 명의 무사들을 모두 쓰러뜨린 뒤에 드디어 가마 앞에 섰다.

"흐흐흐, 이제부터는 우리 오룡보의 세상이다."

척신명은 붉은 가마의 문을 열어젖혔다. 그의 눈은 기대감으로 부풀어 올라 있었다.

타당!

문을 열자마자 그 안에서 손과 발이 꽁꽁 묶여 있는 두 명의 인물들이 바깥으로 튕겨져 나왔다. 척신명은 깜짝 놀라 뒤로 물러섰다.

"뭐, 뭐냐, 이놈들은!"

척신명은 급히 이들이 들어 있었던 가마 안을 살펴보았다. 가마 안에는 그가 기대했던 물건이 들어 있지 않았다. 텅텅 비어 있는 것이다.

척신명은 놀란 가슴을 추스른 뒤에 부하들을 시켜 묶여 있는 자들의 끈을 풀게 했다.

"깨워봐라."

혈의인들 중 한 명이 두 인물들의 뺨을 때리며 깨워보았다. 그러나 이들은 반응을 보이지 않았다.

"혈도가 제압당했나 보군."

척신명은 손수 그들의 몸을 짚어보며 막힌 혈도를 풀어주었다. 혈도가 풀리자마자 이들은 몸을 꿈틀거리며 정신을 차리기 시작했다.

"으… 으응……."

"나… 남궁 형, 여기가 어디요?"

이들은 어젯밤에 사라졌었던 당섬과 남궁종혁이었다. 척신명은 그들을 보며 소리쳤다.

"어째서 가마 안에 네놈들이 들어가 있는 것이냐!"

당섬은 카랑카랑한 척신명의 목소리를 듣고서 몸을 일으켰다.

"가마……?"

당섬의 시선이 붉은 가마에 머물렀다.

"가마! 붉은 가마다! 폭약이야!"

당섬은 가마의 모습을 보더니 화들짝 놀라 소리쳤다. 척신명은 당섬이 갑자기 난리를 피우자 그의 등을 발로 강타하며 소리쳤다.

"으혁!"

"그게 무슨 소리냐!"

당섬은 바닥에 나뒹군 다음에 곧바로 몸을 벌떡 일으켰다.

“저 붉은 가마는 폭약덩어리야! 이곳을 전부 날려 버릴 만한 엄청난 폭약이라구!”

남궁종혁도 뒤이어 완전히 정신을 차리더니 붉은 가마를 보고 소스라치게 놀랐다.

“으아아악!”

붉은 가마가 있는 곳과는 반대쪽에서 갑자기 비명 소리가 들려왔다. 그리고 연이어 화광이 이글거리는 반월 모양의 장력이 척신명을 둘러싸고 있는 혈의인들을 향해 휘몰아쳐 왔다.

슈아아아악!

척신명은 한눈에도 강력하다는 것을 알 수 있는 장력이 무서운 속도로 날아들자 너무도 놀라서 머리를 감싸 쥐며 바닥에 뒹굴었다.

“뭐야, 너희들 여기 있던 거야?”

상큼한 여인의 목소리가 들려왔다. 멀리서도 알아볼 수 있을 정도로 붉은 머리를 하고 있는 쌍아의 음성이었다. 그녀는 한쪽에서 어이없다는 표정으로 서 있는 당섬과 남궁종혁을 보며 말했다.

“연락을 했어야지! 전서구는 어디다 팔아먹고 깜깜무소식인 거야!”

쌍아의 채근에 당섬과 남궁종혁은 꿀 먹은 벙어리처럼 아무 말 하지 못했다. 이들은 갇혀 있다가 갑자기 풀려 나와 정신이 혼란스러운 상태였다.

“저, 적미나찰이 오다니……”

당섬이 자신도 모르게 중얼거렸다.

바닥에서 몸을 일으킨 척신명은 자신을 땅바닥에 구르게 만든 쌍아를 보며 대노해 소리쳤다.

“네년이 감히 날 공격하다니! 여봐라! 모두 저년을 잡아들여라!”

척신명이 주변에 서 있는 부하들에게 소리쳤다.

남궁종혁은 무언가를 잊고 있었다는 듯이 한참을 생각하고 있더니 갑자기 안색이 변해서 소리쳤다.

"마, 맞다! 한 소저! 저곳에 엄청난 폭약이 설치되어 있습니다! 어서 몸을 피해야 해요!"

남궁종혁의 말에 쌍이는 붉은 가마를 바라보았다. 남궁종혁의 목소리는 상당히 컸기 때문에 척신명의 귀에도 들어갔다.

'폭약이라고? 저놈의 말이 진실이라면……'

척신명은 갑자기 뒤를 돌아다보았다. 그곳에는 검은 물결이 회의인들을 집어삼키고 있었다. 그 물결은 곧 자신들이 있는 쪽으로 다가올 것 같았다.

'우기랑 이놈! 설마… 이중 함정을 팠단 말인가? 천강문과 우리 오룡보를 몰살시키기 위해?'

척신명은 손가락 두 개를 모아 입가로 가져갔다.

삐이이익!

흩어져 있는 세 명의 단주들을 불러 모으는 소리였다.


파바바방!

세 개의 신형이 빠른 공세를 주고받다가 흩어졌다. 아니, 두 개의 신형이 하나의 신형에 의해 튕겨져 나갔다고 해야 옳을 것이다.

등인뢰의 쌍검 중 하나는 중간 부분부터 부러져 나가 버리고 없었다. 소미도는 쉴 새 없이 숨을 몰아쉬고 있었다.

'이놈은 누구인가?'

등인뢰는 감오극을 상대할 때보다 배는 힘든 싸움을 하고 있었다.

강력한 무공을 사용하기에 빈틈이 많아 보일 것 같았는데 이자는 전혀 그렇지가 않았다. 오히려 그 강력함을 바탕으로 저돌적이면서도 안정적인, 도저히 틈이 없는 공세를 펼치고 있었다.

삐이이익!

등인뢰와 소미도의 귀에 익숙한 신호음이 들려왔다.

'사룡대주의 신호다.'

등인뢰와 소미도는 빠르게 눈짓을 주고받았다. 그들은 동시에 소운을 공격해 들어갔다. 소운의 전신에서 바람이 일어나며 그들의 공격을 팅겨내었다. 그들은 소운이 자신들의 공격을 팅겨내는 것을 이용해서 뒤쪽으로 움직였다. 바로 척신명이 서 있는 곳을 향해서였다.

소운은 그것을 보더니 땅을 박차고 그들의 뒤를 쫓았다. 소운의 신형이 갑자기 쭈욱 늘어난 듯이 날아올랐다. 선월신법을 펼쳤기 때문에 그가 원래 서 있던 자리에서부터 잔상이 남아 있었다.

'허억!'

반탄력을 이용해 피하고 있는 자신들보다 더욱 빠른 속도로 다가오는 소운을 바라보며 등인뢰와 소미도는 경악하지 않을 수 없었다.

"젠장!"

등인뢰는 쌍검 중 부러진 자신의 검을 소운에게 집어 던졌다. 소미도는 온 힘을 다해서 도를 내리그었다. 소운은 공중에서 몸을 자유자재로 굽히며 전혀 속력을 늦추지 않고 그들을 따라왔.

─사룡단주! 도와주시오!

등인뢰는 급히 척신명에게 도움을 요청했다. 척신명은 등인뢰의 전음을 받고서 일룡단주와 이룡단주가 감오극에게 밀리고 있다고 생각했다. 그런데 공중에서 벌어지고 있는 상황을 본 척신명은 뒤통수를 얼어맞은 듯이 놀라지 않을 수 없었다.

'가, 감오극은 어디 있는 것인가?'

척신명은 급히 고개를 돌려 낭인들을 공격하고 있는 혈의인들을 바라보았다. 언뜻 보면 혈의인들이 낭인들을 사정없이 핍박하고 있는 것 같지만 바닥에 쓰러져 있는 이들은 모두 붉은색의 옷을 입고 있는 이들이었다. 낭인들의 선봉에는 한 자루의 도로 피를 몰고 다니고 있는 감오극이 있었다.

'혈랑막도… 으읏……'

―척 단주!

척신명의 귓가에 급박한 듯한 전음성이 울려 퍼졌다. 바로 등인뢰가 보낸 전음이었다.

"모두 일룡단주와 이룡단주를 도와라!"

쌍아를 공격하고 있던 혈의인들은 그 방향을 소운에게로 돌렸다.


쌍아는 혈의인들을 상대로 사정없이 장력을 쏘아 보내고 있다가 혈의인들이 물러서자 왜 그런지 그 이유를 찾아보았다. 그리고 그녀는 검끝에서부터 강한 바람을 쏘아 보내고 있는 소운의 모습을 발견하게 되었다.

'저 사람은……'

쌍아는 잠시간 멍하니 소운의 모습을 바라보았다. 소운은 등인뢰와 소미도를 맞아서 압도적인 우위로 싸움을 하고 있었다. 특히나 소운의 검에서 검풍이 휘몰아칠 때마다 등인뢰와 소미도는 줄행랑을 치기에 급급했다.

소운은 등인뢰와 소미도가 혈의인들의 틈에 몸을 숨기는 것을 보며 공격하는 것을 멈추었다.

'이 정도면 혼줄이 났겠지?'

소운은 고개를 돌려 아직까지 흑의인들 위에 서서 상황을 내려다보고 있는 열 명의 복면인들을 바라보았다.

'이쪽의 상황은 어느 정도 끝난 것 같으니 이제 저쪽으로 가볼까?'

"오빠!"

소운은 뒤쪽에서 누군가가 소리친 것을 듣고 몸을 돌렸다.

풀썩!

'뭐, 뭐야?'

향긋한 여인의 냄새가 소운의 코끝을 스치고 지나갔다. 소운은 스스럼없이 자신의 목을 끌어안은 붉은 머릿결을 가진 여인을 보며 당황한 표정을 지어 보였다.

"소 오빠! 어디에 있던 거야! 얼마나 보고 싶었는지 알아?"

소운은 자신의 가슴에 얼굴을 묻은 채 어깨를 들썩이고 있는 여인을 보며 생각했다.

'이… 목소리는?'

"쌍아니……?"

붉은 머리의 여인은 고개를 들었다. 소운은 눈가에 눈물이 글썽한 쌍아를 바라보며 무척이나 놀라고 있었다.

'이렇게 몰라보게 변하다니…….'

"장력을 보고서 혹시나 했었는데… 머리의 색이 변해서 쌍아인지 몰랐구나."

소운은 이 년 전 소녀의 모습을 간직하고 있었던 쌍아를 떠올렸다.

"내가 좀 더 크고 고 언니만큼 자란다면 날 여자로 봐줄 거야?"

쌍아가 했었던 말이다. 이 년 만에 이렇게 변하다니… 소운은 정말이지 놀라지 않을 수 없었다.

"쌍아야, 일단 이것부터 놓고……."

쌍아의 팔이 소운의 목을 휘감고 있었기 때문에 그는 얼굴을 붉히며 말했다. 팔뿐만이 아니라 쌍아의 몸 전체가 소운에게 밀착되어 있었다.

"아… 미안, 너무 반가워서……."

쌍아는 소운에게서 떨어진 뒤에 눈가에 맺혀 있는 눈물을 닦아내었다.

옆에서 그 모습을 지켜보고 있던 당섬은 숨이 넘어갈 정도로 놀라고 있었다.

'저, 적미나찰이 울고 있다! 그것도 다른 남자 앞에서……!'

당섬의 꿈이 와르르 무너지는 순간이었다. 무사히 임무를 완수해서 비룡칠연수에 들어가 쌍아 낭자와 함께 강호를 질타하는 꿈이…….

놀란 것은 남궁종혁 역시도 마찬가지였다.

"어라! 소운 형!"

금초의 목소리가 들려왔다. 금초는 회의인들에게서 빠져나와 쌍아를 찾고 있던 중이었는데 그곳에 의외의 사람인 소운이 있자 신이 나서 뛰어왔다.

"금초구나. 오랜만이다."

소운은 금초의 모습을 보며 또 놀랐다. 쌍아만큼은 아니더라도 금초도 많이 변해 있었다. 어깨가 떡 벌어져 위풍당당해 보였고 얼굴도 살이 많이 빠져 윤곽이 확 드러나는 것이 상당히 남자다워 보였다.

"그런데 옷이 왜 그러니?"

금초의 옷은 원래 금색이었는데 이곳저곳이 찢어지고 뜯겨 나가서 속 안의 흰옷이 다 드러나 있었다.

"에휴~ 쌍아 녀석 때문이지 뭐."

금초는 쌍아를 째려보았다.


척신명은 곤죽이 되어 있는 등인뢰와 소미도를 바라보면서 한숨을 내쉬었다.

"적들 중에 의외의 실력자가 있었군."

"의외의 실력자? 사룡단주가 저놈을 상대해 봤다면 그렇게 말 못했을 것이오. 저놈은 괴물이오, 괴물!"

소미도가 척신명에게 말했다. 등인뢰가 물었다.

"그런데 우리를 왜 부른 것이오?"

"아무래도 이건 철기방 놈들의 함정인 것 같소. 붉은 가마 안에는 아무것도 없었고 저 흑의인들 또한 정체가 의심스럽소."

"뭐라구요! 저 안에 아무것도 없단 말입니까?"

등인뢰는 척신명의 말에 무척이나 놀랐다.

"우기랑 이놈에게 놀아났구려."

"이렇게 되면 빨리 발을 빼는 게 피해를 최소화할 수 있는 방편인 것 같소. 게다가 저놈들 중 한 명의 말을 들어보니 가마에는 폭약이 장치되어 있다는 것 같았소."

"크으윽."

소미도는 주변을 둘러보더니 물었다.

"그런데 삼룡단주는 어디 간 것이오?"

척신명이 대답했다.

"삼룡단주는 우기랑 그 쥐새끼 같은 놈을 잡기 위해 움직였소."

그때 척신명 등이 있는 곳으로 거칠고 탁한 목소리가 들려왔다. 척신명은 이 목소리가 우기랑의 목소리임을 알고 있었다.

"크하하하! 삼룡단주는 오지 않을 것이다."

척신명은 어딘가로 숨어 있다가 갑자기 나타난 우기랑을 바라보았다. 우기랑의 손아귀에는 피를 뚝뚝 흘리는 어떤 사람의 머리가 들려져 있었다.

"사, 삼룡단주……."

우기랑은 오룡보 삼룡단주의 목을 척신명이 있는 곳으로 집어 던졌다.

"네 이놈을 그냥!"

척신명은 분노에 몸을 떨었다. 우기랑은 그런 척신명을 비웃으며 말했다.

"네놈들의 모든 전력은 형산에 와 있다. 그럼 네놈들의 본거지는 어떻게 하지? 빈집이 되어 있지 않은가?"

"그, 그게 무슨……."

"하하하! 비어 있는 곳은 바로 우리 철기방이 접수하면 되는 것이지!"

척신명의 얼굴에 순간적으로 경련이 일었다.

"보… 본… 성은……."

"네놈들은 끝났다."

우기랑은 무엇이 그리 즐거운지 계속해서 웃어댔다. 척신명은 눈가에 핏발이 돌았다.

"잘 있게나, 척신명."

우기랑은 손에서 무언가를 꺼내 들었다. 검고 작은 구슬이었다. 그는 이 구슬을 곧바로 붉은 가마가 있는 곳을 향해 던졌다. 작은 구슬은 번개같이 붉은 가마를 향해 날았다. 우기랑은 그와 동시에 반대쪽으로 몸을 날렸다.

'저건……?!'

척신명은 회의인들을 공격하고 있던 검은 물결이 갑자기 나타났던 곳으로 다시 빠져나가고 있음을 깨달았다.

"화탄이다!"

누군가 소리쳤다. 그리고 검은 구슬은 붉은 가마와 부딪쳐 화려한 불꽃을 일으키기 시작했다. 그 불꽃은 순식간에 가마를 불태웠고 그 가마 안에서는 더욱 커다란 불꽃이 사방을 향해 뻗어 나가기 시작했다.

# 제60장
## 누가 누구를 위협했는가?

당섬은 눈을 질끈 감았다. 그는 자신이 그렇게 소리치고 소리쳤는데 아무도 피하려고 하지 않더니만 결국 일이 이 지경까지 되어버렸다고 생각했다.

어젯밤에 총대장인 우기랑에게 들켜서 정체를 알 수 없는 괴한들에게 잡혔을 때 그들이 하는 이야기를 들었었다. 내일 형산의 정상에 있는 모든 사람들을 한꺼번에 폭파시켜 버리겠다고… 그리고 이놈들은 그 폭약 바로 옆에 두어서 통구이를 만들어 버리겠다고.

그 뒤로 혈도가 짚여서 지금에야 깨어날 수 있었다. 싸움터의 한복판에서 정신이 들어서 그가 할 수 있었던 것은 폭약이 있다고 비명을 지르는 것밖에 없었다. 그는 자신이 이렇게 무기력한 놈이었는가 다시 한 번 생각해 보게 되었다. 그리고 터져 나가는 붉은 가마를 바라보며 지금까지 살아왔던 모든 것이 허무해졌다고 생각했다.

‘이럴 게 아니다. 적어도 내가 죽는 순간은 두 눈으로 똑똑히 보아
야 하지 않겠는가.’

당섬은 감았던 눈을 떴다. 그리고… 그는 도저히 일어날 수 없을 것
이라 생각되는 기적을 두 눈으로 똑똑히 확인할 수 있었다.

소운은 화탄이라는 소리에 깜짝 놀랐다. 그에게는 포달랍궁의 지하
미궁 속에서 있었던 화탄에 대한 뼈아픈 기억이 남아 있었다. 그는 화
탄이 터지면서 곧바로 붉은 가마에서 엄청난 불길이 치솟아오르는 것
을 목격했다.

“꺄아아악!”

소운의 앞에 서 있던 쌍아가 그것을 보고 놀라 그의 팔을 붙잡았다.

“뭐… 뭐야!”

금초는 불길이 커다랗게 치솟아오르고 있는 것을 보며 끔찍하다는
표정을 지었다.

소운은 재빠르게 주변을 둘러보았다. 모두들 무방비 상태로 서 있었
다. 이대로 저 불길을 맞게 된다면 전멸이었다. 붉은 가마는 척신명이
서 있는 곳과 매우 가까이 있었기 때문에 그의 앞에 서 있던 몇몇의 혈
의인들은 이미 불길에 휩쓸려 온몸이 타 들어가 버리고 재만 남아 있
었다.

콰아아아아아아아아아아!

불길이 먼저 치솟고 폭발음은 나중에 들려왔다. 그리고 그 폭발에
따른 강력한 압력이 형산 정상의 사방으로 퍼져 나가기 시작했다. 폭
발한 곳과 가까이 서 있는 사람들은 이미 그 압력에 휩쓸려서 공중으
로 날아올랐다.

소운은 불길을 정면으로 노려보더니 말했다.

"모두들 내 뒤쪽으로 피해요!"

소운은 다가오는 불길의 한가운데로 달려나갔다.

폭발이 일어나면서 소운이 그 한가운데로 달려 들어가기까지 모두 찰나지간에 일어난 일이었다. 쌍아는 소운을 보며 놀란 표정을 지었다.

소운은 달려가면서 허리에 매달려 있는 영검을 빼 들었다.

'이건 한 번밖에 사용할 수 없는 거야. 앞으로 일주일 동안은 무방비 상태가 되겠지만……'

소운은 다가오는 불길을 정면으로 바라보았다. 그 불길은 한 인간의 힘으로 막아내기에는 너무도 크고 위력적이었다. 그가 외쳤다.

"풍운지의(風雲至意)!"

순간 소운의 검이 흐릿하게 변하더니 완전히 사라져 버렸다. 그리고 곧바로 소운의 전신을 회오리바람이 감싸기 시작했다.

고오오오오…….

사라진 소운의 검은 폭발이 일어나는 불길의 정중앙에 갑자기 모습을 드러냈다. 그리고 엄청난 회전을 하면서 사방팔방으로 사정없이 바람을 내뿜기 시작했다. 이 바람은 폭발을 일으키고 있는 불길을 감싸안더니 불길의 방향을 반대쪽으로 돌려놓았다.

콰아아앙!

소운의 검에서 뿜어져 나온 바람과 불길이 만나 거센 폭발음을 만들어냈다. 그와 동시에 소운의 신형이 뒤로 주르륵 밀려 나왔다. 그러나 소운이 가로막고 있는 방향으로 불길은 넘어오지 못했다.

쿠구— 구구궁!

'저… 럴… 수… 가……!'

당섬은 자신이 꿈을 꾸고 있는가 했다. 놀랍게도 한 명의 인간이 저 폭발을 막아내는 거센 바람을 만들어내고 있는 것이다. 그것도 자연이 만들어내는 폭풍에 필적할 만한 거대한 바람을 말이다.

"이건 있을 수 없는 일이다……."

당섬은 소운이 폭발의 방향을 돌려놓아서 자신을 비롯해 뒤쪽에 있는 낭인들까지 안전해졌다는 사실을 보며 두 눈을 의심했다.

"살게 되다니……."

당섬은 옆에 서 있는 남궁종혁을 바라보았다. 남궁종혁은 아직까지 눈을 감고 있었다.

"이보쇼, 남궁 형."

당섬은 남궁종혁을 흔들었다.

"아아, 벌써 죽어 저승까지 왔나?"

당섬은 남궁종혁의 등을 툭툭 두들겼다.

"아니오… 살았소."

남궁종혁은 그 말을 듣고 눈을 살며시 치켜떴다. 그는 눈앞의 전방에 있는 모든 나무들이 까맣게 타버린 것을 발견했다. 그리고 새하얀 검을 들고 서 있는 한 사내를 경계로 그 뒷부분은 아무런 피해도 없다 것을 알아차렸다.

"이게… 어떻게……."

"소 오빠!"

쌍아가 급히 소운에게로 달려갔다. 남궁종혁은 하얀 검을 들고 있는 사내가 소운이라는 것을 깨달았다.

"소 오빠! 괜찮은 거야?"

쌍아는 검을 들고서 우두커니 서 있는 소운을 불렀다. 그녀는 그의 앞으로 다가갔다. 소운은 창백해진 안색을 하고서 그녀를 바라보았다.

"후후, 무사했구나……."

소운은 갑자기 뒤쪽으로 쓰러지며 정신을 잃었다.

"오빠!"

쌍아는 급히 소운을 부축했다. 그 모습을 보고 금초가 놀라서 달려왔다.

"오호… 탈진했구먼."

"뭐, 뭐야, 당신은!"

쌍아는 어디서 나타났는지 모르게 불쑥 튀어나온 포능을 바라보며 경계의 눈초리를 보냈다.

"이리 눕혀보게."

포능의 뒤를 이어 험악한 인상을 하고 있는 감오극이 나타나자 쌍아의 눈은 더욱 매서워졌다.

"이봐, 아가씨. 우린 저 청년의 동료라구."

나잠도 모습을 드러냈다. 쌍아는 그들이 못 미더웠지만 아무튼 소운을 살리고 보아야겠다는 생각에 그를 조심스럽게 바닥에 눕혔다.

소운의 곁으로 감오극이 다가섰다.

"흐음, 힘을 너무 과도하게 썼군. 온몸에 맥이 빠져 있어."

감오극의 말에 쌍아가 물었다.

"그럼, 소 오빠는 어떻게 되는 건가요?"

감오극은 담담한 말투로 대답했다.

"어떻게 되긴, 힘을 채우면 일어나겠지."

나잠은 싱글거리면서 쌍아의 얼굴 이모저모를 훑어보았다.

"내 특이하단 것은 알았지만 이 청년이 저 폭발까지 막아낼 줄은 몰랐어. 나잠 생에 최초로 아찔했던 순간이었다니까. 흐흐… 그런데 이 어여쁜 아가씨는 누굴까나?"

포능이 나잠에게 말했다.

"오호호, 이 청년도 네놈을 살려준 것만은 땅을 치고 후회할 것이다."

"쌍아야!"

금초가 달려와서 쌍아를 불렀다.

"소운 형은 어때?"

"힘이 빠진 것뿐이래."

"휴우… 다행이다. 어라? 이분들은……?"

금초가 소운의 주위를 삥 둘러싸고 있는 세 명의 인물들을 보면서 고개를 갸웃거렸다.

"하하하, 난 망산귀수 나잠이라고 하네."

나잠은 이렇게 말한 뒤에 금초를 향해 한쪽 눈을 찡긋거렸다.

"오호, 난 포능 대사지."

포능은 원래 눈을 감은 듯 안 감은 듯 웃고 있는 표정이었기 때문에 나잠처럼 한쪽 눈을 깜박이진 못했다. 금초의 시선이 소운의 상태를 살피고 있는 감오극에게 향하자 나잠이 손가락을 들어 그쪽을 가리키며 말했다.

"이자는 혈랑막도라는 아주 무서운 사람이네. 자네도 조심하게나."

감오극은 나잠의 말을 듣고서 고개를 들어 올려 살기를 내뿜었다. 금초는 그 모습을 보고 움찔했다.

"전 금초라고 합니다."

금초는 소개를 한 세 명을 향해 짧게 읍을 했다. 나잠은 누워 있는 소운의 모습을 보며 몸서리쳤다.

"아무튼… 아까 전의 그 광경은 정말 내 평생 두 번 다시 보지 못할 대단한 장면이었어. 이 청년… 그런 무공을 지니고 있었다니… 혈랑막도, 당신 뜨끔하지 않았소? 당신과 싸울 때 이 청년이 아까 같은 무공을 썼다면 당신은 아마… 호호호."

감오극은 나잠의 말에 조용히 인상을 찌푸렸다.


척신명은 부릅뜬 눈을 감지 못하고 있었다. 방금 전의 폭발 때문에 반대쪽에 있던 부하들 대부분이 한 줌의 재가 되어버렸기 때문이다. 오히려 낭인들과 싸우고 있던 혈의인들은 목숨을 보전했다. 하지만 자신과 함께 있던 부하들은 모조리 폭발 속에 파묻혀 버리고 말았다.

"이… 일을… 어찌하면 좋단 말인가……."

척신명은 바닥에 털썩 주저앉았다. 자신만이 운 좋게 살아남았다. 이곳에 올라온 대부분의 부하들은 목숨을 잃었는데 말이다.

"크아아아!"

척신명은 땅을 치며 통곡하기 시작했다.


날이 저물었다. 정상 위 절반의 폐허 속에서 살아 있는 부하들을 모은 척신명은 일, 이, 삼룡대주의 시신을 거둔 뒤에 산 밑으로 내려갔다. 척신명은 철기방과의 원한이 있을 뿐 낭인들에게는 별다른 감정이 없었기 때문에 아무런 충돌 없이 움직일 수 있었다. 가진 전력의 대부분을 잃은 척신명을 공격하려고 하는 낭인들도 없었지만 말이다.

척신명과 불과 오십여 명도 채 남지 않은 그의 부하들은 처음 등장했을 때와는 달리 쓸쓸한 발걸음으로 떠나가야 했다. 오룡보의 멸망과 철기방의 약진. 사파무림은 혼란 속으로 빠져들고 있었다.

천강문의 총호법 구양독과 그의 부하들은 검은 옷을 입은 자들에게 당했는지 폭발에 휩쓸렸는지 전혀 자취를 발견할 수가 없었다. 그리고 이 모든 일의 원흉인 우기랑도 어디로 사라졌는지 알 수가 없었다.

감오극을 비롯한 낭인들 육십여 명은 정상에서 조금 아랫부분에 야영지를 마련해 휴식을 취하기 시작했다.


소운의 감겨진 눈이 천천히 떠졌다.

'여긴?

소운의 눈에 울퉁불퉁한 동굴의 단면이 들어왔다.

소운은 자신의 손에 무언가가 느껴져 그곳을 쳐다보았다. 누군가 자신의 손을 꼬옥 잡고서 벽에 기대앉아 있었다.

'쌍아구나……. 잠이 들어 있네? 이 년 사이에 정말 많이 변했어. 이렇게 예뻐지다니… 이제는 정말 어엿한 숙녀가 된 것 같아.'

소운은 슬쩍 몸을 일으켰다. 그리고 꽉 쥐어져 있는 쌍아의 손으로부터 자신의 손을 빼냈다.

"우… 우웅……."

소운은 깜짝 놀랐다. 손을 빼내자마자 쌍아가 눈을 뜨고 있는 것이다.

"어라? 소운 오빠? 일어났네……."

쌍아는 눈을 부비적거리더니 다시 눈을 감았다. 소운은 그녀가 다시 눈을 감자 조용히 가슴을 쓸어 내렸다. 그때 그녀가 갑자기 무언가에 깜짝 놀란 사람처럼 눈을 뜨더니 그를 바라보았다.

"소 오빠!"

"싸, 쌍아야."

쌍아는 앉아 있는 소운의 목을 그대로 감싸 안았다.

소운은 설마 하니 쌍아가 곧바로 깨어날 줄은 몰랐던 터라 당황한 표정을 짓고 있었다.

"얼마나 놀랐는지 알아? 몇 년 만에 갑자기 나타난 사람이 불길 속으로 뛰어 들어가고… 또 정신을 잃고… 오빠는… 아주 못된 사람이야."

소운은 자신의 어깨를 축축이 적시고 있는 것이 분명 쌍아의 눈물일 것이라고 생각했다.

"그런데 쌍아야, 이 머리는 어떻게 된 거야?"

"오빠가 준 구슬 있잖아. 보령주를 가지고 내공 수련을 했더니 이렇게 되어버렸어. 왜… 이상해?"

"아, 아니……."

탁탁탁탁—

동굴의 바깥쪽에서 누군가 뛰어 들어오는 소리가 들려왔다.

"소운 형! 일어난 거야?"

쌍아는 금초가 들어오자 소운에게서 몸을 뗐다. 소운은 금초에게 밝은 웃음을 지어 보였다.

"그래, 일어났다."

금초는 소운에게 가까이 다가와서 쌍아가 눈물짓고 있는 것을 바라보았다.

"맞아. 소운 형은 우리한테 무지 혼나야 해. 자주 들르겠다던 사람이 이 년 동안 연락 한 번도 없고, 이렇게 난데없이 나타나다니……."

"후후, 미안."

"정말… 소운 형은……."

금초는 자신의 앞에서 웃고 있는 소운이 진짜 소운인지 아직도 믿을 수가 없었다.

"녀석들, 왜 이렇게 울상이야."

소운은 울고 있는 쌍아의 머리를 조심스럽게 쓰다듬어 주었다.

"일단 밖으로 나가자. 자고 일어났더니 몸이 찌뿌둥하네."

소운이 몸을 일으켰다. 쌍아는 조용히 소운에게서 떨어졌다. 동굴의 밖으로 나서면서 소운은 한동안 만나지 못했던 쌍아와 금초를 이렇게 만나게 되니 정말 좋다고 생각했다.

'내가 잘못하고 있는 것일지도 몰라. 단공 어르신도 분명 친구들의 힘을 빌리라고 하셨어. 하지만 아직 그들에 대한 단서조차 발견하지 못했으니…….'

소운은 바깥이 동굴 안과 같이 어두운 것을 보자 지금이 밤임을 알았다.

"금초야, 내가 쓰러진 뒤로 시간이 얼마나 지났니?"

"시간? 형이 어제 정신을 잃었으니까 하루가 지났어. 그리고 그 하루 동안 쌍아가 꼼짝 않고 형을 지켰다구."

소운은 금초의 말에 뒤에서 따라오고 있던 쌍아를 바라보았다.

"고맙구나, 쌍아야."

쌍아는 얼굴이 홍시처럼 붉어졌다.

"아니야… 뭘 그런 거 가지고……."

금초는 쌍아에게 보이지 않게 슬쩍 미소를 지었다. 소운은 살며시 불어오는 바깥의 공기에 숨을 들이켰다.

'하루란 말인가? 아직 육 일이나 남았군. 그리고 그 육 일이 지나면 내가 뒤쫓던 자들은 사라져 버리고 없겠지.'

"오오, 어서 오게나. 깨어났군 그래?"

바깥에는 광주에서부터 소운과 함께 왔었던 낭인들이 여기저기 흩어져서 모닥불을 피우고 앉아 있었다. 그리고 동굴의 바로 앞에는 나잠과 포능, 감오극을 비롯하여 당섬과 남궁종혁 등이 모여 있었다. 소운이 동굴 안에서 나오는 것을 보고 제일 먼저 소리친 것은 아직 이십 대 초반의 호남아라고 외치고 다니는 나잠이었다.

"오호… 미인의 간호를 받더니 혈색이 더 좋아졌구먼."

포능이 뒤이어 말을 꺼냈다. 소운은 나잠과 포능이 감오극과 함께 다니던 낭인 중 최고수들이란 걸 알았지만 이렇게 친근하게 말을 걸어오자 어리둥절해졌다.

"자네, 도대체 정체가 뭔가? 그런 무공을 지니고 있었다니… 포 늙은이와 나는 정말 죽는 줄만 알았다네."

"오호호. 나잠, 네놈은 내 뒤에 숨어서 고개도 들지 못했지?"

"아니라니까! 단지 포 대사의 몸이 워낙 비대해서 날 가린 것뿐이야!"

"오호, 그런가?"

"포 대사야말로 얼굴을 가리고 훌쩍이고 있었잖아. 소매로 눈물을 훔치는 걸 이 두 눈으로 똑똑히 보았다고."

"오호, 먼지가 들어가서 그랬네. 그런데 네놈도 무서워서 눈물을 흘리던데?"

"네놈도? 그 말은 포 대사도 무서움을 탔단 소린가?"

뿌드득.

갑자기 어디선가 이빨을 가는 소리가 들려왔다.

“조용히 해요!”

소운은 깜짝 놀랐다. 자신의 뒤에 서 있던 쌍아가 버럭 소리를 지른 것이다.

“쓰러졌다가 겨우 일어난 사람을 앞에 두고 앉으라는 소리도 못하나요! 나 아저씨랑 포 대사님, 지금부터 말싸움하는 거 금지예요! 그걸 어길 시에는…….”

쌍아의 두 눈이 훨훨 불타올랐다. 포능과 나잠은 찔끔하여 고개를 숙였다.

“크흠… 어서 앉게나.”

“오호. 이리 오게, 젊은이.”

소운은 쌍아가 언제 이렇게 저들에게 소리를 칠 수 있을 정도로 친해졌는지 궁금해졌다.

소운과 쌍아, 금초가 자리에 앉고 나자 기다렸다는 듯이 당섬이 입을 열었다.

“목숨을 구해주서서 감사합니다, 소 대협.”

소운은 흠칫했다.

“그게 무슨 말씀입니까, 당 형. 소 대협이라니 당치도 않은 말이에요.”

“말씀 낮추십시오, 소 대협. 이 당섬은 앞으로 소 대협을 제 은인으로 깍듯이 모시기로 했습니다.”

“그, 그런…….”

소운은 당섬의 말을 듣고서 어찌할 바를 몰랐다. 쌍아는 소운의 옆에서 무언가를 꺼내 들었다.

"오빠, 배고프지 않아? 이거라두 먹어."

소운은 마침 당혹스럽던 차에 잘됐다는 듯이 쌍아가 건네주는 육포를 받아 들었다. 나잠은 쌍아가 손수 소운에게 육포를 건네주자 부러운 시선을 던졌다.

"오호오, 나는 언제쯤이나 저런 미인의 수발을 받아볼까……."

"오호호, 꿈 깨는 게 어떤가? 그리고 따라 하려면 똑바로 하게. 오호오… 가 아니라 오호야."

"뭐어? 그건 따라 한 게 아니지. 내 오호오… 는 탄식이 섞여 있는 거고 포 대사의 오호호… 는 말 그대로 괴상한 웃음소리 아닌가? 그걸 누가 따라 하겠어."

쌍아의 눈이 나잠과 포능으로 향했다. 그녀의 눈에서 날카로운 살기가 느껴지자 나잠과 포능은 입을 다물었다.

일행의 분위기가 이렇듯 화기애애하게 흘러가는 가운데 중저음의 목소리를 지닌 감오극이 입을 열었다. 그가 입을 열자 일행들의 대화 소리가 잦아들었다. 그의 목소리에는 무게감이 실려 있었다.

"자네, 나와의 승부가 아직 끝나지 않았다는 것을 알고 있나?"

감오극의 말에 소운은 물고 있던 육포를 입에서 떼었다.

"승부라니요… 그것은 어디까지나 비무였을 뿐 승패는 상관없는 것 아니었나요?"

감오극이 말했다.

"자네와의 승부에서 내 패배를 인정하네."

소운의 말이 있은 직후에 감오극이 말했다. 갑작스런 감오극의 이 말은 앉아 있는 이들에게 충격으로 다가왔다.

“뭐?”

“뭐라구?!”

나잠과 포능이 놀라 소리쳤다. 감오극이 그렇게 쉽게 싸움을 포기할 사람이 아님을 알고 있었기 때문이다.

“자네가 보여주었던 그 무공의 위력에 필적할 만한 무공이 아직 나에겐 없네.”

“무공은 위력만 가지고 승패를 판가름할 순 없는 것입니다.”

“알고 있네. 하지만 난 자네와의 싸움에서 다른 어떤 것도 아닌 힘에서 밀려 버렸어. 내 무공 중에서 가장 자신있는 부분에서 말이야. 다른 것은 비교해 볼 것도 없지.”

“그런 말씀을 하시는 이유는 뭡니까?”

감오극은 숨을 한번 들이쉰 뒤에 바로 말했다.

“앞으로 수년이 지난 다음에 자네에게 다시 비무 신청을 하겠네. 그 기간이 몇 년이 될지 몇십 년이 될지는 모르지만, 내 힘에 자신이 생겼을 때가 될 것이네.”

소운은 웃음을 지었다.

“기다리고 있겠습니다.”

감오극 역시 희미하지만 웃음을 지었다.

“바야흐로 진정한 남자들의 세계라… 좋지, 좋아.”

나잠이 중얼거렸다.

시간이 흘러 모닥불이 거의 꺼져 갈 무렵이었다. 감오극이 말했다.

“한 가지 궁금한 것이 있네.”

감오극의 질문 대상은 소운이었다.

“내 강호의 소식에는 어두워서 누가 누구를 침범하고 어떤 세력이 등장하고 사라지는지는 모르지만, 혹시 이 년 전에 무림맹에서 벌어진 혈사에 자네도 있지 않았는가?”

소운은 묵묵히 고개를 끄덕였다.

“그렇군. 자네가 선풍검객이었군.”

감오극은 생각했다.

‘훗, 이거 내가 힘든 싸움을 선택했는지도 모르겠군.’

당섬은 이미 소운의 정체를 짐작하고 있었기 때문에 놀라지 않았지만 나잠과 포능은 적잖게 놀랐다. 나잠이 소운에게 말했다.

“우와! 자네가 그때의 그 선풍검객이란 말인가? 소문에는 구 척이 넘는 신장에 나이 또한 삼십을 바라보는 자라고 했는데… 자네는 생각했던 것과는 완전히 딴판이군. 이제 겨우 이십 대 초반 아닌가? 그런 실력을 지니다니… 대단하구먼, 대단해.”

나잠의 감탄 섞인 말에 소운은 슬쩍 웃음을 지어 보였을 뿐이다. 소운은 자신이 강호에서 얼마나 알려졌는지 알지 못하고 있었다. 그동안 정체를 숨기고―굳이 말하자면 촌놈처럼―다녔기 때문에 그를 처음 대하는 사람은 설마 그가 선풍검객이라고는 전혀 생각지 못했었다. 정파를 멸망의 위기에서 구해낸 영웅을 말이다.

나잠은 계속해서 말했다.

“소문을 듣자 하니 자넨 오십 년 전에 활동했었던 전대의 거마들과도 호형호제하는 사이라고 하던데 그것이 사실인가?”

“아, 아니요. 번마 할아버지나 막수심 할머니는 저에겐 은사님과도 같은 존재예요.”

“그리고 자네의 진정한 사부는 화산파의 꽃인 무심화라고 하던데 그것도 사실인가?”

“아니요. 그녀에게 무공을 배운 적은 있지만…….”

소운은 나잠이 어디서 그런 이야기를 주워들었는지 궁금해지기 시작했다.

“또 자네의…….”

“그만 하게.”

감오극이 조용히 나잠을 말렸다. 나잠은 내친김에 몇 가지를 더 물어보려고 했지만 그를 말린 이가 다른 누구도 아닌 감오극이었기에 참아야 했다.

“혈랑막도, 아직 당신이 왜 용병이 되었는지 듣지 못했소.”

금초는 끝없이 질문을 해대는 나잠을 보며 궁금한 것이 있으면 참지 못하는 사람이라고 생각했다.

소운은 이들과 함께 있으면서 지난 이 년 간 느껴보지 못했던 감정들을 느낄 수 있었다.

‘함께 여행한다는 것은 이렇게나 즐거운 일이구나. 역시나 내가 잘못 생각한 것일지도 몰라.’

소운은 밤이 깊었기에 이제 모두들 잠을 잘 시간이라고 생각했다. 이미 다른 낭인들은 대부분 바닥이나 나무 둥치에 자리를 잡고 휴식을 취하고 있었다.

“모두들 늦었으니…….”

소운은 갑자기 가슴을 옥죄어오는 불쾌한 느낌에 심장이 덜컥 내려앉았다.

‘마기다!’

소운은 가슴으로 손을 가져갔다.

‘큰일이야! 아직 몸이 회복되지 않았는데… 이 상태로는 마기에 저

항할 만한 힘을······.'

"으읍."

소운이 신음성을 내며 고통스러운 표정을 지었다. 그와 동시에 감오극이 소리쳤다.

"누군가 접근해 오고 있어!"

감오극의 외침에 순식간에 장내의 공기가 냉각되었다.

"이보게. 어서 낭인들을 불러 모으게!"

감오극이 나잠과 포능에게 말했다. 나잠과 포능은 그 말을 듣고 순식간에 흩어진 낭인들을 향해 달려갔다.

쌍아는 소운이 가슴을 움켜쥐며 쓰러지자 깜짝 놀랐다. 그녀는 얼른 소운을 부축하며 물었다.

"오빠, 왜 그래? 어디 아픈 거야?"

소운은 힘겹게 말했다.

"노… 놈들이야."

"놈들이라니?"

"어제 폭발이 있기 전에 나타났었던… 그… 자들······."

소운은 가슴에서 고통이 치밀어 오르는 것보다 숨이 막혀오는 것이 더욱 힘들었다.

"마기를 지니고 있는… 열 명의······."

파아아아악!

숲을 가르면서 누군가 달려오고 있는 소리가 들려왔다. 그리고 얼마 뒤 일행이 모여 있는 곳으로 십여 명의 괴한들이 모습을 드러냈다.


*　　　*　　　*

사천(四川) 지방에서 가장 유명한 것을 꼽으라면 맵고 톡 쏘는 듯한 그 요리가 단연 수위를 점치겠지만 그것보다도 더욱 유명한 것이 있다. 바로 사천의 요리보다도 더욱 독하고 매운 손맛을 지닌 암기의 명가 당문이다.

당문 사람들은 항시 치명적인 독과 암기를 지니고 다니기 때문에 사천 지역에서 그들을 건드렸다가는 큰코다치기 일쑤였다. 사천에서는 당문의 다양한 독과 암기 수법에 당해 곤욕을 치렀던 무림인들이 그들을 호랑이라고 부르며 피해 다니고 있었다. 당문이 사천에 자리 잡은 이후부터 사천당문의 명성은 적어도 이 사천 지역에서만큼은 무림맹 저리 가라 할 정도로 대단했다.

당문의 본가가 자리 잡고 있는 성도의 교외 지역.

사천당가(四川唐家)란 현판이 걸려져 있는 당문의 입구에는 네 명의 청년과 한 명의 여인이 서 있었다. 이들은 무림맹에서부터 실종된 인사들을 찾기 위해 움직이고 있는 모용신지와 풍아, 마진, 화무인, 고연진이었다.

모용신지가 말했다.

"어차피 사천 지역을 지나게 된 거 당문에서 실종된 당백문 장로님에 관한 이야기를 듣고 가는 게 좋지 않을까?"

모용신지의 말에 마진이 고개를 끄덕이며 물었다.

"신지야, 의도는 좋은데 이렇게 아무런 연락도 없이 무턱대고 찾아와도 될까?"

"뭐, 무림맹에서 조사를 나왔다는 데야… 협조해 주시겠지."

풍아가 떨리는 듯한 목소리로 말했다.

"다, 당문 사람들은 마음에 안 드는 사람이 나타나면 독침을 꺼내 든다고 하던데?"

"에이, 설마? 그럼 풍아, 네가 먼저 들어가."

풍아가 무섭다는 듯이 몸을 움츠리자 마진이 그의 뒷덜미를 잡고 사천당가의 대문으로 밀어 넣었다.

"아앗! 뭐 하는 거야, 진이 형!"

끼이익.

사천당가의 정문이 열리며 그 안으로 풍아가 엉거주춤 들어섰다. 풍아는 안에 들어서자마자 주변을 두리번거렸다.

"어라?"

풍아는 생각보다 평화로워 보이는 안의 풍경에 조금은 안심했다. 잘 다듬어져 있는 정원과 그 정원과 잘 어울리는 전각은 사천당가가 과연 사천 지역의 호랑이라고 불리우고 있는지 의심이 가게 만들 정도였다.

"뭐, 겉모습만으로 판단할 수야 없겠지만… 일단 한번 들어가 볼까나?"

마진이 뒷짐을 진 채로 풍아의 뒤를 이어 들어섰다. 그리고 모용신지와 화무인이 그 뒤를 따랐다.

화무인이 정문을 지나 안으로 들어갔을 때 정원의 한쪽에서 녹색 경장을 차려입은 청년 한 명이 달려왔다.

"어쩐 일로 당문을 찾으셨나요?"

청년은 그들 일행에게 정중하게 고개를 숙이며 말했다. 모용신지가 읍을 하며 그 청년에게 말했다.

"우린 가주님을 뵙기 위해서 찾아왔습니다. 대문을 아무도 지키는 사람이 없기에 이렇게 문을 열고 들어오게 됐습니다."

청년은 모용신지의 얼굴을 보더니 조금 감탄한 표정으로 말했다.

"아, 그렇습니까? 지금 저희 가문에 중요한 일이 생겨서 모든 무사들이 그곳에 가 있는 실정입니다."

녹색 경장을 차려입고 있는 청년은 시종일관 공손한 표정을 유지하고 있었다. 풍아는 그것을 보며 당문에 들어서기 전에 가졌던 부정적인 생각들을 점차 바꾸어 나가고 있었다.

'우와! 이 사람 진짜 착하게 보여.'

모용신지가 청년을 향해 말했다.

"저희들은 무림맹에서 나온 비룡단원들입니다. 이번에 발생된 무림 고수들에 관한 실종 사건을 해결하기 위해 나왔습니다. 저희가 이렇게 당문을 찾은 이유는 당문에서도 당백문 장로님께서 실종되셨다는 이야기를 들었기 때문입니다. 그래서 그 정황을 자세히 묻기 위해서……."

녹의청년은 놀란 듯한 표정을 지으며 말했다.

"아! 그러십니까? 난 또 어디서 이렇게 젊은 고수 분들이 나타나셨나 했었는데 비룡단원이셨군요. 잘됐습니다. 저희 가주님께서도 지금 그 일 때문에 집안 식구들을 모두 불러 모아놓고 회의를 하고 계시던 중이었습니다."

녹의청년은 시종일관 입가에서 미소를 잃지 않았다. 청년의 얼굴은 원래 평범했지만 공손한 어투에 밝은 미소를 띠자 잘생긴 얼굴 못지않게 매력적으로 보였다. 풍아는 그 청년을 보며 생각했다.

'소운 형이랑 비슷한 느낌이 나는 것 같기도 하고…….'

"저와 함께 가시면 됩니다. 집안 분들이 모두들 놀라고 있는 터라 비룡단원이 왔다는 사실을 알면 좋아하실 것입니다."

"저희 다섯이 폐를 끼친 것 아닌가 모르겠네요."

모용신지의 말에 녹의청년이 이상하다는 듯이 물었다.

"다섯이요? 지금은 네 분밖에 보이지 않는데……."

마진이 풍아에게 물었다.

"풍아야, 고 소저는 어디 갔냐?"

"몰라. 아까 문밖에 있을 때만 해도 같이 있었는데……."

"그럼 아직 바깥에 있는 거 아니야?"


고연진은 황당한 일을 겪고 있었다. 일행을 따라 안으로 들어가려고 하는데 난데없이 은침 하나가 날아온 것이다. 그것이 매우 느린 속도였고 살기 또한 없었기 때문에 그녀는 발을 살짝 움직이는 것만으로 피해냈다. 그녀는 곧바로 은침이 날아온 방향으로 고개를 돌렸다.

"와아! 피했네?"

고연진은 깜찍하게 생긴 일고여덟 살 정도의 꼬마 아이가 당문의 담벼락을 넘어 가볍게 착지하는 것을 바라보았다.

"난 또 호 오라버니가 기다리고 있는 줄 알고 공격을 했지 뭐야. 미안해, 언니."

머리를 곱게 말아 올린 어린 여자 아이가 처음 보자마자 대놓고 반말을 하는 경우에 대부분의 사람들은 화를 내거나 고함을 쳐서 타이르지만 고연진은 달랐다. 그녀는 아무 말 없이 여자 아이를 지켜보았다.

"우와아! 언니 정말 예쁘다. 내가 지금까지 본 사람들 중에 제일 예쁜 거 같아. 아! 아니, 우리 엄마만 빼고."

여자 아이는 허리를 굽히고 손을 입가로 가져가 작게 소곤거렸다.

"사실은 언니가 더 예쁜데… 엄마가 알면 삐치니까. 후후."

고연진은 여자 아이의 행동을 보며 살짝 미소를 지었다. 이미 문 안으로 들어간 네 명의 비룡단원들이 이 사실을 알았다면 땅을 치고 통곡할 노릇이었다. 이것은 선부령을 나와서 그녀가 처음으로 짓는 미소였다.

"이름이 뭐니?"

"이름? 내 이름? 엄마는 날 혜아라고 불러. 당혜야, 당혜야, 하구 말이야."

"당혜. 예쁜 이름이구나."

"언니의 이름은 뭐야?"

"고연진이라고 한단다."

"우와아! 언니의 이름도 나만큼 예쁜걸?"

"고맙구나."

당혜는 어느새 고연진의 앞까지 다가와 있었다. 고연진은 당혜의 머리를 한번 쓰다듬어 주었다.

"그런데 혜아, 네가 잘못한 것이 있어."

"뭔데?"

"이런 은침은 사람에게 함부로 던지는 물건이 아니란다. 자칫 잘못하면 다치거나 목숨을 잃을 수도 있거든."

"치이~ 알고 있어. 하지만 상대가 호 오라버니인걸?"

"그게 무슨……?"

끼이익.

사천당가의 정문이 열렸다.

"거봐. 내가 밖에 있을 거라고 했잖아!"

"고 소저, 여기서 뭐 하는 거예요. 어서 들어와요."

풍아와 마진이 바깥쪽으로 고개를 내밀며 말했다.

당혜가 그들을 가리키며 고연진을 향해 말했다.

"언니 친구들이야?"

"그래."

"으음… 언니가 같이 다닐 만큼 멋지진 않은걸?"

마진은 고연진이 웬 여자 아이와 함께 서 있자 놀라서 말했다.

"뭐야, 저 꼬마는?"

하나 마진은 당혜의 깜찍스런 용모에 금세 놀란 표정을 바꾸고 입을 헤벌쭉 벌리며 말했다.

"까꿍! 안녕, 꼬마야!"

풍아도 덩달아서 당혜를 보며 손을 흔들었다.

"아주 귀여운 꼬마네. 안녕!"

당혜는 그런 둘을 보며 인상을 찌푸렸다.

"바보들."

"혜아, 너 거기 있었구나?"

풍아와 마진의 등 뒤에서 누군가의 목소리가 들려왔다. 당혜는 그 목소리를 듣고 흠칫하며 고연진의 등 뒤로 숨었다.

"이크! 호 오라버니다!"

고연진은 문 앞으로 어떤 청년 한 명이 다가오는 것을 바라보았다. 그녀는 그 청년의 얼굴을 본 순간 깜짝 놀라고 말았다.

'소운?'

고연진은 잠깐 동안 그 청년의 얼굴을 살피다가 아니란 것을 알았다.

'웃는 얼굴이 너무 비슷해서 착각을 했어.'

녹의를 입은 청년은 바깥에 서 있는 고연진을 보며 시선을 돌리지 못했다.

‘이럴 수가… 저렇게 아름다운 여자가 있었다니……!’

마진과 풍아야 이미 몇 년 간을 보아왔기 때문에 놀라지 않지만 고연진을 처음 보는 사람들은 대부분 그녀의 아름다운 모습에 감탄하기 마련이었다. 녹의청년도 그 범주를 벗어나지 못했다.

녹의청년은 벌어진 입을 다문 연후에 재빨리 모용신지를 향해 입을 열었다.

“저분이 다섯 명 중 한 명이었군요.”

“네. 고 소저의 뒤에 있는 아이가 당 소협이 찾고 있었다는 아이인가요?”

“아, 네. 혜아가 저 낭자 분을 귀찮게 해드리지 않았나 모르겠네요.”

고연진은 녹의청년이 나타나자 자신의 뒤에 서 있는 당혜의 몸이 조금씩 떨려오고 있다는 것을 깨달았다.

‘왜 그런 거지?’

고연진의 옷자락을 쥐고 있는 당혜의 자그마한 손은 불안한 듯 계속해서 떨고 있었다.

“혜아야, 이분들도 마냥 기다리실 순 없을 테니 어서 돌아가자꾸나.”

녹의청년이 당혜를 향해 손을 내밀었다.

“싫어. 난 고 언니와 같이 갈 거야.”

당혜는 고연진의 뒤에서 고개만 빼꼼 내민 채 녹의청년을 향해 말했다. 녹의청년은 고개를 저었다.

“혜아야, 그건 저 낭자께 실례잖니.”

고연진은 자신의 옷자락을 쥐고 있는 당혜의 손을 잡았다. 그리고 겁먹은 표정을 짓고 있는 당혜를 향해 살짝 미소를 지은 뒤에 녹의청년을 향해 말했다.

"괜찮아요. 제가 혜아와 함께 가겠어요."

"으음… 낭자가 정 그렇게 말씀하신다면……."

녹의청년은 그의 앞에 서 있는 네 명의 청년들에게 말했다.

"따라오세요. 회의실로 안내해 드리겠습니다."

녹의청년이 앞장을 선 채 비룡단원 넷과 고연진은 사천당가의 안으로 들어가기 시작했다. 가는 도중 통성명을 했는데 녹의청년의 이름은 당호라고 했다. 당문 가주의 동생뻘 되는 사람의 아들이라고 했다.

마진과 풍아는 걸어가면서 당혜에게 관심을 쏟았다. 당혜에게 말을 걸며 그녀가 귀여워 죽겠다는 표정을 지었다. 마진은 온갖 우스꽝스러운 표정을 지으며 우울한 표정을 짓고 있는 당혜를 웃게 만들기 위해 노력했다. 당혜는 그런 그를 돌아보며 조그맣게 한마디 했다. '바보'라고.


당호가 안내해 준 회의실 안은 거의 초상집 분위기였다. 가문 사람들 모두가 침울해하고 있는 가운데 오십 대 중반의 장년인만이 대화를 이끌어 나가고 있었다. 대문에서 만난 당호가 밝은 표정을 하고 있었다는 것이 이해가 안 갈 정도로 이곳의 분위기는 어두웠다. 당호는 비룡단 일행들을 상석에 앉아 있는 장년인에게 데려갔다.

"백부님, 당백문 장로님에 대한 실종 사건을 조사하기 위해 무림맹에서 비룡단원들을 보냈습니다."

당호가 말을 건 사람은 머리를 모조리 뒤로 넘기고 콧수염을 기르고 있는 장년인이었다. 이 사람이 바로 사천의 맹주라 불리우는 당군(唐

軍)이었다.

"비룡단원이라 했나? 음… 내 조카 녀석도 비룡단에 들어갔지. 당섬이라고. 혹시 들어보았는가?"

모용신지가 포권하며 말했다.

"당섬은 현재 광주 쪽에서 임무 수행 중인 것으로 알고 있습니다."

"광주라… 멀리도 갔구만. 그래, 당 장로가 실종된 사건을 조사하기 위해 왔다고?"

"네. 저희들은 이번 실종 사건과 관련해 사라진 사람들마다 공통점이 있다고 보고, 하나하나씩 조사해 나가고 있습니다."

모용신지는 이때부터 당백문 장로가 사라지게 된 경위와 자세한 정황을 물어보기 시작했다. 당군은 모용신지에게 그때의 일을 자세히 설명해 주었다.

"당 장로는 의독전(意毒殿)을 총지휘하고 있는 전주네. 의독전은 새로운 독이나 기존에 있었던 독들을 개량하고 간단한 해독제를 만들어 내는 곳이지. 때문에 의독전 사람들은 며칠 밤을 연구실에 틀어박혀 나오지 않는 경우가 허다하지. 당 장로 역시도 처음에 사라졌을 때는 의독전에 틀어박혀서 새로운 독을 연구하고 계시는 줄 알았네. 하지만 당 장로의 모습이 한 달 가까이 보이지 않자 저기 서 있는 당호가 찾아 왔네. 당 장로가 보이지 않는다고 말이야. 나는 또 의독전 어딘가에 틀어박혀 있지 않을까 하고 잘 찾아보라고 했지만 당 장로는 의독전 어디에도 없었네. 또 이 당문 어디에서도 당 장로의 모습을 찾을 수 없었어. 당 장로의 평소 성격으로는 아무 말도 없이 의독전을 내팽개치고 사라지실 분이 아니네. 그분의 의복과 연구하고 계시던 독들이 그대로 남아 있는 것으로 보아, 당 장로님은 누군가에 의해 납치되신 것이 분명하네. 감히 사천당문의 담벼락을 넘어 그분을 납치해 갔다는 것이 믿을 수가 없지만 이건 사실이네."

모용신지는 몇 가지 사실을 더 물어본 뒤에 고개를 숙였다.

"감사합니다. 많은 도움이 됐습니다. 그럼 저희들은 이만 가보겠습니다."

당호는 모용신지가 떠난다고 하자 정색을 했다.

"아니, 어떻게 당문에 오신 손님을 그냥 보낼 수 있단 말입니까? 어차피 저녁때가 되었으니 당문에서 하룻밤을 보내고 내일 출발하도록 하는 것이 어떻습니까. 객잔보다야 당문이 훨씬 낫지 않겠습니까?"

당군이 뒤이어 말했다.

"으음, 나도 자네들이 당문에서 묵고 갔으면 좋겠네."

모용신지는 당군의 말에 일행들을 돌아다보았다. 마진은 모용신지에게 고개를 끄덕여 보였다. 다른 일행들도 반대하는 사람은 없었다.

"저희야 감사할 따름입니다."

당군은 회의실 안에 있던 당문의 식구들에게 말했다.

"오늘의 회의는 이것으로 끝마치도록 하지. 모두들 각자 자신의 본분을 잊지 말도록. 당 장로님의 행방이 불분명한 지금 자그마한 행동 하나라도 조심하게."

당군의 말에 회의실 안에 있던 사람들 모두가 고개를 숙였다. 그리고 당군의 말이 끝나자 사람들이 나가기 시작했다.

당군은 당호에게 말했다.

"호아야, 네가 이분들을 안내해 드려라."

"네, 백부님."

비룡단 일행들은 당호의 뒤를 따라 손님용 방으로 안내되었다. 당호는 가장 뒤에서 당혜와 함께 자신을 따라오고 있는 고연진을 보며 다른 사람들이 보이지 않게 입꼬리를 올렸다. 그 미소는 이때까지 그가 지었던 미소와는 아주 다른 느낌의 웃음이었다. 당호가 가장 앞에 서 있었기 때문에 비룡단 일행 중에는 어느 누구도 그 이질적인 미소를 발견하지 못했다.

*      *      *

소운이 식은땀을 흘리자 쌍아는 자신의 소매를 들어 그의 이마를 닦아주었다. 그녀는 걱정스런 표정으로 소운을 살폈다. 그녀는 갑자기 나타난 십여 인의 복면인들 때문에 소운이 이렇게 힘들어하고 있다는 것을 깨달았다.

십 인의 복면인들은 아무런 말도 없이 소운의 앞에 일렬로 늘어섰다.

"너희들은 누구냐?"

감오극이 복면인들을 향해 물었다. 복면인들은 침묵했다. 감오극은 그들이 공격은 해오고 있지 않지만 직감적으로 무척이나 위험한 상대라고 느끼고 있었다.

소운은 자신을 부축하고 있는 쌍아에게 말했다.

"쌍아야, 싸움이 일어난 후에 내가 신호하면 내 쪽으로 용화장을 쏘아 보내."

"그게 무슨 소리야, 오빠! 용화장은……."

소운은 쌍아의 손을 잡았다.

"자세한 이야기는 나중에 해줄게."

소운은 자신을 지탱해 주고 있는 쌍아의 손을 잡아서 조심스럽게 떼어냈다. 그는 쌍아를 진정시키며 감오극의 옆으로 다가섰다.

"그가 보냈나요?"

소운이 뜬금없이 이렇게 물었다. 그러자 말이 없던 복면인들 가운데서 한 명이 입을 열었다.

"그분이 널 기다리고 계신다."

"휴우, 그렇게 찾아 돌아다닐 때는 없더니⋯ 이렇게 직접 마중을 나와주시는군요."

소운에게 말을 걸고 있는 복면인의 목소리는 상당히 탁했다.

"하지만 전 지금 그를 만날 생각이 없습니다."

복면인은 당연히 소운이 자신들을 따라나설 것이라고 생각했던지 조금은 놀란 음성으로 물었다.

"그게 무슨 소린가?"

"오늘은 이만 돌아가 주셔야겠어요. 그에게 전해주세요, 제가 직접 만나러 가겠다고."

소운이 이렇게 말하자 복면인이 툴툴거리며 웃었다.

"건방지군. 그분이 어떤 분이라고⋯⋯."

"뒤에 숨어서 강호를 노리개처럼 흔들어 줘려고 하는 음침하신 분이죠."

"감히!"

쌍아는 아파 보이던 소운이 멀쩡한 모습으로 복면인을 상대하자 놀라고 있었다. 방금 전의 모습은 거짓이었단 말인가? 아니면 지금의 모습이?

"우린 네놈을 데려가야겠다."

"헤헤! 이봐, 그렇게는 안 되지."

복면인의 우측으로 검은 장갑을 끼고 있는 나잠이 나타났다. 그리고 그의 주위로 수십 명의 낭인들이 모습을 드러냈다.

"오호, 우기랑과 한통속이었던 놈들 아니야?"

복면인들의 좌측으로 포능이 모습을 드러냈다. 포능의 주위에도 낭인들이 있었기 때문에 복면인들은 본의 아니게 사방에서 포위당해 버렸다.

"후후, 이게 네놈이 가지 않겠다는 이유인가?"

소운에게 말을 걸었던 복면인이 비웃음을 흘렸다. 그리고 그와 동시에 그 복면인의 옆에 서 있던 다른 복면인들이 움직였다. 그 움직임이 너무도 빨랐기 때문에 마치 검은 바람이 확 하고 지나가는 듯했다.

"지금이야, 쌍아야!"

소운이 소리쳤다. 쌍아는 미리 두 손에 장력을 모아두고 있다가 소운이 소리치자마자 그를 향해 장력을 쏘아 보냈다. 초승달 모양의 장력 한 쌍이 쌍아의 손에서 뿜어져 나왔다. 용화장 이식 분월이었다. 분월은 일식인 출수나 삼식인 회영보다 위력은 약하지만 마음대로 조절할 수 있다는 장점을 지니고 있었다. 그녀는 혹시나 소운이 피하지 못한다면 이 분월을 움직여서 다른 곳으로 보내 버릴 생각이었다.

그녀의 손으로부터 뻗어 나간 장력은 두 개의 완만한 곡선을 그리며 소운을 향해 날아갔다.

소운은 자신을 향해 두 개의 그림자가 다가오고 있다는 것을 알았다.

'역시 내 주변에 있는 사람들이 상당한 고수들이라는 걸 알고 나부터 잡으려 드는구나. 하지만 잘못 생각했어.'

소운은 다가오는 복면인들을 정면으로 바라보았다.

'이로써 내공을 사용할 수 없는 기간이 열흘로 늘어나 버리겠지만……'

복면인들은 소운을 제압하기 위해 양 옆으로 갈라져서 공격을 시도했다. 소운은 그들을 보며 움직이지 않았다. 소운은 그들에게 반항할 생각이 없는 것처럼 보였다. 복면인들은 그런 소운의 혈도를 짚기 위해 날카로운 지력을 요혈 부근으로 쏘아 보냈다. 그리고 복면인들 역시 소운에게 근접하려는 순간 갑자기 소운이 땅을 박차고 솟아올랐다.

"이야압!"

소운의 기합 소리와 함께 그의 전신에서 사나운 바람이 뿜어져 나왔다. 그리고 그의 두 손이 각각 그에게 다가오고 있던 두 복면인의 팔을 낚아채 그들이 움직이고 있던 방향을 돌려놓았다.

쉐에에엑!

소운이 돌려놓은 방향에는 쌍아가 쏘아 보낸 두 개의 장력이 날아들고 있었다. 쌍아의 장력은 그대로 복면인의 정면으로 돌진해 갔다. 복면인들은 무방비 상태로 쌍아의 장력을 얻어맞았다.

쿠우웅!

소운은 복면인들의 뒤쪽에 있었음에도 쌍아의 장력이 주는 충격에 바닥으로 쓰러져 대여섯 장 정도를 밀려 나갔다.

'크윽! 용화장의 위력이 한층 강해졌구나… 힘이 조금이라도 남아 있을 줄 알았는데……'

소운은 온몸에 힘이 빠져서 도저히 밀려 나가는 것을 막을 수가 없었다. 소운이 쓰러진 자리로 방금 전 그에게 말을 걸었던 복면인이 쇄도해 들어갔다.

쌍아가 그것을 보고 소리쳤다.

"금초야, 내가 저자를 막을 테니까 어서 소 오빠를 보호해!"

"알았어!"

쌍아는 앞으로 달려나가면서 소운에게 달려들고 있는 복면인을 향해 장력을 내뿜었다. 그리고 그녀의 뒤를 이어서 금초가 빠르게 움직였다.

사방으로 검은 돌풍처럼 움직였던 복면인들은 그들을 포위하고 있는 낭인들을 향해 움직였다. 수적으로 상당히 열세임에도 불구하고 복면인들은 귀신같이 낭인들의 틈새를 헤집으며 나잠과 포능의 골치를 아프게 했다.

감오극은 복면인 두 명을 한꺼번에 상대하고 있었는데, 피를 머금은 것 같은 붉은 도를 풍차처럼 휘두르며 복면인들을 압도했다.

소운에게 돌진해 오던 복면인은 한꺼번에 수십 개의 장력이 벌 떼처럼 몰려 들어오자 그것을 피하기 위해 뒤로 공중제비를 돌아 몸을 숙였다.

쌍아가 복면인을 향해 말했다.

"물러서라구."

복면인은 이미 소운을 공격했던 복면인 두 명이 나가떨어지는 모습을 보았기 때문에 쌍아를 가볍게 보지 못했다.

'두 명이 이렇게 어이없이 당하다니. 방심했어. 저놈, 혹시 그걸 노리고?'

복면인은 바닥에 누워 있는 소운을 보며 생각했다. 복면인이 미처 숨 돌릴 새도 없이 연이은 쌍아의 장력이 그를 향해 날아들었다.

"소운 형! 괜찮아?"

금초가 소운을 부축해 일으켰다. 소운은 금초를 보며 씨익 웃었다.

"괜찮아. 멀쩡해."

"쌍아가 소운 형을 향해 용화장을 날렸을 때는 가슴이 철렁했다구."

소운은 금초의 어깨에 팔을 건 채 상황을 지켜보았다.

'혼자 있었다면 꼼짝없이 당할 뻔했어.'

감오극과 나잠, 포능을 비롯해서 오십여 명이 넘는 낭인들에 의해 복면인들은 맥을 못 추고 있었다. 게다가 자신을 잡기 위해 움직인 복면인마저도 쌍아에게 가로막혀서 한 발짝도 자신에게 접근해 오지 못하고 있었다.

복면인은 끊이지 않는 쌍아의 장력에 적잖게 놀라고 있었다. 시간이 지나면 위력이 약해질 것이라고 생각했던 그녀의 장력이 오히려 그 위력을 더해가고 있었다. 그녀의 내공은 끝이 없는 듯했다.

'오산이었다. 우기랑, 그놈의 말만 듣고 섣불리 접근했던 것이 화근이었어. 이럴 줄 알았으면 귀문의 그 떨거지 녀석들이라도 데려오는 것인데.'

복면인은 입가로 손을 가졌다. 그리고 짧게 휘파람을 불었다.

휘이! 휘이!

복면인이 휘파람을 불자 공격을 감행하고 있던 복면인들이 전부 손을 떼고 물러섰다.

"찾아오겠다는 네 말, 잊지 않겠다."

복면인은 소운을 향해 말했다. 소운은 그 복면인을 향해 턱을 끄덕거렸다.

"가자."

복면인이 말하자 다른 복면인들이 하나둘씩 신법을 펼쳐 사라져 갔다. 그런데 복면인들은 제일 처음 쌍아의 장력에 의해 쓰러진 두 명의 복면인들을 그대로 놓아둔 채 사라져 버렸다. 같은 동료인데 말이다. 소운은 그것이 이상하여 쓰러져 있는 복면인들을 바라보았다.

'어라? 이자들… 숨을 쉬지 않고 있어.'

소운은 조심스런 발걸음으로 그 복면인들을 향해 다가섰다.

"조심하세요, 소 대협!"

소운의 귓가로 당섬의 목소리가 들려왔다.

당섬은 싸움이 시작되자 얼른 동굴 안으로 몸을 숨겼었다. 그가 최고수라고 생각하고 있던 소운이 가슴을 움켜쥐며 쓰러졌기 때문이다. 그는 동굴 안에서 사태를 지켜보고 있었는데 쌍아의 장력을 맞고 쓰러진 복면인들이 품속에서 무언가를 꺼내 들고 삼키더니 몇 차례 꿈틀거린 뒤에 움직임을 멈추는 것이 아닌가. 때문에 소운에게 급하게 소리친 것이다.

"저놈들 독단을 먹고 자살했어요! 독이 옮을지도 몰라요!"

소운은 그 소리를 듣고 고개를 갸웃거렸다.

'독단이라고? 왜? 왜 자살을 한 거지?'

소운은 쓰러진 복면인들에게 다가가서 그들의 복면을 벗겨내었다.

"우웃."

소운은 복면 안을 들여다본 뒤에 깜짝 놀랐다. 얼굴이 이미 부패해 썩어 있었던 것이다. 고약한 냄새를 동반하며 지금도 계속해서 썩어 들어가고 있었다.

"이럴 수가……."

소운은 그것을 보며 생각했다.

'혹시라도 정체가 탄로날까 봐 이런 짓을 한 것인가?'

소운의 곁으로 감오극과 다른 이들이 다가왔다.

"무서운 놈들이군."

감오극이 중얼거렸다. 쌍아가 소운에게 다가와서 물었다.

"오빠, 어떻게 된 거야? 어째서 그놈들이 오빠를 데려가려고 한 거야?"

쌍아의 물음에 소운은 잠시 고민했다.

'이제는 쌍아에게 이야기를 해주어도 되지 않을까?'

"쌍아야, 소운 형을 봐. 엄청 힘들어하고 있잖아. 일단 소운 형은 안정을 취해야 해."

금초는 소운을 부축하고 있었기 때문에 그의 팔에 힘이 하나도 없다는 것을 알고 있었다. 게다가 몸 전체를 자신에게 기대고 있었다. 소운은 지금 일어서 있을 힘조차 없는 것이다.

"아니야, 금초야. 일단은 그들에 관한 이야기를 해줘야지."

소운은 고개를 돌려서 감오극을 바라보았다.

"흠흠, 낭인들 중에 부상자는 없네. 우리들 또한 자네에게 한번 목숨의 빚이 있으니 미안해하지 말게나."

소운은 고개를 끄덕였다. 그는 쌍아를 비롯하여 감오극과 나잠, 포능 등을 불러 모았다. 그들은 처음의 자리에 앉아서 그의 이야기를 듣기 시작했다.

"쌍아야, 예전에 청해상도에서 소리세가를 도와 귀문의 살수들을 상대했을 때 기억나니?"

"응. 그걸 어떻게 잊겠어."

"그때 귀문 놈들을 물리치고 난 뒤에 둥근 철공을 이용해서 이상한 무공을 쓰는 자가 나타났었잖아."

금초가 그 소리를 듣고서 생각났다는 듯이 말했다.

"맞아. 그때 소운 형이랑 고 소저가 그놈을 쫓아 보냈었잖아. 뭐, 소운 형이 변장을 하고 있어서 그땐 소운 형인지 몰랐었지만."

소운은 계속해서 말했다.

"그자는 마기(魔氣)라는 독특한 기를 운용하는 무공을 쓰는 자였어."

"마기?"

"그리고 마기를 쓰는 자들을 가리켜 마인(魔人)이라고 불러. 내가 이 이야기를 해주는 이유는 강호상에 이 마기를 사용하는 자들이 무척이나 많기 때문이야. 너희들이 선천진기를 수련하지 않아 이 마기를 느끼지는 못하겠지만, 마기는 일반적인 내공과는 달리 사람의 마음을 사악하게 변화시키고 살심을 불러일으켜. 한번 마기에 사로잡히면 그때부터 그 사람의 무공이라든지 생각에는 상관없이 조종당해 버려. 내가 아까 그라고 불렀던 자는 바로 이 마기의 원흉이 되는 사람이야."

마기라는 생소한 단어를 들은 이들은 소운의 이야기가 너무도 믿기 힘들었음인지 벌어진 입을 다물지 못했다.

나잠이 소운에게 말했다.

"마인이라니, 내 몇십 년 동안 강호 밥을 먹어오고 있지만 처음 듣는 이야기네."

소운은 이해한다는 듯이 고개를 끄덕였다.

"혹시 이 년 전에 사라진 마도련의 련주를 아시나요?"

"오호, 그 사도굉을 모르는 사람도 있던가?"

"그 사람 역시 마기에 지배당했던 사람이에요. '그'라는 사람의 하수인에 지나지 않았지만요."

"뭐라고?"

이번에는 일행들 모두가 확실하게 놀랐음인지 대뜸 반문했다.

"자네의 말이 사실이라면 사도굉을 뒤에서 조종했던 그 사람은 누구인가?"

소운은 감오극의 질문에 고개를 저었다.

"저도 그 사람의 정체를 알진 못해요. 단지 그라고만 부르고 있을 뿐이에요."

"그렇단 말인가……."

소운의 말을 들은 일행들은 허탈한 표정을 지었다.

나잠이 중얼거렸다.

"사파의 맹주조차 수하로 부릴 수 있는 자가 강호에 존재했었다니… 그자는 대체 얼마나 강하길래……."

소운이 나잠을 향해 말했다.

"그래서 제가 말씀드렸잖아요. 한번 마기에 사로잡히면 헤어 나올 수가 없다고."

감오극이 물었다.

"그렇다면 말이야, 아까 전에 그자들이 자네를 데려가려고 했던 것은 무슨 이유에선가?"

"그건 저도 잘 모르겠어요. 제가 마기를 발견할 수 있는 선천진기를 수련하고 있기 때문일 거란 생각이 들기는 하지만……."

나잠이 놀라서 물었다.

"선천진기? 자네의 내공이 선천진기란 말인가?"

"네, 일단은……."

"선천진기는 여러모로 수련하기가 어렵다고 알려져 있는데… 대단하군, 대단해."

나잠이 연신 소운을 바라보며 감탄사를 연발했다.

가만히 앉아 있던 금초가 입을 열었다.

"그렇다면 귀문이란 세력이 그 마기와 연관이 있는 것은 확실해. 어제도 귀문의 살수들이 엄청나게 몰려왔었다구."

"살수들이?"

"그래, 어제 나타났었던 검은 옷을 입은 놈들, 분명히 귀문의 살수들이었어."

소운은 금초의 말을 듣고서 생각에 잠겼다. 일행들 모두가 소운의 말이 전해준 충격에서 헤어 나오지 못하고 있을 무렵 쥐 죽은 듯이 앉아 있던 당섬이 조심스럽게 입을 열었다.

"저… 소, 소 대협."

"네? 당 형, 그렇게 부르지 말아요."

"한 가지 드릴 말씀이 있습니다."

소운은 당섬의 말투가 거북스러웠지만 그가 할 말이 있다고 하기에 잠자코 있었다.

"저 복면인들이 사용한 독에 관한 이야기인데… 저렇게 단시간에 사람의 몸이 부패하는 독은 흔치 않은 것입니다. 저 독의 출처를 밝히면 그자들의 정체를 조금 더 빨리 밝힐 수 있지 않을까요?"

"독의 출처요?"

"네. 제가 알기로는 저렇게 강한 위력을 지닌 독은 제 가문에서조차 구하기 힘든 것입니다. 제 가문에 도움을 청하면 쉽사리 독의 출처를 발견해 낼 수 있을 것입니다."

남궁종혁이 소운을 향해 말했다.

"당섬의 말에 일리가 있습니다. 당섬은 저래 뵈도 당문 가주님의 조카입니다. 비룡단에 뽑힌 것도 무공은 평범하지만 독에 관해서 일가견이 있기 때문에……."

"남궁 형!"

"아, 아니, 무공 또한 훌륭하오."

소운은 당섬의 말을 곰곰이 생각해 보더니 물었다.

"그럼 사천당문으로 가면 저 독의 이름과 출처를 확실히 알 수 있다는 것인가요?"

"네, 소 대협."

당섬은 자신감이 섞여 있는 목소리로 말했다. 그는 독에 관한 한 천하에서 당문을 따라올 자가 없다는 생각을 가지고 있었다.

"그럼 바로 출발하도록……."

소운은 지금이 밤늦은 시각이라는 것을 깨달았다.

"아니, 날이 밝으면 출발하도록 하죠. 도와주실 수 있나요, 당 형?"

"그, 그럼요."

당섬은 소운에게 조금이라도 도움이 될 수 있다는 생각에 기분이 좋아졌다.

"그럼 우리도 따라갈 거야."

쌍아가 소운에게 말했다.

"쌍아야, 너는 비룡단원의 임무가……."

"치이, 당섬은 뭐 비룡단원이 아닌가? 그리고 오빠를 따라가는 깃은 사파의 움직임을 조사하는 임무에 포함된 거니까 상관없어."

쌍아는 이미 결심을 굳힌 듯했다. 그녀는 그리고 군이 임무를 들먹거리지 않아도 이렇게 만난 소운과 헤어질 수는 없다고 생각했다.

                    *          *          *

“싫어! 싫단 말이야!”

고연진은 당혹스러운 얼굴을 감추지 못했다. 당문의 입구에서 만난 자그마한 소녀 당혜가 자신의 곁을 떠나기 싫다고 떼를 쓰고 있었기 때문이다.

‘내가 아이들에게 이렇게나 인기가 많은 사람이었던가?’

고연진은 떼를 쓰다 못해 눈물까지 흘리고 있는 당혜의 모습에서 천진난만한 어린아이의 모습을 발견했다.

“혜아야, 고 낭자도 이제 쉬셔야지. 네가 이렇게 방해를 하면 손님에게 실례가 되지 않니.”

당호는 당혜를 나무랐다. 당혜의 작은 눈망울에 눈물이 그렁그렁 맺혔다.

“정말이야, 고 언니? 내가 같이 있으면 방해돼?”

고연진은 당혜와 눈 높이를 맞추기 위해 다리를 굽혔다. 그녀는 당혜의 눈에 맺힌 눈물을 닦아주며 말했다.

“아니란다. 오히려 즐거운걸?”

고연진은 당호 쪽으로 고개를 들어 올리며 말했다.

“당 공자, 오늘 밤은 혜아와 함께 지내면 안 될까요?”

당호는 당혜를 달래고 있는 고연진의 얼굴을 넋이 나간 듯이 바라보았다. 그는 고연진의 말을 들은 순간 무의식적으로 ‘네’ 라고 대답할 뻔했다.

‘정말 아름답군……. 한데 이 망할 녀석, 왜 이렇게 방해를 하는 거

지? 계획을 위해서라도 그럴 순 없어!'

당호는 당혜의 손을 잡으며 단호한 음성으로 말했다.

"그럴 순 없습니다. 저희 가문에 오신 손님에게 이렇게 귀찮은 일을 맡게 할 순 없습니다."

당혜는 손을 빼려고 했다. 하지만 당호와 눈이 마주친 순간 당혜는 흠칫 놀라며 손을 빼려는 움직임을 멈추어 버렸다.

고연진은 갑자기 당혜의 얼굴이 새파랗게 질리자 무슨 일인가 하여 당호를 바라보았지만 그는 아무런 표정의 변화도 없었다. 고연진이 당혜를 보며 말을 꺼내려는 사이 당호가 먼저 입을 열었다.

"정말 죄송합니다. 그럼 오늘 하루만큼은 푹 쉬십시오. 헤아야, 어서 가자."

당호는 공손히 허리를 굽힌 뒤에 당혜와 함께 빠른 걸음으로 방 안을 빠져나갔다. 방문을 나서는 당호의 눈에서 순간적으로 초록색의 빛이 발산됐지만 뒤에 서 있던 고연진은 발견할 수가 없었다. 당혜는 안타까운 눈빛을 고연진에게 던졌다. 하지만 방문에 가로막혀 그녀에게까지 전해지지는 않았다.


"저어… 신지 형, 자?"

풍아는 자신의 아래쪽에 위치한 침상에 누워 있는 모용신지를 불렀다.

"아니. 왜?"

"있잖아… 형은 왜 비룡단원이 됐어?"

풍아의 물음에 모용신지는 대답이 없었다. 잠깐의 시간이 지난 뒤에 모용신지가 입을 열었다.

"더 넓은 세상을 경험하기 위해서랄까?"

"우와… 멋지다."

"풍아, 너는?"

"난… 뭐… 누나와 할아버지 때문이지 뭐."

"쌍아 때문이라고?"

"누나는 바깥으로 나가고 싶어하고 할아버지는 그런 누나가 정말 골 첫거리고… 그래서 나온 방법이 무림맹에서 뽑는 비룡단원의 시험을 보는 거였어. 비룡단에 들어간다면 마음껏 강호를 돌아다닌다고 해도 안전할 테니까. 할아버지는 내가 누나를 지켜줘야 한다며 같이 가라고 하셨어. 참내, 누나 같은 사람을 누가 건드리냔 말이야. 말투는 남자 같아서는 맘에 안 들면 무조건 힘 자랑을 해대니……."

"후후."

"어어, 이건 웃을 일이 아니야, 신지 형. 누나 같은 사람을 누가 데려 가려고 하겠어?"

"아냐, 풍아야. 너 쌍아가 비룡단 내에서 얼마나 인기있는 줄 알아? 붉은 머리의 미녀라고 무림맹 내에서도 소문이 자자해. 하루에도 수십 명이나 되는 비룡단원들이 날 찾아와서 제발 쌍아와 같이 임무 수행을 하게 해달라고 부탁하는걸?"

"에엑? 정말?"

"후후후, 그래. 풍아, 너는 쌍아가 예쁘지 않은 것 같니?"

"뭐… 이 년 전부터 내공 수련이다 뭐다 해서 변한 거 같기는 한 데… 아무리 그래도 고 소저보다는 안 예뻐. 휴우… 누나 같은 사람이 인기가 있다니… 이거 비룡단 사람들 눈에 뭐가 쓰인 건 아닌지……."

"풍아야, 사람들은 저마다 각자의 매력이 있는 거야."

“각자의 매력?”

“그래. 어떤 사람은 말을 재미있게 해서 좋고, 어떤 사람은 항상 웃는 얼굴이어서 좋고, 어떤 사람은 필요한 순간에 항상 나타나 주어서 좋고…….”

“우웅… 그럼 누나는 맨날 화만 내서 좋은 건가? 에구구, 그건 아닌데… 하긴… 난 외삼촌 얼굴을 보면 항상 웃는 걸로 보여서 좋더라.”

“흑룡당주님 말이니?”

“응. 눈이 쬐끄매서 화를 내도 웃는 것처럼 보인다구. 그래서 아무리 화를 내셔도 별로 안 무서워.”

“그렇구나.”

“그나저나 옆방에 있는 무인이 형이랑 마진 형은 잘 있을까? 서로 싸우고 있을까 봐 걱정이 되는걸.”

“글쎄…….”

풍아는 몸을 뒤척이며 화무인과 마진이 잠을 자고 있는 방 쪽으로 고개를 돌렸다.

“싸우고 있는 목소리가 들리는 것 같은걸?”

풍아가 중얼거렸다.


“난쟁이.”

“밥맛.”

“똥자루.”

“기름칠.”

“앞으로 같이 다닐 때 조심해라. 머리가 어디 있는지 보이지 않아 내 발에 채일 수도 있다.”

“그러는 네놈이나 발 밑에서 나오는 기름덩어리에 미끄러지지 않게 조심해.”

“이… 이… 평생 여자 뒷꽁무니만 쫓아다닐 자식이…….”

“네놈이나 고 소저 뒤를 졸졸 따라다니지 마. 고 소저는 네놈을 거들떠보지도 않으니까.”

“이 자식이!”

“자식? 내가 니 자식이냐? 그럼 니가 내 아비가 되겠네?”

“크으윽…….”

이 둘의 말싸움은 밤새도록 계속될 것 같아 보였다.


달이 정중앙에서 아래로 꺾어져 내려가는 삼경 무렵이었다. 이 시간은 거의 모든 사람들이 깊은 잠에 빠져 있을 시기였다. 이 시간 대에 활발하게 움직이는 사람들은 사기를 치고 야반도주를 하는 사기꾼이거나 남의 물건을 훔치기 위해 담을 넘는 도적들이 대부분일 것이었다.

지금 사천당문의 담장 위에 도적일 것이라고 의심되는 검은 신형 하나가 서 있었다. 이 신형은 민첩한 동작으로 벽을 타 지붕을 향해 몸을 날렸다. 검은 신형은 도적들이 즐겨 하는 복장인 검은 복면을 쓰고 있었는데, 복면은 눈 주위만 동그랗게 구멍을 뚫어서 사물을 확인할 수 있게 만든 것이었다.

검은 신형은 몇 번의 도약만으로 지붕 위를 가볍게 넘었다. 얼마 뒤에 검은 신형이 도착한 곳은 당문에서 손님들을 위해 지어놓은 한 채의 전각이었다.

검은 신형은 미리 지리를 파악이라도 한 듯이 익숙한 동작으로 전각의 처마 밑으로 움직였다. 그리고 이미 불이 꺼져 있는 하나의 방 쪽으로 신속하게 다가섰다. 검은 신형은 처마 끝에 거꾸로 매달린 채로 품속에서 연초(煙草) 비슷한 물건을 꺼내 들었다. 검은 신형은 그곳의 끝을 손으로 비빈 뒤에 앞에 보이는 창문의 빈틈으로 그것을 던져 넣었다.

츠츠츠…….

잠시 뒤 방 안에서는 희뿌연 연기가 창문 틈으로 새어 나왔다.

'됐어. 미연초(迷煙草)의 효능이라면 일각 이내로 뻗어버릴 것이다. 그리고 그렇게 된다면 고 낭자는… 후후후…….'

검은 신형은 정확히 일각이 지난 뒤에 조심스럽게 창문을 열어젖혔다. 방 안을 뒤덮었던 연기는 많이 가라앉아 있었다.

'내가 극락으로 보내주겠소, 고 낭자.'

검은 신형은 창문을 넘어서 방 안으로 들어섰다. 검은 신형이 빠르게 방 안을 훑었다. 검은 신형의 눈에 새근새근 잠들어 있는 여인의 모습이 들어왔다.

'완전히 취했군.'

검은 신형은 더 볼 것도 없이 여인이 누워 있는 침상으로 다가섰다. 검은 신형의 손이 눈을 감고 있는 여인의 가슴 쪽으로 향했다.

'흐흐흐.'

검은 신형의 손은 차려입은 복장과는 다르게 하얀 피부를 가지고 있었다. 검은 신형의 손이 막 여인의 가슴에 닿을 무렵 그의 눈앞에 시퍼런 청광을 뿜어대고 있는 검 하나가 모습을 드러냈다. 온통 여인에게만 관심을 쏟고 있던 검은 신형은 처음에는 그 검을 발견하지 못했다.

스스슷.

순간 검은 신형은 이마에 차가운 한기가 느껴져서 고개를 들었다.

그리고는 깜짝 놀라 몸을 경직시켰다.

"으… 으와앗!"

챠랑!

누워 있던 여인의 눈이 어느샌가 떠져 있었다. 검은 신형은 아무런 제재 없이 공중에 떠 있는 시퍼런 검날을 바라보면서 눈을 까뒤집을 정도로 놀랐다.

'거… 검강? 아니… 이기어검?'

"당신은 누구죠? 남의 방을 이렇게 함부로 침입해 오다니!"

검은 신형은 여인이 몸을 일으키며 소리치자 안 되겠던지 창문 쪽을 향해 달려나갔다.

"거기서요!"

여인은 도망치는 검은 신형을 향해 청광을 휘날리고 있는 검날을 쏘아 보냈다. 공중에 떠 있던 검날은 쏜살같이 검은 신형을 향해 날아들었다.

"크으윽!"

검은 신형은 뒤늦게 그것을 피하려고 했지만 이미 검날이 옆구리 쪽을 스치고 지나간 후였다. 그리고 그 검날은 곧바로 방향을 돌려 검은 신형의 목 부근에 머물렀다.

"한 발짝만 더 움직인다면 목숨을 취하겠어요."

검은 신형의 뒤쪽에서 단호한 음성이 들려왔다. 검은 신형은 고개를 숙였다. 그는 도망가려는 것을 체념한 듯이 보였다.

"정체를 밝혀요. 당신은 누구죠?"

검은 신형이 몸을 돌렸다. 그 신형의 복면 사이로 보이는 두 눈은 초록빛 광망으로 번들거리고 있었다.

"아쉽군, 너를 취하려고 했는데."

검은 신형에서 나온 목소리는 거칠고 탁한 듣기 거북한 목소리였다. 검은 신형은 이 말을 하자마자 손에서 무언가를 꺼내 여인을 향해 던졌다. 그것은 작은 바늘로 이루어진 암기였다.

여인은 빠른 속도로 자신에게 다가오고 있는 것을 보며 생각했다.

'은침?'

여인은 곁에 놓여져 있는 검을 뽑아 들어 그 암기들을 쳐내었다. 그녀가 검을 뽑아 들자 검에서 사방으로 번쩍이는 빛이 쏟아져 나왔다.

차라랑!

"고 소저! 무슨 일이에요!"

방문이 열리며 아직 잠에서 덜 깬 듯이 부스스해 보이는 머리를 한 마진과 화무인이 들어왔다. 고연진은 밝은 빛을 뿌리고 있는 검을 다시 검집에 갈무리하며 말했다.

"저자가 습격을……."

고연진이 바라본 자리에는 청광을 뿜어대는 검날만이 덩그러니 놓여 있을 뿐 검은 신형의 모습은 보이지 않았다.

"사매, 괜찮은 거야?"

화무인이 걱정스런 눈빛으로 고연진에게 물었다. 고연진은 괜찮다는 듯이 고개를 끄덕였다. 잠시 뒤 고연진이 있는 방으로 모용신지와 풍아까지 들어왔다. 방 안에는 잠깐 동안 벌어진 격투의 흔적인 암기만이 바닥에 흩뿌려져 있었다.

"모두들… 잠시만 자리를 지켜줘요."

고연진은 그녀의 침상에 털썩 주저앉았다. 그녀의 눈꺼풀이 점차 아래로 감겨졌다. 모용신지는 방 안에서 옅게 풍겨져 나오고 있는 향을 맡고서 생각했다.

'미혼약? 아니, 어떤 놈이 고 소저를…….'

당문의 지붕 위를 검은 신형 하나가 빠르게 달려가고 있었다. 검은
신형은 처음에 들어온 담장이 아닌 당문 식구들이 기거하고 있는 건물
쪽으로 몸을 날렸다. 그리고 한 우물가에 내려서서 쓰고 있던 복면을
벗어 던졌다.

"망할 년, 그렇게 엄청난 실력을 지닌 고수였을 줄이야… 마지막에
마기를 사용하지 않았다면 도망쳐 오지도 못할 뻔했어."

검은 신형은 피가 맺혀 나오고 있는 왼쪽 옆구리를 감싸 쥐며 이를
갈았다. 검은 신형은 피가 흘러나오고 있는 부분을 지혈시킨 뒤에 우
물에서 물을 길러 상처 부분을 깨끗이 씻어냈다. 검은 신형의 발 밑으
로 피가 흥건히 고였다.

# 제61장
## 우중사천(雨中四川)

후두둑. 후두두둑. 쏴아아—

여름 장마를 알리는 굵은 빗줄기가 하늘에서 쏟아져 내리기 시작했다.

막 사천성에 도착한 듯이 보이는 세 명의 청년과 한 명의 여인은 쏟아지는 비를 피해 성문의 처마 밑으로 몸을 피했다. 그곳에는 이미 성문을 지키고 있는 병사들이 서 있었기 때문에 이들 넷은 병사들의 따가운 눈총을 받아야 했다.

넷 가운데 있는 여인은 특이하게도 붉은 머리를 가지고 있었다. 붉은 머리라는 것은 일부러 염색약을 머리에 칠하지 않는 이상 존재할 수 없는 것이기 때문에 눈총을 주고 있는 병사들의 시선이 자연스레 여인을 향했다. 여인은 한 청년의 팔을 붙잡고 그에게 바짝 기대어 있었는데 그것이 병사들로 하여금 부러움과 질투심을 유발시켰다. 미녀와 함께 비를 피하고 있는 청년이라… 병사들은 노골적으로 여인과 함께 서 있는 청년을 노려보기 시작했다.

이들은 형산에서부터 사천까지 한달음에 달려온 소운과 쌍아, 금초, 당섬이었다. 남궁종혁은 중간에 무림맹에 보고를 해야 한다면서 화산으로 떠났다. 그리고 감오극을 비롯하여 수많은 낭인들은 또 다른 일을 찾아 형산에서 뿔뿔이 흩어졌다. 나잠과 포능은 나중에 다시 보자는 말과 함께 바람처럼 사라져 버렸다. 만남이 있으면 헤어짐도 있는 법. 소운은 그들과 헤어지는 것이 아쉬웠지만 지금은 해야 할 일이 있었다.

이들이 형산에서부터 사천까지 오는 데 걸린 시간은 팔 일 하고도 반나절이었다. 형산이 화남 지방의 중앙에 자리 잡고 있고 사천은 서쪽 끝의 변방 지역과 가까이에 위치하고 있다는 것을 생각한다면 상당히 빠른 속도였다.

"쌍아야, 이것 좀……."

소운은 쌍아의 몸이 자신에게 밀착되는 것이 난처했던지 그녀를 물러서게 하려고 했다.

"어어? 그럼 오빠는 숙녀가 이렇게 비를 흠뻑 맞아도 된다는 거야?"

금초는 쌍아의 말에 혀를 내둘렀다.

'커헉! 수, 숙녀?! 숙녀의 말뜻이 설마 우악스럽고 사나운 여자를 가리키는 것은 아니겠지?'

소운은 말했다.

"쌍아야, 비를 피하는 것하고 이렇게 붙잡고 있는 것하고는 다른 것인데……."

소운은 웬만하면 참으려고 했지만 지금은 정말 당혹스럽게도 자신의 왼팔에 쌍아의 가슴이 와 닿고 있는 것이다. 쌍아는 그것을 눈치 채지 못했는지 아니면 일부러 모른 척하고 있는지 소운에게서 떨어지지 않았다. 소운은 얼굴이 붉어진 채로 어떻게든 쌍아의 그곳에 팔이 닿지 않게 하기 위해서 슬금슬금 물러났다.

금초가 하늘을 올려다보더니 말했다.

"휴우… 그나저나 이 비는 그칠 것 같지가 않은데? 아직도 하늘이 시커메."

당섬이 말했다.

"소 소협, 성문 밖으로 나가서 일각 정도만 움직이면 저희 본가에 도착할 수 있습니다."

당섬은 소운이 하도 말리고 말려서 그를 대협에서 소협으로 줄여 부르기로 확정했다. 당섬은 거기서 더 이상 양보할 수 없다고 했기에 소운은 소협 소리가 듣기 싫어도 어쩔 수가 없었다.

소운이 당섬의 말을 듣고 급히 소리쳤다.

"그럼 빨리 가죠, 당 형. 비를 조금 맞더라도 빨리 도착할수록 좋잖아요."

금초도 소운의 말에 맞장구쳤다.

"그게 좋겠어. 이렇게 하루 종일 서 있을 순 없잖아."

당섬이 말했다.

"제가 앞장서겠습니다."

당섬이 한창 비가 쏟아지고 있는 성 바깥쪽으로 뛰어가기 시작했다. 소운은 잘됐다 싶어 쌍아에게서 팔을 빼내며 소리쳤다.

"어서 가자, 쌍아야!"

소운은 이렇게 말한 뒤에 뒤도 돌아보지 않고 당섬의 뒤를 따라갔다.

쌍아는 뛰어가고 있는 당섬과 소운을 바라보며 말했다.

"씨이… 당섬, 이 자식!"

금초가 그런 쌍아를 보며 키득거렸다.

"후후, 그럼 하루 종일 붙어 있을 수 있을 줄 알았어? 그런다고 소운 형의 마음이 바뀔 것 같아?"

쌍아가 금초를 향해 주먹을 들어 올렸다.

"금초! 너어!"

"이크, 놓치겠다."

금초는 쌍심지를 켜고 있는 쌍아를 피해서 빗속으로 몸을 날렸다. 쌍아는 청년들 셋이 모두 달려나가자 어쩔 수 없이 그들의 뒤를 따랐다.


당문의 문이 열렸다. 그리고 흰색의 우의(雨衣)를 차려입은 다섯의 신형이 차례로 걸어나왔다.

"이거… 폐만 끼치고 보내드리는 것 같아 정말 아쉽습니다. 더 대접을 해드려야 하는 건데……."

문 안에 서 있던 당호가 밖에 서 있는 사람들을 향해 말했다. 풍아가 고개를 흔들며 말했다.

"아니요. 이렇게 우의를 챙겨주신 것만으로도 고마운걸요."

당호는 송구스럽다는 표정으로 허리를 숙여 인사했다.

"다시 한 번 당문을 찾아주신다면 그때는 대접을 소홀치 않게 해드리겠습니다."

모용신지가 당호를 향해 말했다.

"불쑥 찾아온 저희들을 잘 대해주셔서 감사합니다. 그럼 안녕히 계십시오.”

마진과 풍아도 차례로 인사했다. 고연진은 당호를 보며 살짝 고개를 숙였다. 당호는 행여나 고연진과 눈이 마주칠까 봐 굽혔던 허리를 펴자마자 바로 물러섰다.

당호와 비룡단 일행들은 인사를 나눈 뒤에 서로 등을 돌렸다. 당호는 문을 닫으며 멀어져 가는 고연진의 등을 바라보았다.

‘크으윽! 무서운 놈들. 그런 일을 당하고서도 한마디 불평도 없이 떠나다니… 안 되겠어. 귀문의 살수들과 사천 근방의 조력자들을 불러 모아야겠어. 저년을 내 발치에 누이지 않고서는 맘이 놓이지 않아.’

닫혀가고 있는 문틈으로 보이는 당호의 눈은 괴이한 초록빛으로 빛나고 있었다.

비룡단 일행들은 당문과의 거리가 멀어질 때까지 아무런 말도 하지 않았다. 당문에서부터 백여 장 정도 떨어지게 되자 그제야 풍아가 한숨 돌렸다는 듯이 입을 열었다.

“그놈 때문에 당문에서 하루를 더 지체해 버렸어. 으휴, 열받아.”

모용신지가 고연진에게 물었다.

“고 소저, 그날 밤 고 소저의 방에 침입했던 자의 정체를 아직도 모르겠나요?”

고연진은 고개를 끄덕였다.

“네. 그자는 완전히 정체를 숨기고 있었어요. 목소리 또한 변형된 것 같고… 당문 내부에 그 침입자가 존재하는 것은 확실하지만 그자가 누군지는 확실치 않아요.”

마진이 말했다.

“아무튼 다행입니다. 그 약이 단지 잠을 자게 하는 미혼약일 뿐이어서. 독이 들어 있었다면 큰일 날 뻔했습니다.”

화무인이 고연진을 향해 말했다.

“크윽! 감히 사매를 범하려 들다니. 잡히기만 하면 내가 가만두지 않을 것이다!”

고연진은 표정의 변화가 없었다. 그녀는 멍하니 서서 떨어지는 비를 바라보며 생각했다.

‘그날… 정말 위험할 뻔했어. 미혼약에 취한 것을 억지로 참고 일어나지 않았다면… 그때는…….’

고연진은 그 위험했었던 순간에 누군가의 얼굴을 떠올렸었다. 현재는 만날 수 없는 사람. 어디에 있는지 알 수조차 없는 사람의 얼굴을 말이다.

이들 다섯이 걸어가고 있는 곳과는 다른 방향에서 누군가 뛰어오고 있었다.

“소 소협, 이곳이 저희 집입니다!”

그곳까지의 거리는 이백여 장이나 됐고 빗줄기가 강하게 쏟아지고 있던 터라 고연진을 비롯해서 다른 누구도 그 목소리를 듣지 못했다.


당섬은 당가의 정문 앞에 당도하자마자 문을 두들기며 소리쳤다.

탕탕탕!

“문지기 할아범! 제가 왔어요!”

당섬이 문을 두들기자마자 당문의 문이 열려졌다.

“무얼 두고 가신 것이라도…….”

문을 연 당호는 문 앞에 서 있는 사람을 보며 깜짝 놀란 듯한 표정을 지었다.

“섬아야……”

“어? 호 형! 호 형이 문을 열어주네?”

“네가 어쩐 일로……”

“어쩐 일은 무슨. 집에 무슨 일이 있어야만 오나?”

당호는 문을 두들긴 것이 당연히 방금 전에 떠난 비룡단원들일 것이라고 생각했기 때문에 조금 긴장하고 있었다. 그런데 문밖에 서 있는 사람은 전혀 의외인 당섬이었다.

“인사해. 날 도와주신 소 소협이랑 유명한 비룡단원들인 한 낭자와 금초 공자야.”

당섬은 그의 뒤편에 서 있는 소운 등을 당호에게 소개했다. 당호는 당섬의 뒤편에 있는 사람들의 얼굴을 훑어보며 생각에 잠겼다.

‘비룡단원? 또 비룡단원들인가? 저자들은……’

당호의 눈이 쌍아에게 가 머물렀다. 그의 눈가가 쌍아의 모습을 보더니 작게 실룩였다.

‘호오… 이 여인도 꽤……’

“호 형!”

당호는 당섬이 소리치자 퍼뜩 상념에서 깨어났다.

“이분들을 계속 빗속에 세워둘 참이야?”

“아… 이런, 죄송합니다. 어서 이리로……”

당호는 그들에게 고개를 숙이며 문을 활짝 열었다. 당섬이 말했다.

“일단 삼촌에게 안부 인사를 해야겠지? 삼촌은 이디 계셔?”

“가주님은 당록당(唐錄堂)에 계시는데……”

“좋아, 그럼 지금 당록당으로 바로 가야겠어.”

“섬아야, 이 손님들 전부 비에 다 젖으셨는데……”

소운이 당호에게 말했다.

"괜찮습니다. 저희들이 급히 가주님을 뵈어야 할 일이 있기 때문에……."

당섬이 당호를 보며 말했다.

"호 형, 내당 하인들에게 방 세 개랑 따뜻한 목욕물하고 식사거리 좀 준비해 달라고 말 좀 해줘."

"그래, 섬아야."

당섬은 소운과 쌍아, 금초를 안내해 당가의 가주 당군이 있는 곳으로 향했다.

당호는 그들의 뒷모습을 바라보며 생각했다.

'이거 또 의외의 사람들이 굴러 들어왔는걸? 당섬 놈은 마음에 들지 않지만 저 붉은 머리를 하고 있는 여인은… 흐흐흐… 고가 계집과 더 불어서 여러모로 즐겁게 됐군.'

당호는 희미하게 웃음을 지었다.


당섬이 소운 일행들을 안내해 데리고 간 곳은 당록당이란 현판이 걸려져 있는 대청이었다. 당섬은 대청의 문을 열어젖히며 소리쳤다.

"당 삼촌!"

대청의 한복판에는 상석에 앉아 있는 당군을 비롯해서 그 밑에 당문의 가신들이 모여 있었다. 그들은 조용한 목소리로 대화를 하고 있었는데 당섬이 갑자기 들어서자 자연히 시선을 돌리게 되었다.

"아니, 섬아 아니냐!"

당군은 벌떡 일어났다.

"삼촌!"

당섬은 당군을 향해 달려갔다.

"이 녀석, 이게 몇 년 만이더냐."

당군은 가주의 체면이고 뭐고 다 잊고 당섬을 끌어안으며 그의 등을 토닥여 주었다.

"헤헤, 그동안 비룡단원의 일을 수행하느라 눈코 뜰 새 없이 바빴습니다."

"그렇다고 이렇게 연락도 없이 갑자기 찾아와!"

당군은 화를 내고 있었지만 그의 음성에는 반가움이 실려 있었다. 뒤이어 대청으로 들어선 금초는 옆에 서 있는 소운에게 말했다.

"어지간히 반갑나 보구나. 아아, 나도 금가장에 돌아가 보고 싶다."

소운은 그런 금초를 보며 웃음을 지었다.

당섬의 부모는 당군과는 사촌지간이었다. 당섬의 부모들은 독을 잘못 다루어서 그가 어렸을 적에 저 세상으로 떠나 버렸다. 그래서 당섬은 당군에게 맡겨져 길러지게 됐다. 당군에게 있어 당섬은 삼촌과 조카 사이가 아닌 아버지와 아들 같은 사이였다. 그것은 당섬 역시도 마찬가지였다.

잠시간의 해후를 끝마치고 당군이 물었다.

"그런데 이 사람들은 누구더냐?"

당섬이 대답했다.

"이쪽에 서 있는 소저가 비룡단원 중에서 가장 유명한 한 낭자고, 그 옆에 서 있는 공사는 같은 비룡칠연수 중 하나인 금초 공자입니다. 그리고 저분은… 삼촌도 들어보셨을 거예요. 그 유명하신 선풍검객입니다."

당섬의 말에 당군과 함께 있던 가신들마저도 놀라움을 표시했다.

"서, 선풍검객이라고?"

당군은 믿겨지지 않는다는 표정으로 말했다.

"그런데 선풍검객이 당문에는 왜……."

당섬은 그 소리를 듣고 품속에서 주섬주섬 무언가를 찾아 꺼내 들었다.

"이것 때문입니다."

당군은 당섬의 손에 들려진 물건을 바라보았다. 그것은 당문에서 극독을 채취하기 위해 만든 원통형의 기구였다.

"이 독을 분석해서 출처를 밝히기 위해 여기에 들른 것입니다."

"으음. 그럼 섬아, 너는 지금 비룡단의 임무를 수행하고 있는 중인 것이냐?"

당섬은 당군의 말에 잠깐 쌍아와 금초를 돌아다보았다.

"그, 그렇다고 봐야죠."

"으음, 비룡단의 일이니 내 안 도울 수가 없지. 게다가 그 유명한 선풍검객까지 당문을 찾아왔는데."

당군은 소운의 얼굴을 살펴보았다. 척 보기에 소운의 인상은 평범하기 그지없었다. 일전에 왔었던 모용신지에 비하면 잘생긴 축에도 끼지 못할 얼굴이었다. 게다가 팔다리 또한 호리호리한 것이 전혀 무공을 배우고 있는 사람 같지 않았다.

'겉만 보고 사람을 판단할 수는 없는 일이지. 여하튼 눈빛만은 여느 고수 못지 않게 안정되어 있지 않은가.'

당군은 말했다.

"그렇다면 섬아, 네가 저 소협 분들을 얼른 규독전(規毒殿)으로 모시고 가도록 하여라."

"네, 삼촌."

당군은 가신 중의 한 명에게 손짓했다. 가신은 대청의 한쪽 구석에 위치해 있는 탁자의 서랍 속에서 검은색의 병과 흰색의 병을 꺼내 들었다. 그리고 그것을 당군에게 가져왔다.

"여기 있다."

당섬은 그 두 개의 병을 받아서 품속에 집어넣었다.

"빨리빨리 가거라."

당군은 당섬에게 손짓했다. 당섬은 당군의 곁에 모여 있는 당가의 가신들에게 일일이 고개를 숙여 인사한 후에 대청을 빠져나왔다.

소운이 당섬에게 말했다.

"가주님은 상당히 호탕하신 분 같군요."

"삼촌이요? 뭐, 이 당문을 이끌어 나가려면 작은 일에 신경을 쓸 수 없으니까 매사 저렇게 빨리빨리 일을 처리하시죠."

금초가 물었다.

"그런데 그 규독전이란 곳은 어디에 있나요?"

"아, 이쪽으로 따라오십시오."

당섬은 오랜만에 집에 돌아와서인지 신이 난 사람처럼 달려갔다. 소운은 비를 맞고 있었기에 잘 몰랐지만 땀을 무척이나 많이 흘리고 있었다.

'휴우, 내공을 사용하지 않고 이들을 따라다니려니 정말 힘이 드는구나. 회복이 더뎌지면 안 될 텐데… 저녁때 확인해 봐야겠다.'

소운은 당섬이 빠르게 움직임에도 아무런 불평 없이 그의 뒤를 따라갔다.

쌍아는 사천성의 성문에서부터 인상을 팍팍 구긴 채 아무 말 하지 않고 있었다. 금초는 빗줄기가 계속해서 거세지는 것이 짜증스러운지 젖어 있는 옷을 흔들어 물을 털어내며 말했다.

"어휴, 이놈의 비는 그칠 줄을 모르네."

당섬이 뛰어간 곳은 당록당에서 안쪽으로 더욱 깊숙이 들어간 곳에 위치한 한 채의 전각이었다. 전각의 주변은 대나무들로 뒤덮여 있었는데 비가 쏟아지고 있어 하늘이 흐렸기 때문에 전체적으로 음습한 느낌이 드는 곳이었다.

당섬은 전각의 앞까지 다가가 문을 열었다. 그 안에는 긴 복도가 펼쳐져 있었다. 당섬은 뒤에 도착한 소운에게 복도 쪽을 가리키며 손짓했다.

금초가 전각 앞에 도착해 말했다.

"여긴가요? 어째 으스스한걸?"

당섬이 금초에게 말했다.

"날이 흐리기 때문일 것입니다, 금초 공자."

쌍아까지 도착하자 그들 넷은 곧바로 전각 안으로 들어갔다.

당섬이 복도를 걸어가며 말했다.

"규독전에는 중원에 존재하는 거의 모든 독들이 보관되어 있습니다. 이곳에서 독을 가져다가 의독전이라든지 병독창에서 당문 사람들을 위한 독과 암기를 만들어내죠. 때문에 규독전을 드나드는 데는 복잡한 절차가 필요합니다."

그들은 복도를 지나 하나의 문 앞에 다다랐다. 당섬은 문의 손잡이를 잡고 옆으로 비틀었다.

드르륵.

"그중에 첫 번째가 바로 이 문입니다. 이 문을 통과하기 위해서는 따로 마련된 해독제를 먹어야 합니다."

당섬은 방금 전 당군에게서 받아 든 두 개의 병 중에 검은 병을 꺼내들었다. 그리고 병의 마개를 연 뒤에 그 안에서 작은 환약을 빼냈다.

"이걸 복용하세요."

당섬은 일행들에게 일일이 환약을 건네주었다.

금초가 당섬에게 물었다.

"혹시 이 문에 독이 발라져 있기 때문인가요?"

당섬은 고개를 저었다.

"아니요. 지금부터 지날 계단 전체에 독분이 뿌려져 있습니다."

금초가 놀라서 소리쳤다.

"뭐라구요?"

"아, 놀라지 마세요. 이 약을 먹으면 전혀 문제가 없으니까요."

"하지만 독분에 조금이라도 닿게 된다면……."

금초는 당황한 모습을 보였다. 그의 안색은 어느샌가 시퍼렇게 변해 있었다. 그런 금초의 어깨를 누군가 툭 치며 지나갔다.

"바보, 여긴 독의 명문인 당가야."

쌍아였다. 그녀는 손에 들려진 환약을 입에 툭 털어 넣더니 지체없이 문 안으로 들어갔다. 소운은 금초의 어깨를 잡으며 말했다.

"괜찮을 거야, 금초야."

금초는 환약을 복용한 뒤에 망설이다가 문 안으로 들어갔다. 당섬은 그런 금초의 모습을 보며 웃음을 지었다. 무림맹에서 유명한 비룡칠연수 중 한 명이 자신보다 더욱 두려움을 타고 있는 것이다.

계단은 나선형으로 지하를 향해 이어져 있었다. 희미하게 빛이 들어왔기에 움직이는 데는 그리 지장이 없었지만, 독이 사방에 뿌려져 있다는 것 때문인지 일행의 발걸음이 조심스러웠다. 특히 금초는 한 발 한 발 걸을 때마다 살얼음을 딛고 있는 심정으로 움직이고 있었다. 잠시 뒤 일행은 계단의 끝에 다다랐다.

당섬은 품속에서 흰색의 병을 꺼내 들었다.

"지금부터 제가 하는 말을 명심하십시오. 다음 방에 들어가면 일단 은 독에 중독되어야 합니다. 그리고 일각이 지나기 전까지 이 환약을 먹으면 아무런 문제가 없습니다. 하지만 독에 중독되기 전 미리 이 환 약을 먹는다면 채 일각도 지나기 전에 숨이 멎어버릴 것입니다."

금초는 그 소리를 듣고 눈이 까뒤집어질 정도로 놀랐다.

"네에? 그럼 독에 중독되란 소린가요?!"

"네, 그것이 두 번째 절차입니다."

금초는 고개를 저으며 뒤로 물러섰다.

"전 못해요. 아니, 안 해요! 도, 독에 중독되는 건……."

쌍아가 당섬을 향해 물었다.

"그럼 바로 들어가도 되겠죠?"

당섬은 고개를 끄덕였다. 쌍아는 문을 열고서 벌벌 떨고 있는 금초 의 옷깃을 잡았다. 그리고 곧바로 문 안으로 금초를 처넣어 버렸다.

"우아아악!"

"사내자식이 겁은 많아 가지고. 어서 가죠."

쌍아가 당섬을 향해 말했다. 소운은 쌍아의 행동을 보며 안색이 싹 변했다. 사실은 그도 조금은… 아주 조금은 무서웠던 것이다. 당섬이 안으로 들어간 뒤에 쌍아가 남아 있는 소운을 바라보았다. 소운은 재 빨리 굳어져 있던 안색을 펴며 아무 일 없었다는 듯이 유유히 쌍아의 곁을 스쳐 지나갔다. 그러나 쌍아를 지나치고 난 뒤의 그의 표정은 울상이 되어 있었다.

문 안에는 조금은 넓은 복도가 이어져 있었다. 그리고 복도의 끝까지 수많은 병들이 벽을 타고 일렬로 진열되어 있었다. 그 병의 밑 부분에는 하나하나 꼬리표가 달려져 있었다.

"이게 전부 독들인가 봐요?"

소운이 당섬에게 물었다. 당섬은 고개를 저었다.

"이건 가짜로 만들어놓은 것입니다. 진짜는 저 안에 있죠. 저곳이 진짜 규독전입니다."

갑자기 금초가 기침을 해댔다.

"콜록. 콜록. 우우욱. 도, 독에 중독되었나 봐요……. 당 형… 어서 해독제를……."

당섬이 이상하다는 듯이 말했다.

"이 안에 있는 독에 중독되면 일단 몸이 가려워지고 미간 부분에 붉은 점이 나타납니다. 기침을 하는 증상은 없는 것으로 아는데……."

"뭐요?"

쌍아가 금초를 보며 비웃음을 흘렸다.

"후후후, 바보 녀석."

금초는 자신의 거짓말이 단번에 들통나 버리자 머리를 긁적이며 말했다.

"아하하, 비를 맞아서 감기에 걸렸나?"

이들이 이 안에 들어선 지 일각 정도가 지나자 드디어 당섬이 말했던 증상들이 나타나기 시작했다. 금초는 제일 먼저 당섬에게 달려와 해독제를 받아 들었다. 그리고 해독약을 입속에 넣고 우걱우걱 씹은 뒤에야 안도의 한숨을 내쉬었다. 쌍아와 당섬 역시도 미간에 붉은 점이 나타나 해독제를 먹었다. 그런데 소운만은 전혀 반응이 나타나지 않았다.

"이상합니다. 일각 정도 있으면 중독이 돼야 정상인데… 소 소협은 전혀 중독될 기미가 보이지 않으니……."

소운도 자신의 몸이 이상하다는 듯이 고개를 갸웃거렸다. 그러다가 무언가 생각이 났는지 당섬에게 말했다.

"혹시… 시산혈액에 중독이 되어서 그럴지도……."

당섬은 소운의 말을 듣고 크게 놀랐다.

"네? 시, 시산혈액에 중독이 되었다구요?! 그런데 어떻게 멀쩡하게 걸어다니시는 겁니까?"

금초가 소운을 말을 듣고서 턱을 괴면서 말했다.

"맞아. 그러고 보니까 소운 형은 시산혈액에 중독되고서도 멀쩡하게 살아났잖아. 당문의 독이 아무리 강하다지만 시산혈액만큼은 아닐 테니까 소운 형을 중독시킬 수는 없을 거야."

소운은 그 말이 일리가 있다고 생각했다.

"그럴까?"

끼이익.

그때 갑자기 복도의 끝 쪽에 위치해 있던 문이 열렸다.

"그럴 것이네. 시산혈액은 독 중의 왕. 그 독을 먹고도 살아났다면 이미 만독불침지신(萬毒不侵之身)이 되어 있을 테지."

문이 열리고 반백의 머리를 하고 있는 노인 한 명이 나타났다. 당섬은 그 노인을 보며 소리쳤다.

"백영 조부!"

당섬은 반가운 얼굴을 하고서 노인을 향해 달려갔다. 이 노인은 바로 규독전의 전주이며 당문의 노장로 중의 하나인 당백영이었다.

당섬이 자신을 향해 달려오자 당백영은 그가 다가올 때까지 기다려 냅다 그의 머리에 꿀밤을 먹였다.

"우웃!"

"다 큰 녀석이 방정맞게 뛰어다니기는. 규독전 내에서는 절대 정숙이라는 것을 모르더냐!"

"전 단지… 조부님이 너무 반가워서……."

"크흠, 거기들 서 있지 말고 어서 안으로 들어오게나."

소운과 쌍아, 금초는 당백영의 말에 규독전 내부로 들어섰다.

안에는 방금 전 복도에서 보았던 것과는 다르게 깨끗하게 정리되어 있는 갖가지 병들이 온 사방에 정렬되어 있었다. 복도에서 보았던 것과는 비교도 안 될 정도로 많은 병들이었다.

"그래, 가주에게 대충의 전갈을 받았다만 무슨 독인데 이렇게 호들갑을 떨고 이곳까지 찾아온 것이냐? 네가 모를 정도면 흔치 않은 독일 텐데……."

당백영은 당섬에게서 원통 하나를 건네받았다. 당백영은 그것을 들고서 방 한가운데에 있는 철 탁자 쪽으로 다가갔다.

당섬은 당백영에게 말했다.

"시체를 급속도로 부패하게 만드는 시독의 일종 같습니다. 복용한 지 채 반 각이 지나기도 전에 시체가 썩어 문드러졌습니다."

"그래?"

당백영은 원통의 끝을 탁탁 두 번 두드렸다. 그러자 원통의 뚜껑이 벌어졌다. 당백영은 뚜껑을 조심스럽게 떼어낸 뒤에 탁자 위에 올려놓았다.

"가만있자… 그게 어디 있더라……."

당백영은 주변을 둘러보며 무언가를 찾았다.

"아하, 저기 있구나. 섬아, 저것 좀 가져오너라."

당백영이 가리킨 곳은 상자와 잡다한 도구들이 놓여져 있는 곳이었다. 당섬은 거기서 한 자가 넘는 길이의 특이하게 생긴 숟가락을 들어서 당백영에게 가져왔다. 당백영은 그 수저를 원통 안으로 집어넣었다. 수저의 끝은 보통의 수저와는 다르게 매우 작았다. 그것으로 밥을 먹는다면 겨우 대여섯 알 정도의 밥알만 떠먹을 수 있을 정도로. 당백영은 그 수저로 원통 안에 담겨진 독을 꺼냈다.

금초는 당백영이 독을 꺼내는 모습을 보며 인상을 찌푸렸다. 그 안에 담겨진 독이 시체의 피부에서 떼어낸 것이었기 때문이다. 금초는 당백영이 그 독을 다른 곳으로 옮겨서 철저하게 분석할 것으로 생각했다. 그런데… 당백영의 다음 동작을 본 금초의 눈이 금방이라도 튀어나올 것처럼 부풀어 올랐다.

"으아앗! 독을… 먹었어!"

당백영이 기다란 수저를 이용해 독을 퍼내더니 그것을 바로 입으로 가져간 것이다. 금초는 당황해서 당섬에게 말했다.

"어서 해독제를 줘요!"

당섬은 그런 금초를 진정시켰다.

"괜찮아요. 당문 사람들은 어릴 적부터 극독을 조금씩 복용하기 때문에 이 정도에는 면역이 되어 있어요. 게다가 백영 조부님은 특히 계속해서 독을 복용하셔서 웬만한 독은 술 안줏거리로 삼으실 정도라구요."

당섬의 말대로 당백영은 독을 먹은 뒤에 입맛을 쩝쩝 다셨다. 당백영의 모습은 금초뿐만 아니라 소운이나 쌍아에게도 놀라운 것이었기 때문에 그들 역시도 아무 말 못하고 바라보고 있었다.

"크흠, 시큼한 맛이 강한 것이… 남쪽 지역의 독 같은데… 어디 보자… 아, 묘강에서 나오는 독이었군. 묘족들이 장례를 지낼 때 주로 사용하는 분혼화산(焚魂火散)과 맛이 비슷한걸? 아마도 남만에 살고 있는 묘족들의 독 같아. 으음, 그게 확실해."

당백영의 말에 소운의 귀가 솔깃해졌다.

"묘강에서 나온 독이라구요?"

"그래, 이 독은 묘강에서만 만들 수 있는 독이야. 다른 지역의 독들은 흉내도 못 내는 위력을 가지고 있지. 바로 순식간에 사체를 분해해 모래와 다를 바 없이 만드는 위력 말이야. 묘강이 워낙에 더운 지역이라 사람이 죽으면 금세 파리가 꼬이고 부패하기 마련이거든. 그래서 나온 것이 이 독이야. 이 독을 사용하면 파리고 뭐고 나타날 새도 없이 시체가 썩어버리니까."

"이걸 산 사람이 먹는다면……."

"똑같지. 독이 뭐 산 놈 죽은 놈 가리겠어? 뭐, 자네같이 시산혈액에 중독되고서도 멀쩡한 사람이라면 모르겠지만 말이야."

"그렇군요."

소운은 당백영이 놓아둔 원통을 바라보며 생각에 잠겼다.

＊　　　＊　　　＊

굵은 빗줄기가 계속해서 내렸다. 당문을 떠난 비룡단 일행들은 우의를 입고 있다고는 하지만 빗속을 뚫으며 많은 거리를 이동하지는 못했다. 그들의 당초 목표는 사천성의 성도에서 출발해서 남서쪽으로 내려가 운남성(雲南省)까지 가는 것이었다. 그런데 쏟아지는 빗줄기 때문에 일행의 발걸음이 더디어져서 그 반도 못 가고 있는 실정이었다.

"어떡하지, 신지 형? 이대로 가면 오늘 밤은 땅바닥에서 자야 할 것 같아."

"그러게 말이야. 하루면 충분할 줄 알았는데……."

하후성이 모용신지에게 물었다.

"이봐, 이곳이 진짜 너희 가문으로 가는 길이 맞는 것이냐? 어떻게 된 자가 자기 집 가는 길도 제대로 알지 못한단 말이냐?"

모용신지는 이번만큼은 하후성에게 반박할 수가 없었다.

"미, 미안. 이 근방은 주로 말을 타고서 움직였기 때문에 그 사실을 간과하고 있었어."

"체엣."

마진이 하후성을 보며 인상을 썼다.

"비가 이렇게 내리잖아. 누구든지 실수는 할 수 있는 거라고."

마진의 말대로 비는 정말 끊이지 않고 내리고 있었다.

"휴우… 아무튼 지금부터 어디 비를 피할 동굴이라도 찾아놓는 것이 좋을 것 같아."

모용신지가 일행들을 향해 말했다. 그때였다.

두두두두ー

"어어?"

그들의 맞은편에서 네 마리의 말이 끌고 있는 마차가 빠르게 달려오고 있었다. 비가 오지 않았다면 마차가 일으키는 흙먼지에 의해서 사방이 뿌옇게 변해 버렸겠지만 지금은 그 대신에 흙탕물이 사방으로 튀기고 있었다.

"이크, 저 마차가 지나가면 다 젖겠는걸?"

풍아가 놀란 표정을 하고서 말했다.

"일단 저 숲으로 피하도록 하자."

마진이 숲 쪽을 손으로 가리켰다. 일행들은 가뜩이나 비를 흠뻑 맞았는데 흙탕물까지 뒤집어쓰기는 싫었던 터라 숲 쪽으로 이동하기 시작했다.

모용신지는 멀리서 다가오고 있는 마차를 한번 바라본 뒤에 일행의 뒤를 따랐다.

'잠깐! 저 깃발은?'

모용신지의 눈이 달려오고 있는 마차 지붕의 모서리에 꽂혀진 깃발을 향했다. 깃발은 비에 젖어 있었지만 마차가 워낙 빠르게 달리고 있던 터라 바람을 이기지 못하고 펄럭거리고 있었다. 모용신지는 마차가 눈에 많이 익은 깃발을 달고서 달려오고 있자 더욱 자세히 바라보았다.

"신지야, 뭐 하는 거야? 흙탕물을 뒤집어쓸 셈이야?"

마진이 걱정스러운 말투로 물었다. 모용신지가 그런 마진에게 손을 들어 괜찮다고 표시했다.

"잠깐만."

모용신지는 길 한가운데로 걸어나갔다.

"신지야! 무슨 짓이야! 흙탕물 좀 튀겼다고 마차를 뒤집어엎을 심산이야?"

모용신지가 길 한가운데로 나가자 마진이 놀라서 소리쳤다.

모용신지는 다가오는 마차를 보며 생각했다.

'저 깃발은 분명……'

나부끼고 있는 깃발의 겉면에는 선명하게 모용(慕容)이라는 글자가 새겨져 있었다.

"멈춰요!"

모용신지가 마차를 향해 소리쳤다.

히이이이힝!

무서운 속도로 돌진해 오고 있던 마차는 앞에 사람이 서 있는 것을 보더니 급하게 멈추기 시작했다. 마차를 몰고 있던 마부는 네 마리의 말의 고삐를 전부 잡아채며 간발의 차이로 모용신지의 앞에 멈추어 설 수 있었다.

마부가 고삐를 내던지면서 마부석에서 뛰어내리며 소리쳤다.

"뭐야, 이 자식아! 하마터면 죽을 뻔……."

마부는 자신이 몰고 있던 마차를 가로막은 사람의 얼굴을 확인하더니 화를 내던 것을 멈추었다.

"후후. 반갑구나, 영아. 말을 다루는 솜씨는 여전하네."

"두, 둘째 도련님!"

모용신지가 영아라고 부른 마부는 그의 얼굴을 확인하더니 금세 얼굴을 폈다.

"도련님!"

영아는 모용신지의 손을 잡으며 좋아서 어쩔 줄을 몰라 했다.

"영아, 밖에 무슨 일이냐?"

마차 안에서 여인의 목소리가 들려왔다. 목소리만으로도 상대를 두근거리게 만들 만큼 듣기에 맑고 부드러운 소리였다.

"하하, 안에 수린이가 타고 있는 거니?"

"예, 도련님."

“그거 잘됐구나.”

“영아!”

마차 안에서 들려오는 여인의 언성이 높아졌다. 그사이 숲으로 피해 있었던 다른 일행들이 모용신지가 있는 쪽으로 다가왔다.

풍아가 급히 모용신지에게 물었다.

“신지 형, 마차의 주인과 알고 있는 거야?”

“그래. 이젠 천하제일가의 본가로 갈 필요가 없어졌어.”

풍아가 모용신지의 말을 듣고 이상하게 생각되어서 반문했다.

“왜?”

“이 안에 수린이가 타고 있거든.”

“뭐라고?”

마차의 문이 열리며 우산을 펼쳐 든 손이 밖으로 나왔다. 그리고 한 명의 여인이 한 발 한 발을 조심스럽게 내디디며 마차 안에서 걸어나왔다. 여인의 얼굴은 그 여인이 들고 있는 우산에 수놓아진 꽃들보다 백배는 더 아름다워 보였다. 여인은 마차 밑으로 내려와 살짝 우산을 치켜 올렸다.

“영아! 왜 마차를 멈춘…… 어… 신지 오라버니?”

모용수린의 눈이 영아의 앞에 서 있는 모용신지에게 향했다. 그리고 그녀의 시선이 모용신지의 곁에 서 있는 풍아와 마진, 화무인, 그리고 고연진에게까지 머물렀다.

“정말 수린이 누나다! 안녕하세요.”

풍아가 모용수린을 향해 허리를 숙였다. 모용수린은 모용신지를 향해 물었다.

“이럴 수가… 어째서 오라버니가 여기 있는 거죠?”

모용신지는 이렇게 손쉽게 모용수린을 만나게 되자 한시름 덜었다고 생각했다.

"일단 나중에 설명해 줄게. 사륜마차니까 우리가 들어갈 자리는 충분하지?"

"네, 그렇지만……."

"우리들을 계속 비 맞게 할 참이야?"

"아, 일단 모두 마차 안으로 들어와요."

운남성으로 향하던 비룡단원들은 처음의 목적인 모용수린을 만나게 돼 행로를 다시 사천성으로 돌리게 되었다.


*          *          *


저녁이 되자 그렇게 그치지 않을 것 같던 비가 잦아들었다. 한여름이었지만 비가 한바탕 쏟아지고 난 후라 선선하기 그지없었다. 소운은 당섬이 마련해 준 숙소를 벗어나 한적한 곳에 자리를 잡고 내공을 운기해 보고 있었다. 구름이 걷히고 나서 시원한 바람이 불어오는 것이 빗물에 질척거리던 낮의 그 느낌과 사뭇 달랐다.

소운은 정좌한 자세 그대로 눈을 감았다. 단전 속에 잠자고 있던 내공들이 점차 살아서 움직이는 느낌이 들었다.

'오 할… 육 할… 칠 할…….'

소운의 주위를 무형의 보이지 않는 바람이 감싸 안았다. 그의 옷이 자연스레 부풀어 올랐다. 그는 바람이 몸을 감싸 안는 것이 기분이 좋은 듯 희미하게 미소를 지었다.

'그래, 이 녀석들아. 열흘 동안이나 묶여 지내려니 고생이 많았지?

소운은 마치 바람과 대화라도 나누고 있는 듯이 마음속으로 중얼거렸다.

호오오오오… 휘이이이이…….

소운은 천천히 감았던 눈을 떴다.

"휴우, 팔 할 정도가 회복된 것 같구나. 완전히 회복될 때까지 아직 무리하면 안 돼. 되도록이면 내공을 쓰지 않도록 해야지."

소운은 자리에서 일어났다. 그는 회복의 정도를 확인하기 위해 바깥에 나와 있는 중이었다.

"그나저나… 이제 어쩌지? 이렇게 계속해서 마기를 지닌 자들을 뒤쫓아 다닐 수는 없잖아."

소운은 낮에 규독전 안에서 당백영이 한 말을 떠올렸다.

"묘강 깊숙한 곳에 위치한 묘독문에 간다면 이 독에 관해서 더욱 자세히 알 수 있을 것이네."

소운은 그때 당백영에게 묘강의 위치를 물어보았다.

"묘강? 후후, 남만(南蠻) 한가운데 있는 늪지대를 말하지. 남만이야 이민족들이 판을 치고 있는 곳이라 중원인들은 쉽사리 접근도 못하는 곳인 데다가 그 안에 있는 늪지대는… 흐흐, 상상을 불허해. 주위에는 온갖 독충들과 독물들이 널려 있고 구불구불한 나무들이 빽빽이 둘러싸여져 있어서 길을 찾기도 힘들어."

소운은 그 말을 듣고서 전의를 상실해야 했다. 묘강은 어떻게 보면

새외 지역이라고 할 수 있는 서장보다 훨씬 더 먼 곳인 것이다.

"휴우… 녀석들에게 그 먼 곳까지 또다시 가자고 할 수도 없고… 역시 혼자서 갔다 와야 할까?"

스팟!

소운이 이렇게 고심하고 있을 무렵 그에게 반짝이는 무언가가 날아들었다. 소운은 내공의 사용을 자제하고 있다고는 하지만 전혀 사용하지 않는 것은 아니었기에 이것을 잡아낼 수 있었다.

"이건 뭐지?"

소운은 손 안에 담겨진 물건을 바라보았다.

'은침?'

"역시… 내가 피할 줄 알았어."

소운의 귓가에 앳된 여자 아이의 음성이 들려왔다. 그리고 그의 눈앞에 일고여덟 살 정도로 보이는 꼬마 아이 한 명이 모습을 드러냈다.

"이거 네가 던진 거니?"

소운이 은침을 들어 보이며 꼬마 아이에게 물어보았다.

"그럼, 내가 던졌지 귀신이 던졌겠어?"

꼬마 아이는 소운에게 대뜸 반문했다. 소운은 꼬마 아이가 갑자기 공격을 해왔다는 사실에 당혹스러운 표정을 지었다. 그는 곧 부드러운 인상을 하고서 꼬마 아이에게 말했다.

"꼬마야, 이런 물건은 말이야 아무에게나 던지면 안 되는 거란다. 생각해 봐, 갑자기 이런 것을 맞게 된다면 따끔하지 않겠어? 게다가 여기에 독이라도 묻어 있었다면 그 사람의 목숨이 사라져 버릴 수도 있잖아."

"어어? 아저씨도 고 언니와 똑같은 말을 하네?"

"아저씨?"

소운은 쌍아에게 오빠란 소리는 들어보았어도 아저씨란 소리는 처음 들었다. 때문에 그것이 생소하게 느껴졌다.

"그럼, 아저씨지. 고 언니와 같이 왔었던 한 오빠는 아저씨보다 훠얼씬 잘생겼었다고."

소운은 그 말을 듣고 생각했다.

'고 언니라고? 후후, 설마 고연진 소저를 말하는 건 아니겠지? 그녀는 지금 선부령에 있을 테니 말이야.'

소운이 말했다.

"그렇구나. 이 아저씨는 그렇게 잘생기지 않았단다."

소운은 이 아이가 갑자기 은침을 던져서 당황하기는 했지만 자세히 보니 무척이나 귀여웠다. 통통한 볼 하며 앙증맞은 보조개까지… 정말 천상의 옥동이 따로 없었다.

소운은 눈가에 웃음을 지으며 물었다.

"이렇게 밤늦게 돌아다니고 있는 꼬마의 이름은 뭐니?"

"나? 난 당혜라고 해. 모두들 날 혜아라고 불러."

"그래, 혜아였구나."

소운은 꼬마 아이의 이름이 당혜인 것을 알자 이 아이도 당가 문중의 일원일 것이라고 생각했다.

"아저씨의 이름은 뭔데?"

"난 소운이라고 해."

당혜는 소운의 이름을 듣더니 자그마한 몸집에 어울리지 않게 양손으로 팔짱을 끼고서는 말했다.

"뭐야. 남자의 이름이 겨우 작은 구름이야? 차라리 큰 구름이라든지 번개구름이라든지 먹구름 같은 좋은 이름이 많잖아.”

“그, 그러니?”

소운은 생각했다.

‘대운(大雲), 뢰운(雷雲), 묵운(墨雲)이라… 후후후…….’

소운은 보면 볼수록 당혜라는 아이가 마음에 들었다.

“그런데 혜아는 뭐 때문에 이렇게 밖에 나와 있는 거니? 혹시 나에게처럼 지나가는 사람에게 이 은침을 던지기 위해서니?”

소운의 말에 당혜는 갑자기 생각났다는 듯이 손가락 하나를 치켜 올려 입가로 가져갔다.

“맞다! 쉬이잇! 조용히 해. 나 지금 호 오라버니한테서 도망쳐 오는 중이란 말이야.”

당혜가 고개를 숙이며 심각한 표정으로 얘기하자 소운은 웃음이 나왔지만 참았다. 고사리 같은 손으로 조용히 하라고 하는 모습이 너무도 귀여웠기 때문이다.

“왜 도망쳐 나왔는데?”

당혜는 무언가 큰 비밀이라는 듯이 소운에게 다가와 손짓했다.

“잠깐 귀 좀 줘봐.”

소운은 당혜의 말대로 고개를 숙이고 귀를 들이댔다.

“호 오라버니 말이야, 밤에 되게 무서워져. 눈빛이 막 변하고 목소리도 변하고 그래.”

소운은 당혜의 말을 듣고 생각했다.

‘이 아이가 자꾸만 밖으로 나가려고 하니 호 오라버니라는 사람이 이 아이를 다그쳤나 보구나. 호랑이 흉내 같은 걸 내면서 말이야.’

소운은 이렇게 생각하고는 당혜를 조용히 타일렀다.

“그래도 이렇게 돌아다니고 있으면 혜아를 돌봐주고 있는 사람들이 곤란하지 않을까?”

“아니야, 아니야.”

당혜는 머리를 좌우로 크게 저었다. 소운이 당혜를 보며 웃음을 참지 못하고 있을 때 갑자기 어디선가 당혜를 부르는 목소리가 들려왔다.

“당혜야! 당혜야! 어디 있니? 호 오라버니다. 어서 나오거라!”

“이크!”

당혜는 급히 소운의 옷깃을 잡았다.

“아저씨, 빨리 도망쳐야 해.”

소운은 당혜의 말에 고개를 저었다.

“널 찾고 있지 않니? 이젠 그만 돌아가는 게 좋지 않을까? 이렇게 늦은 밤에는 말이야, 무서운 귀신들이 혜아같이 예쁜 숙녀를 잡아가기 위해 돌아다니고 있다고.”

당혜는 소운의 말을 듣고 물끄러미 그를 바라보았다.

“아저씨, 그 말을 지금 나보고 믿으라고 한 소리야?”

“뭐어?”

소운은 쓴웃음을 지었다. 당혜는 보기보다 무척이나 똑똑한 꼬마였다.

“당혜야! 당혜야!”

“아저씨, 빨리 나 좀 데리고 도망쳐. 빨리! 빨리!”

목소리가 가까워지자 당혜는 소운의 옷을 잡고 늘어지기 시작했다. 소운은 이 상황을 어찌해야 할지 몰랐다. 그냥 소리쳐서 호 오라버니라는 사람을 부르기에는 당혜의 얼굴이 너무도 간절했다.

“아저씨…… 흐윽, 흐윽…….”

당혜는 끝끝내 울먹이기 시작했다. 소운은 어쩔 수 없이 당혜를 안아 들었다.

"그래, 이 아저씨가 도망쳐 줄게."

소운은 당혜를 안아 들자마자 절정의 선월신법을 펼쳐 그가 묵고 있는 숙소를 향해 달려갔다. 소운과 당혜의 신형이 순식간에 장내에서 사라져 버렸다.

잠시 뒤 소운이 서 있던 곳으로 녹의를 입은 청년 한 명이 나타났다.

"분명히 이곳에서 인기척이 들렸는데……."

녹의청년은 당혜를 찾고 있던 당호였다.

"그 녀석, 그 작은 입으로 내 비밀을 조잘거리면 큰일인데……."

당호의 눈은 어느새 초록색으로 빛나고 있었다. 그는 그 눈을 하고서 당혜를 찾기 위해 사방을 두리번거렸다.

쌍아는 따뜻한 물이 담겨져 있는 커다란 원통 안에 누워서 뿌연 증기를 바라보고 있었다.

"그런다고 소운 형의 마음이 바뀔 것 같아?"

쌍아는 아까 낮에 금초가 했던 말을 자꾸만 떠올리고 있었다.

찰랑!

쌍아는 화가 나는 듯이 출렁이고 있는 물을 손바닥으로 팅겼다. 그러자 원통 밖으로 물이 조금 흘러 나갔다.

"휴우… 어떻게 만난 사람인데……."

쌍아는 웃고 있는 소운의 얼굴을 떠올렸다.

"금초 이 자식, 소 오빠랑 잘되게 도와줄 생각은 하지 않고 그게 무
슨 말이야."

쌍아는 물결에 일렁이고 있는 자신의 나신을 내려다보았다. 매끄럽
고 깨끗한 피부에 군더더기 하나 없는 몸매였다. 그녀는 풍아와 쌍둥
이였지만 그와는 달리 어머니 쪽을 더 많이―성격은 아버지를 닮았지
만―닮았다. 때문에 스물을 넘기자 그녀의 어머니와 마찬가지로 아름
다운 몸매와 얼굴을 가지게 되었다.

"내가 예쁘지 않은 걸까?"

쌍아는 그런 생각이 들었다. 소운은 자신을 한 번도 동생 이상으로
보아준 적이 없었다.

"좋아, 기회는 만드는 거니까."

쌍아는 무슨 결심을 했는지 목욕통 안에서 벌떡 일어났다. 그리고
미리 준비된 수건으로 물기를 닦아내며 욕실의 바깥으로 나왔다. 그녀
는 침상 위에 놓여져 있는 그녀의 봇짐을 풀기 시작했다.

'내가… 설마 이것까지 입게 될 줄은 몰랐지만……'

쌍아가 봇짐 속에서 꺼내 든 것은 곱게 접혀져 있는 다홍색의 저고
리와 치마였다.


"소 오빠."

조심스럽게 소운을 부르고 있는 사람, 바로 쌍아였다. 그녀는 예쁘
게 옷을 차려입고 머리까지 곱게 빗었다. 방금 목욕을 끝마치고 나와
서인지 머릿결이 촉촉하게 젖어 있었다. 뭇 남성들이 그녀의 이 모습
을 한 번이라도 보았다면 반하지 않고는 못 배길 만한 그런 모습이었
다.

쌍아는 소운이 묵고 있는 방의 문을 살짝 두드렸다.

"아이 참, 벌써 자고 있나?"

쌍아는 소운의 방문을 슬며시 건드려 보았다.

끼이익.

문이 곧바로 열렸다. 쌍아는 자신이 열지 않았다는 듯이 다른 곳을 쳐다보며 휘파람을 불었다. 그러나 그녀의 손은 점점 더 문을 밀어내고 있었다.

"어라? 문이 열려 버렸네?"

쌍아는 문이 열리자마자 복도 주변을 두리번거리더니 안으로 성큼 발을 내디뎠다. 그리고 잽싸게 문을 닫았다.

쌍아는 방문을 닫은 뒤에 숨을 몰아쉬었다. 무슨 몹쓸 짓을 한 것처럼 가슴이 쿵쾅쿵쾅 뛰고 있었다.

"소 오빠, 자?"

쌍아는 방문 앞에 서서 말했다. 방 안에서는 대답이 없었다. 그리고 사람의 인기척조차 없었다. 단지 창문만이 덩그러니 열려져서 서늘한 바람만이 들어오고 있었다.

"뭐야? 없잖아?"

쌍아는 기운이 쫙 빠졌다. 나중에 놀림받을 것도 감수하고 이런 옷을 입고 나왔는데… 정작 이 모습을 보여주고 싶었던 소운은 방 안에 없었다.

"어딜 간 거야."

쌍아는 소운이 누웠을 것으로 생각되는 침상에 걸터앉았다. 그리고 이불 위로 몸을 파묻었다. 소운의 체취가 느껴지는 것 같았다.

'소 오빠……'

휘이이이익!

갑자기 방 안으로 바람이 불어오며 창문이 쾅 하고 닫혀 버렸다. 쌍아는 깜짝 놀라서 몸을 일으켰다.

"우와아! 아저씨, 정말 빠르다."

쌍아는 자신의 눈앞에 소운이 나타난 것을 보고 몸이 굳어져 버렸다.

"후후, 이젠 내려줄게."

소운은 안고 있던 당혜를 바닥에 내려놓았다. 그러다가 아무 말도 않고 앉아 있는 쌍아의 모습을 발견했다.

"쌍아야."

"오, 오빠."

소운은 예쁘게 차려입은 쌍아의 모습을 보며 잠시간 넋을 잃었다. 당혜는 소운의 팔에서 내려와 쌍아를 발견하고는 입을 열었다.

"어? 예쁜 언니다."

쌍아는 소운이 자신을 쳐다보며 아무런 말이 없자 치마를 입고 있는 자신의 모습이 부끄러워져서 얼굴을 있는 대로 붉혔다.

"미, 미안해. 난 오빠가 있는 여기 있을 줄 알고 들어왔어."

소운은 쌍아의 말에 퍼뜩 정신을 차렸다.

"나갈게."

쌍아는 소운의 침상에서 벌떡 일어나 방문으로 향했다. 소운은 밖으로 나가려는 쌍아의 손을 급히 잡았다. 쌍아는 자신의 손이 소운에게 잡히자 가뜩이나 붉어진 얼굴이 더욱 붉게 달아올랐다.

"왜 그러니 쌍아야, 어디 아픈 데라도 있는 거야?"

소운은 걱정스러운 말투로 쌍아에게 물었다. 쌍아는 고개를 도리도

리 저었다.

"아니야, 오빠. 난… 나는……."

소운은 다행이라는 듯이 한숨을 내쉬더니 말했다.

"그럼 가지 말고 있어. 아직 인사 안 했지? 이 아이는 당혜라고 해. 밖에서 바람을 쐬고 있다가 만났어."

쌍아는 소운의 말에 그의 뒤에 서 있는 귀여운 꼬마 당혜를 바라보았다.

"당혜야, 이 언니는 한쌍아라고 한단다."

"안녕?"

"이 아이는 누구야?"

"모르겠어. 아무래도 당문 사람들 중에 한 명인 것 같아. 지금쯤이면 이 아이를 찾기 위해 난리가 났을지도 모르지만 혜아가 워낙 고집이 세서… 어쩔 수 없이 데려왔어."

당혜는 천연덕스럽게 쌍아에게 손을 흔들었다. 쌍아는 당혜와 소운을 번갈아 보더니 말했다.

"그러면 오빠, 오빠는 지금까지 저 꼬마 아이랑 같이 있었던 거야?"

소운은 쌍아의 말에 이마를 긁적거렸다.

"음… 그게 그렇게 되나?"

당혜는 소운의 옷깃을 잡으며 말했다.

"한 언니도 예쁘기는 하지만 고 언니도 정말 예뻤어."

쌍아는 당혜의 말에 날카롭게 반응했다.

"잠깐! 고 언니라니?"

"응, 어제까지 함께 있었는데 정말 예쁘고 착한 언니였어. 이 아저씨처럼 날 보호해 줄려고 했다구."

소운은 아까 전부터 당혜가 고 언니, 고 언니 하는 것을 별 대수롭지 않게 생각했었는데 쌍아가 이렇게 반응을 보이자 혹시나 하는 마음이 들었다.

쌍아는 당혜에게 물어보았다.

"당혜야, 그 고 언니라는 사람이 혹시 머리를 이렇게 늘어뜨리고서 항상 무표정한 얼굴로 서 있는 그런 사람이니?"

"아니야, 연진 언니는 그렇게 무표정하지 않았는걸?"

당혜의 이 말로 소운은 확실히 알 수가 있었다. 고 언니라는 사람이 고연진이라는 것을. 하기야 당혜가 쌍아보다 예쁘다고 할 정도면 그녀 밖에는 없었다. 이 중원 천지에 고연진이란 이름을 가지고 그렇게 아름다운 사람이 둘이나 되지는 않을 테니 말이다.

소운은 당혜에게 물었다.

"혜아야, 그 고 언니라는 사람 여기서 언제 떠났니?"

"으음… 이상한 행동을 하는 오빠들이랑 오늘 낮에 떠났는걸? 그런데 그중에 한 오빠는 고 언니와 같이 다닐 수 있을 정도로 멋지게 생겼어. 그 키 작은 오빠랑 통통한 오빠는 바보같이 굴어서 정말 안 어울리지만."

소운은 고연진이 떠난 시각이 자신이 이곳에 도착한 시각과 비슷하다는 것을 알았다. 그렇다면, 조금만 더 빨리 왔더라면 만날 수 있었을 텐데… 소운은 아쉬운 마음이 들었다. 쌍아는 소운의 눈빛에서 그리움의 감정이 이는 것을 보고 시무룩해졌다.

'그래… 고 언니에 비하면… 난… 나 같은 건……'

소운은 당혜에게 말했다.

"혜아야, 시간이 이렇게 늦었는데 안 졸리니?"

당혜는 소운을 보며 입을 벌렸다.

"하아암… 안 그래도 졸린걸. 나 저기서 자도 될까?"

당혜의 손가락이 소운의 침상을 가리켰다.

"그럼 되고말고."

소운은 당혜의 몸을 번쩍 들어서 침상 위에 눕혔다.

"헤헤, 아저씨랑 같이 있으면 편안한걸?"

당혜는 소운을 보며 미소를 지었다. 소운은 그 미소가 너무도 순수하다고 생각했다. 순수한 아이의 얼굴. 그 얼굴은 어떻게 보면 소운과 너무도 닮아 있었다.

쌍아는 당혜가 소운의 침상에 눕는 것을 보고 눈에 불을 켰다. 그녀는 당장이라도 달려가서 당혜를 일으켜 세워 방으로 돌려보내고 싶었다. 하지만 당혜를 바라보며 정말 즐거운 눈을 하고 있는 소운을 보니 그럴 수가 없었다.

"바보."

쌍아는 갑자기 방문을 열고서 밖으로 나갔다. 소운은 쌍아가 문을 쾅 닫고 나가자 왜 그러는지 몰라 어리둥절해졌다.

"아함… 아저씨는 바보야."

당혜가 졸린 눈을 비비며 소운에게 말했다.

"왜?"

당혜는 눈을 감으며 잠에 빠져드는 목소리로 중얼거렸다.

"우흠… 저 언니는 늦은 밤인데도 저렇게 예쁘게 차려입고서 아저씨를 기다리고 있었잖아… 에구, 졸립다… 하아암……."

당혜는 하품을 몇 번 더 하더니 완전히 눈을 감았다. 그리고 새근새근 숨을 쉬며 잠시 후 잠이 들고 말았다.

"후후, 어지간히 졸리웠나 보구나."

소운은 당혜의 가슴까지 이불을 끌어 올려준 뒤에 물러섰다.

'바보라… 바보라 해도 어쩔 수 없구나, 쌍아야. 난 말이야… 이미 한 여자를 좋아하고 있어.'

소운은 작게 한숨을 내쉬었다.

*      *      *

"그러니까 제가 할아버지를 찾고 있는 것과 오라버니가 실종된 인사들을 찾고 있는 일이 똑같은 것이다 이거죠?"

모용수린은 탁자 위에 둘러앉아 있는 비룡단원들과 고연진을 보며 말했다. 이들은 운남성으로 가는 길목에서 만나 다시 사천 성도의 시내로 돌아와 있는 중이었다.

"그래. 이 년 전에 조부님께서 아무 이유 없이 사라지신 것과 이번 일… 너무도 닮은 점이 많잖아."

"그리고 오라버니는 제가 실종된 인사들을 찾는 데 도움을 주길 바라고 있고요?"

"그, 그렇지."

모용수린은 숨을 들이켰다. 그리고 양손을 허리에 얹은 뒤에 모용신지를 향해 냅다 소리를 질렀다.

"싫어요!"

모용수린의 목소리는 바로 앞에서 들으면 귀청이 떠나갈 정도로 컸던 터라 객잔 안에 있던 사람들이 전부 그녀에게 시선을 집중시켰다.

"전 이제 무림맹의 일은 돕지 않기로 했어요!"

"수린아……."

모용신지는 모용수린의 앞에서는 제대로 말조차 꺼내지 못하고 있었다. 고양이 앞의 쥐 신세 같다고나 할까?

"오라버니 혼자 힘으로 찾으라고요! 저도 저 혼자서 할아버질 찾을 테니까!"

모용신지는 단호한 모용수린의 음성에 어쩔 수 없다는 표정을 지었다.

그렇게 모용수린이 거절을 하고 있을 때 일행들 사이에서 한 여인의 음성이 조용하게 들려왔다.

"모용 소저."

고연진이었다. 그녀는 차분한 음성으로 흥분해 있는 모용수린의 마음을 가라앉혔다.

"왜 그러시죠?"

"그대도 저의 사부님이 신기자 어르신이란 걸 알고 있죠?"

"네, 잘 알지요."

"저의 사부님 역시 이번에 실종되셨어요."

모용수린은 그 소리를 듣고 조금은 놀란 표정을 지었다.

'다른 인사들은 노력한다면 충분히 납치할 수 있을 테지만 신기자 추 대협은 달라. 추 대협을 납치하기 위해선 적어도 선부령의 절진을 파훼하고 들어갈 수 있는 머리와 추 대협을 압도할 만한 무공 실력을 가지고 있어야 해. 현 강호에서 그 어느 누가 추 대협의 머리와 무공을 능가할 수 있단 말이야? 이건… 할아버지가 사라지신 것과 같은 경우야… 불가능한 일.'

"강호는 마도련이 사라진 이후로 평온하게 보이지만 어느 때보다 혼란스러워져 있어요. 저의 사부님이 사라지셨다는 사실이 강호 사람들에게 알려지기라도 한다면 그때에는 더욱 강호가 혼란스러워질 거예요. 모용 소저는 저희들을 도와주실 수 없는 건가요?"

모용수린은 고연진의 말을 듣고서 생각에 잠겼다. 그리고 불현듯 고연진에게 질문을 던졌다.

"고 소저와 같이 다녔었던 그 소운이라는 사람은 지금 어디 있는 거죠?"

"그건 왜……."

"아니, 그 사람이 있으면 이번 일이 조금 더 쉬워질 것 같아서요."

고연진은 모용수린의 눈을 바라보면서 말했다.

"저도 소운이 어디 있는지 모르겠어요."

모용수린은 회심의 미소를 지었다.

'좋아, 아직 늦지 않았어.'

"그럼 고 소저의 부탁도 있고 하니 오라버니를 도와드리도록 하겠어요."

모용신지는 고연진에게 고개를 끄덕였다. 모용수린을 설득하는 데 그녀의 공이 컸던 것이다.

풍아가 말했다.

"그럼 이제부터 모용 소저를 모용 군사님이라고 불러도 되겠네?"

모용수린은 풍아를 보며 말했다.

"아니요, 그냥 모용 소저라고 부르세요. 저보다 현명한 군사는 따로 있으니까요."

모용수린은 이 말을 하면서 고연진을 바라보았다.

이들 일행은 객잔의 이층에 짐을 푼 뒤에 모두 이곳으로 내려와 있었다. 모용수린과 고연진의 미모는 어디에서나 쉽게 볼 수 있는 것이 아니기 때문에 객잔 안에 있는 사람들은 모두 그녀들을 목이 빠져라 바라보고 있는 중이었다. 심지어는 점소이들과 주인조차도 주문을 받을 생각은 하지 않고 그녀들의 얼굴을 훔쳐보고 있었다.

　그런데 이들 가운데서 비룡단 일행을 범상치 않은 눈으로 바라보고 있는 자가 있었다. 이자는 친구들과 술을 마시러 온 듯이 술잔을 들어 올리며 넉살 좋은 농담을 주고받았는데 눈빛만은 언제나 비룡단 일행에게서 떠나지 않았다. 워낙에 많은 사람들이 비룡단 일행을 주시하고 있어서 이자의 눈빛이 눈에 띄지는 않았다. 이자는 술을 한입에 털어넣은 뒤 뺨에 새겨진 지렁이 같은 문신을 쓰다듬었다.

# 제62장
## 쓰러져도 다시 일어서는 것

소운은 지붕 위에 누워서 달 경치를 감상하고 있었다. 아니, 정확하게는 달을 바라보면서 깊은 상념 속에 잠겨 있었다.

'고 소저는 무슨 일로 강호에 나온 것일까? 으음… 하긴 신기자 어르신의 제자라고 해서 선부령에만 계속 있으라는 법은 없으니까. 그런데 같이 다닌다는 그 잘생긴 사람은 누구지?

소운은 가슴이 답답해졌다.

'아… 조금만 더 빨리 왔더라면…….'

소운은 우울한 기분을 날려 버리기라도 하듯이 기지개를 켰다.

"후아아~ 아무튼 지금은 내 일에만 집중하자. 그놈들 조금만 방심해도 무슨 일을 벌일지 몰라."

소운은 지붕의 끝 부분에 걸터앉았다. 소운은 당혜가 자신의 방을 점거하고 있기 때문에 오늘 밤은 이곳에서 보낼 작정이었다. 비도 그

첬고 날씨도 시원한 것이 느낌이 좋았다.

"물안개가 꼈네? 이 주위에 강이라도 있는 건가?"

소운은 당가의 주위로 뿌옇게 안개가 피어오르는 모습을 보며 생각했다. 소운은 잘 몰랐지만 사천에는 장강의 지류인 민강(岷江)과 탁강(沱江)이 지나고 있어서 물이 풍부했다. 특히 당가가 위치하고 있는 곳은 민강의 바로 옆이라고 해도 좋을 정도로 가까웠다.

"좋구나. 물안개 위에서의 휴식이라……."

소운은 그렇게 생각하며 물안개를 잡아보려는 듯이 손을 지붕 밑에다 대고 움켜쥐었다. 형체가 없는 안개가 그의 손에 잡힐 리 만무했다.

쉬쉬싯!

그때 지붕 위에 앉아 있던 소운의 귓가에 바람을 가르며 움직이고 있는 소리가 들려왔다. 소운은 반사적으로 내공을 운용해서 청력을 돋우었다.

"크윽!"

소운은 갑자기 가슴을 움켜쥐었다.

'어째서… 마기가 느껴지는 거지?

소운은 아까 내공을 일으켰을 때만 해도 전혀 마기를 느끼지 못하고 있었다. 그런데 지금은 확연하게 느껴지고 있었다.

'설마 나를 찾아서?

소운은 즉시 지붕의 밑으로 몸을 날렸다. 그리고 어두운 곳에 몸을 숨겼다.

샤샤삭!

방금 전에 소운이 서 있었던 곳으로 검은 신형 하나가 나타났다. 신형은 얼굴을 가리기 위해 복면을 쓰고 있었다. 이 복면인은 지붕 위에 올라서자마자 곧바로 처마를 타고 그 밑에 매달렸다. 그 동작이 물 흐르듯 매끄러웠기 때문에 작은 소음조차 들리지 않았다. 복면인은 처마 끝에 매달린 채로 품속에서 무언가를 꺼내 들었다. 그리고 그것을 살짝 틈이 벌어져 있는 창문 안으로 집어넣었다.

아래에 숨어서 그것을 지켜보고 있던 소운은 생각했다.

'당문에도 마기를 지니고 있는 자가 있을 줄이야… 저녁때 팔 할이라도 내공을 복구해 놓지 않았다면 꼼짝없이 마기에 짓눌릴 뻔했어. 그건 그렇고, 저자가 향해 있는 곳은 쌍아가 자고 있는 방이잖아? 무슨 짓이지?

소운은 자신의 기척을 숨기고 복면인이 하는 짓을 지켜보았다.

푸시싯!

복면인이 무언가를 던져 넣었던 창문에서 갑자기 연기가 뿜어져 나왔다. 소운이 아까 전에 보았던 물안개와는 다른 더욱 짙어 보이는 회백색의 연기였다.

'뭐지?

복면인은 처마 끝에 매달린 상태로 두 호흡 정도의 시간을 기다리더니 창문을 뚫고 안으로 들어갔다.

'이런!'

소운은 복면인이 쌍아의 방으로 침입해 들어가자 놀라서 그 뒤를 쫓아 올라갔다.

"이봐! 무슨 짓이야!"

복면인은 누군가의 소리가 들려오자 흠칫 놀랐다.

'빨리 해야겠군. 내 이럴 줄 알고 오늘은 한층 더 위력이 강한 미혼약을 준비했지.'

복면인은 방 안에 들어서자마자 잠들어 있는 여인을 찾았다. 쌍아는 소운에게 보여주었던 차림 그대로 잠이 들어 있었다. 복면인은 쌍아의 모습을 바라보며 속으로 음흉한 미소를 지었다. 복면인은 그대로 쌍아를 들쳐 업고서 창밖으로 나갔다.

"멈춰!"

소운은 쌍아가 있는 방을 향해 뛰어오르다가 복면인이 그보다 더 먼저 처마 끝을 잡고 지붕 위로 오르는 것을 보고 소리쳤다.

'쌍아를 납치해 가고 있잖아!'

소운은 급한 김에 허리춤에 매어져 있는 영검을 빼 들었다. 그리고 창문의 턱에 영검을 걸쳐 그어 내리며 그 힘을 이용해 지붕까지 뛰어 올랐다. 지붕 위에 착지한 소운은 재빨리 복면인의 신형을 찾았다.

소운은 벌써 저만치 사라져 가고 있는 복면인을 보며 생각했다.

'크윽! 아직 내공이 회복되지 않았는데⋯⋯.'

그러나 지금은 이것저것 생각할 시간이 없었다. 소운은 절정의 선월 신법을 펼쳐서 복면인의 뒤를 쫓기 시작했다.

＊　　　＊　　　＊

모용수린은 고연진이 건네준 소가운풍록을 보며 생각에 잠겼다.

'이상한걸⋯ 신기자 어르신이 이 정도의 글을 남길 정도라면 침입했던 자들이 가만히 있지 않았을 텐데⋯ 이 정도로 확실한 증거를 남겼다는 것은⋯ 신기자 어르신도 생각이 있기 때문이었나?'

모용수린은 묘인동이라고 적혀져 있는 소가운풍록의 겉장을 뚫어지게 쳐다보았다.

모용신지는 모용수린에게 물었다.

"어때? 이것에 대해서 뭐 아는 거라도 있어?"

모용수린은 고심하는 듯하더니 대답했다.

"이 글자는 말이에요, 묘강에 살고 있는 묘족들의 무덤을 뜻하는 거예요. 묘족들은 사람이 죽으면 우리들처럼 장사를 지내는 것이 아니라 묘인동이라는 곳에 버려두거든요. 묘강은 무척이나 덥고 습기가 많기 때문에 시체를 조금만 방치해 둬도 쉽게 썩어 들어가요. 때문에 사람이 죽으면 묘인동이라는 곳에다 시체를 던져 버리게 되죠. 묘인동에는 특별한 힘이 있어서 시체에서 나오는 나쁜 기운을 막아준다고 전해지고 있어요."

모용신지는 모용수린의 말을 듣고서 고개를 끄덕였다.

"묘강이라고? 역시… 그랬었구나."

마진이 모용수린에게 물었다.

"모용 소저, 그렇다면 신기자 어르신이 이 글자를 남기신 이유가 뭘까요?"

"글쎄요. 다른 분도 아니고 신기자 어르신이니… 아마도 묘인동에 무언가 비밀이 숨겨져 있다는 소리가 아닐까요?"

마진이 그 소리에 혀를 내둘렀다.

"남만이 누구네 집 앞마당도 아니고 거기까지 가려면 상당히 힘들 텐데……."

모용수린은 계속해서 소가운풍록을 바라보았다.

"오늘은 이만 늦었으니 모두 올라가 쉬도록 하죠. 의논은 내일 해도 되잖아요."

모용수린의 말마따나 이미 삼경을 훨씬 넘어버린 시간이었다. 다른 이들은 모두 잠이 들어 있을 시간인 것이다. 이미 객잔 안에도 꾸벅꾸벅 졸고 있는 점소이를 제외하고는 아무도 남아 있지 않았다.

"그래, 그러는 게 좋겠다."

마진이 말했다. 마진은 자신의 옆에서 꾸벅꾸벅 졸고 있는 풍아의 등을 탁 하고 쳤다.

"으응? 하아암~ 벌써 끝난 거야?"

"그래, 이 녀석아. 졸리면 어서 올라가서 자."

"으응……."

풍아는 어기적어기적 몸을 일으켰다. 그리고 다른 일행들도 몸을 일으키기 시작했다. 이들 일행이 이층에 위치한 각자의 숙소로 돌아가려는 준비를 하고 있을 때 갑자기 객잔의 문이 벌컥 열려졌다.

콰아앙!

아니, 객잔의 문이 강한 힘에 휘말려 부서져 날아올랐다고 해야 옳을 것이다. 문이 파괴되고 비룡단 일행들이 서 있는 곳으로 수십 개의 검은 그림자들이 벌 떼처럼 달려들기 시작했다. 그리고 객잔의 바깥은 그보다 훨씬 많은 수의 검은 그림자들이 철통같이 둘러싸고 있었다.

*　　　*　　　*

성도 시내 외곽의 평원을 따라 지금 두 개의 신형이 빛살처럼 질주하고 있었다.

복면인은 자신의 뒤를 따라오고 있는 자의 놀라운 신법을 보며 경악을 금치 못하고 있었다. 처음의 거리 차는 백여 장이나 됐었는데 지금은 십여 장으로 줄어 있었다. 그리고 얼마 지나지 않아 곧 따라잡힐 것 같았다.

'나도 신법이라면 뒤지지 않는데… 저놈은……!'

복면인은 당가를 벗어나 강변로를 따라 움직이고 있었다.

소운은 쌍아를 업고 있음에도 빠른 속도를 보이고 있는 복면인의 신법을 보며 적잖게 놀랐다.

'쌍아가 없었다면 이렇게 따라잡지 못했을지도 몰라.'

소운은 발끝에 힘을 모아 더욱 속력을 배가시켰다.

"어서 쌍아를 내려놔!"

소운은 복면인에게 바짝 다가서며 소리쳤다. 복면인은 소운이 접근해 오자 급히 입가로 손을 가져가 휘파람을 불었다.

'저 모퉁이만 넘는다면 네놈은 끝장이다!'

복면인은 죽을힘을 다해 소운에게서 벗어났다. 그리고 작은 산의 모퉁이를 돌자마자 멈추어 섰다.

"허억, 허억……."

소운은 복면인이 드디어 멈추어 서자 검을 정면으로 들이댔다.

"쌍아를 내려놓지 않는다면 사정을 봐주지 않겠어!"

소운이 소리쳤다. 복면인은 소운을 보며 피식 웃었다.

"후후, 용기는 가상타만… 과연 이들을 상대할 수 있을까?"

복면인의 뒤쪽에 있던 숲 속에서 수십 명이나 되는 정체 불명의 괴인들이 모습을 드러냈다. 저마다 검을 하나씩 들고서 무표정한 얼굴로 서 있는 자들이었다. 소운은 그들을 보고 안색이 변했다.

'매복인가? 저들에게서는 마기가 느껴지지 않는데…….'

"후후후, 그럼 수고하게나."

복면인은 다시 신법을 펼쳐서 도망치기 시작했다. 소운은 그를 뒤쫓으려고 몸을 날렸다.

"거기서!"

파아앗!

그러나 근 삼십 명 가까이 되는 사람들이 소운을 둘러싸 버리자 그는 도저히 앞으로 달려나갈 수가 없었다.

"어서 비켜!"

소운은 그들에게 소리쳤다. 그러나 소운을 가로막은 괴인들에게서는 아무런 반응이 없었다. 이들은 단지 소운을 막기 위해서 시간을 끌 속셈인 것 같았다.

'이자들은 설마……'

소운은 이들의 복장이 일전에 형산에서 모습을 드러냈던 귀문의 살수들과 비슷하다고 생각했다.

'어쩔 수 없어. 이자들을 뚫고서 움직일 수밖에.'

소운은 자세를 가다듬었다. 그리고 영검을 곧추세우곤 조용히 바람을 일으키기 시작했다.

*　　　*　　　*

"이놈들은 뭐야!"

마진이 소리쳤다. 그를 비롯하여 다른 비룡단 일행들 역시 놀라기는 마찬가지였다.

화무인은 자신의 검을 빼 들며 말했다.

"치잇, 기습인가?"

풍아는 너무 놀라 하품하고 있던 입을 다물지 못했다. 그는 잠이 번쩍 깨는 것 같았다.

와장창!

객잔 안에 있던 탁자들이 사방으로 날아갔다. 검은 그림자들은 비룡 단원들에게 직접적인 공격은 가하지 않고 이렇게 주변에 있는 물건들만을 부수어대고 있었다.

모용신지는 생각했다.

'무슨 심보지? 이자들… 왜 공격해 오지 않는 거야?'

모용신지는 이상하다고 생각했다. 적이 갑자기 나타났다면 혼란스러운 틈을 타 공격해 오기 마련인데, 검은 옷을 입은 사내들은 일행들이 앉아 있는 탁자를 둥그렇게 둘러싼 채로 움직이지 않고 있었다.

'시간을 끌고 있는 것인가?'

"하하하, 모두들 바짝 얼어 있군 그래."

부서진 객잔의 문에서 누군가가 안으로 들어섰다. 그자는 검은 옷을 입고 있는 다른 자들과는 달리 남색의 무복을 차려입고 있었다. 그리고 그의 뺨에 아주 가늘게 뱀 모양의 문신이 새겨져 있었다.

"넌 누구냐!"

모용신지가 소리쳤다.

뱀 문신의 사내는 가볍게 웃으며 말했다.

"마(魔)를 모시는 한 교에 몸담고 있는 사람이지."

모용신지는 당황해서 소리쳤다.

"마를 모시는 교? 네놈들… 설마… 마교?"

"아아, 어째서 마교라고 생각을 할까. 이미 수백 년 전에 사라진 평민들의 종교 집단인데 말이야. 후후, 마교 따위를 우리 교와 비교라도 할 수 있겠는가?"

"그렇다면 너희들은······."

모용신지는 도저히 저자들의 정체가 무엇인지 떠올릴 수가 없었다.

"당신들의 교에는 귀문의 살수들까지 가입했나 보군요."

고연진이 차가운 목소리로 입을 열었다. 고연진의 말에 뱀 문신의 사내가 조금은 놀랐다는 듯이 말했다.

"호오, 용케도 이들이 누구인지 알아챘군. 그러나 상관없다. 귀문도 우리 교의 하수인에 불과하니까."

모용신지는 고연진의 말을 듣고서 생각했다.

'귀문의 살수들? 예전에 소리세가에 침범했다던 그자들을 말하는 건가?'

풍아가 말했다.

"어라? 그리고 보니까 그놈들이랑 똑같은 복장을 하고 있네?"

풍아는 예전에 쌍아, 금초와 함께 황산에서부터 소리세가를 도운 적이 있었다. 때문에 그는 고연진이 말하자 단번에 그들의 모습을 기억 속에서 떠올릴 수 있었다.

모용수린이 말했다.

"당신들은 무엇을 원하는 건가요?"

뱀 문신의 사내는 그 말을 듣고 미소를 지었다.

"후후후, 바로 저 여자다."

뱀 문신의 사내가 손가락으로 가리킨 곳에는 고연진이 서 있었다. 그 사내는 고연진을 가리킨 뒤에 미소를 짓는 것을 잊지 않았다.

화무인이 그 사내에게 소리쳤다.

"뭐라고? 그런 말도 안 되는 소리를!"

고연진은 뱀 문신의 사내에게 물었다.

“왜 나를 원하는 것이죠?”

“크크크, 우리의 소교주님께서 너에게 눈독을 들이셨거든.”

고연진은 그 소리를 듣고서도 일절 동요없이 말했다.

“그렇다면 그 소교주님이란 사람은 당문 사람들과 인연이 있나 보군 요.”

“그래. 당문에서도 우리 같은 사람들을 만났나 보지?”

뱀 문신의 사내는 고연진의 말이 맞는지 틀리는지 알지 못하게 알송 달송한 미소를 지으며 말했다.

“후후후, 지금 보니까 소교주님이 왜 이 많은 인원을 동원했는지 알 것 같군 그래. 넌 화산파의 꽃이라는 무심화 고연진이었어. 과연… 무 심화의 명성이 허언은 아니었군. 이렇게 얼굴이 반반해서야 어디 다른 여자들이 자기 이름 석 자라도 제대로 내놓을 수 있을까.”

화무인은 화가 머리끝까지 올라서 소리쳤다.

“네놈, 그 주둥이를 닥치지 않는다면 당장에 찢어놓아 버리겠다!”

뱀 문신의 사내는 가소롭다는 듯이 손가락을 흔들었다.

“아아, 지금 네 상황을 생각하고 그런 소리를 하셔야지.”

화무인은 말했다.

“겨우 이 정도 인원을 가지고 우리들을 막을 수 있다 생각하나?”

“이 정도 인원이면 충분할 것이다.”

모용신지가 갑자기 소리쳤다.

“풍아야!”

“응!”

모용신지가 풍아를 소리쳐 부르자 풍아가 앞으로 나서며 장력을 쏘 아 보냈다.

파아아아아!

뱀 문신의 사내는 풍아의 손에서 나오고 있는 장력을 보며 황당하다는 표정을 지었다. 풍아의 손에서 새하얀 빙염이 쏟아져 나오고 있었기 때문이다. 풍아의 장력은 비룡단 일행을 가로막고 있던 귀문의 살수들에게 쏘아졌다.

뱀 문신의 사내가 소리쳤다.

"막아서라! 본때를 보여줘!"

사내의 명령에 풍아의 정면에 서 있던 귀문의 살수 두 명은 쌍수를 들어 그 장력을 막아섰다.

슈아악! 땡그랑!

두 명의 살수는 그대로 몸이 굳어져 바닥에 쓰러져 버렸다.

'이럴 수가! 내 저렇게 강한 한기를 지닌 장력이 존재한다고는 들어 보지도 못했다!'

뱀 문신의 사내는 풍아의 장력을 받자마자 새하얀 얼음덩어리가 되어버린 두 명의 살수들을 바라보며 경악을 금치 못했다.

모용신지가 소리쳤다.

"내가 앞장설 테니 따라와!"

모용신지는 풍아가 얼려놓은 살수들을 지나서 밖으로 달려나가기 시작했다. 그리고 그 뒤를 이어 화무인과 풍아, 모용수린과 마진까지 빠르게 움직였다.

"잡아라! 저 여자를 잡아!"

뱀 문신의 사내가 마지막으로 빠져나가고 있는 고연진을 보며 소리쳤다. 고연진은 다가오는 귀문의 살수들을 향해 검을 빼 들었다.

번쩍!

"으으윽!"

뱀 문신의 사내는 고연진의 검에서 뿜어져 나오는 밝은 빛에 잠시 동안 눈을 뜰 수가 없었다. 그리고 그것은 득달같이 달려들고 있던 귀문의 살수들 역시 마찬가지였다.

비룡단 일행들은 이미 몇 차례나 포위망을 뚫고 탈출해 왔던 기억이 있었기 때문에 손발이 척척 들어맞았다. 화무인이 적들의 수장에게 말을 걸고 있는 사이 풍아가 장력으로 길을 뚫고 그 길을 준비된 순서로 빠져나가고… 모두 잠깐 사이에 오고 갔었던 눈빛으로만 결정된 것이었다.

그러나 비룡단 일행들은 객잔의 바깥에 수백 명의 검은 그림자들이 모여 있다는 것까지는 알지 못했다. 때문에 모용신지는 객잔의 바깥으로 뛰어나와서 주변을 새까맣게 둘러싸고 있는 귀문의 살수들을 보며 절망감을 느껴야 했다.

"크하하하! 내가 그렇게 허술하게 보이더냐!"

뱀 문신의 사내는 밖으로 나간 비룡단 일행들을 보며 소리쳤다.

"내가 말했었지. 이 일에 많은 인원을 동원했다고. 너희들은 빠져나갈 수 없어. 만약 저 여자를 내놓는다면 다른 사람들은 순순히 보내주도록 하지."

사내의 말에 마진이 화가 나서 말했다.

"저 자식을 그냥!"

마진이 막무가내로 객잔 안으로 달려 들어가려고 하자 풍아와 모용신지가 급히 그를 말렸다.

'이거… 힘들어지겠어.'

모용신지는 하늘을 올려다보았다.

후드득.

그쳤던 비가 다시 내리고 있었다.

*　　　　*　　　　*

두둑. 두두두둑.

들려져 있는 소운의 검 위로 빗방울이 떨어져 몇 조각으로 나뉘며 튕겨 올랐다. 소운은 비가 내리든 말든 좌우에 있는 적들을 향해 정신을 집중했다.

'풍진검법을 제대로 쓸 수 있을지 모르겠어. 팔 할의 내공이 있다고는 하지만 완전히 회복되지 않은 몸으로 그 내공들을 다 사용할 순 없으니까.'

소운은 적들의 실력을 가늠해 보았다. 몇 년 전에 보았었던 그 수준이라면 충분히 빠져나갈 수 있을 테지만 언뜻 느끼기에도 몇 년 전과는 달라 보였다. 그때는 상대방을 죽이겠다는 살기가 물씬 배어 있었는데 지금은 그들에게서 아무런 감정도 느낄 수가 없었다.

'부딪쳐 보자!'

소운은 땅을 한번 찍고 곧바로 검을 휘두르며 공격을 시작했다. 소운이 단 한 차례의 도약으로 코앞까지 다가오자 귀문의 살수는 옆으로 움직이며 그를 피했다. 그리고 그 빈자리를 바로 옆에 있던 살수가 채워 넣었다.

'진법? 많이 발전했군.'

몇 년 전에 소리세가에서 당했던 일 때문인지는 몰라도 소운을 상대하고 있는 귀문의 살수들은 철저히 같이 움직이는 진법을 구성하고 있었다. 진법은 소수가 다수를 상대할 때도 유용했지만 이렇게 다수가 소수를 상대할 때도 유용한 전법이었다. 여럿이 돌아가면서 한 사람을 상대해 힘을 빼놓는 방법은 차륜진으로 강호상에서 자주 애용되는 수법이었다.

처음에 귀문의 살수를 공격했던 소운의 검은 강한 회전 기류를 동반하고 있었다. 소운은 자신이 공격했던 자의 자리를 다른 자가 대치하자 그자에게 검에 맺혀 있는 바람을 쏘아 보냈다.

'어쨌든 한 번에 한 명씩 전력을 다하면 돼!'

이미 한 번 움직여서 옆으로 피할 시간이 부족한 귀문의 살수는 어쩔 수 없이 검을 들어 소운의 검을 막아야 했다.

휘이이이익!

"히아압!"

소운은 기합성을 질렀다.

투캉!

소운의 검을 막아낸 귀문의 살수는 그 검에 실려 있는 거센 바람을 막지 못하고 뒤로 밀려 나갔다. 소운은 그 상태로 몸을 뒤로 젖히며 검을 날카롭게 휘둘렀다. 소운의 검끝에서부터 공기를 가르는 날카로운 기운이 반대쪽에 위치해 있던 귀문의 살수를 향해 날아갔다.

파아앙!

바람의 칼날을 얻어맞은 귀문의 살수는 그대로 뒤쪽에 있는 숲에 날아가 처박혀 버렸다.

'일단은 두 명이야.'

귀문의 살수들은 잠시지만 주춤거렸다. 순식간에 동료 두 명이 쓰러져 버렸다. 그것도 단 일 격에 말이다. 어떤 상대라도 이 같은 일을 당한다면 당황하지 않을 수 없는 일이었다.

소운은 재차 검을 들어 올렸다.

'이번에는 매화난무(梅花亂舞)다!'

소운의 풍진검법의 원형은 고연진이 전해준 매화검법이었다. 그녀의 매화검법의 특징은 간결하고 부드러운 동작만으로 상대방을 제압하는 것이었다. 소운은 거기에 강력한 바람까지 동반한 풍진검법으로 이미 많은 고수들을 물리쳐 왔었다. 귀문의 살수들은 소운의 검이 일으키는 변화와 맞물려 거기에서 펼쳐지는 강력한 바람의 일격에 정신을 차리지 못했다. 소운이 공격을 한 번 할 때마다 반드시 한 명씩은 바닥에 쓰러지고 있었다.

그런데 이들은 놀라기는 했어도 물러섬은 없었다. 소운은 포위망이 느슨해지길 기다려 빠져나가려고 했으나 귀문의 살수들은 끈질기게 따라붙었다.

'이 상태론 안 되겠어. 한 번에 여러 명을 쓰러뜨린 후에 그곳으로 빠져나가야겠어.'

소운은 내공의 부담이 있겠지만 빨리 움직이려면 그 수밖에 없다고 생각했다.

'진기들아, 너희들의 힘을 좀 빌리자.'

소운은 검을 매서운 눈으로 정면에 서 있는 귀문의 살수들을 바라보았다. 귀문의 살수들은 소운이 공격을 해올 때만 반응할 뿐 일체 다른 움직임을 보이지 않고 있었다.

"비키지 않으면 후회할 거야!"

소운은 검을 머리 위로 들어서 허공을 향해 내리그었다.

스아악!

분명 아무것도 없는 곳을 베었는데 무언가 잘라지는 소리가 들려왔
다.

슈아아아앙!

소운의 검이 움직인 궤적을 따라 공기를 가르는 바람의 칼날이 생겨
났다. 지금까지 소운이 보여주었던 것과는 차원이 달라 보이는 바람의
움직임이었다. 방금 전에 들렸던 무언가를 잘라내는 소리는 공기 자체
를 베어버리는 소리였던 것이다. 베어진 공기의 틈에는 진공(眞空) 상
태의 균열이 생겨나 버렸다.

이 공기의 균열은 소운이 쏘아 보내고 있는 바람을 타고 그의 정면
에 서 있는 귀문의 살수들을 향해 날아들었다. 눈에 보이지 않을 정도
로 빠른 속도였기 때문에 귀문의 살수들은 검을 들어 방어하는 것밖에
는 할 수 있는 일이 없었다.

스악!

소운이 쏘아 보낸 이 공기의 칼날은 귀문의 살수들이 들고 있는 검
을 잘라내고 그 앞에 놓여진 모든 것을 깨끗하게 잘라 버렸다.

"크어억!"

"크윽!"

순식간에 두 명의 살수들이 피를 흘리며 쓰러졌다. 이들은 자신의
검이 잘라진 것도 느끼지 못한 채 바닥에 누웠다. 소운은 벌려진 틈을
놓치지 않고 선월신법을 펼쳐 달려나갔다.

'지금이라면 빠져나갈…….'

소운은 앞으로 달려나가다 말고 깜짝 놀랐다. 비어 있던 두 명의 틈
새를 어느샌가 다른 살수들이 채워 넣고 있었던 것이다.

'이럴 수가! 분명히 열 명 이상을 쓰러뜨렸는데… 왜 인원이 처음이

랑 변함이 없는 거지?'

소운은 곧 그 이유를 알 수 있었다. 처음에 쏘아 보냈던 바람의 칼날에 날아가 버린 살수가 아무 일도 없다는 듯이 숲 속에서 몸을 일으키고 있었던 것이다.

'이자들… 고통을 느끼지 못하는 거야?'

분명 뼈가 부러지고 깊은 상처를 입었을 터인데 다시 일어서고 있었다. 저것은 아무리 정신력이 강하다고 해도 불가능한 일이었다.

'모두에게 움직이지 못할 정도의 상처를 입혀야 한단 말인가?'

소운의 얼굴에서 땀이 흘러나왔다. 그러나 그 땀은 쏟아지는 비에 씻겨 내려가 흔적도 없이 사라져 버렸다. 그의 몸은 이미 축축하게 젖어 있었다.

'그래, 해보자. 팔 할의 내공뿐이지만 전력을 다해보자. 지금은 내 몸보다 쌍아의 안위가 먼저야.'

소운은 갑자기 공중으로 몸을 솟구쳤다.

"풍진검법이다! 실컷들 감상하라구!"

소운이 공중에서부터 바닥에 착지하며 검법을 펼치기 시작했다. 그가 현재 지니고 있는 모든 내공을 사용한 풍진검법이었다.

슈앙! 슈아앙! 카강!

소운이 검을 휘두를 때마다 그의 검에서 막강한 바람이 뿜어져 나왔다. 그리고 그 바람은 그의 발 아래 있는 귀문의 살수들을 사납게 몰아치기 시작했다. 소운의 검에서는 갖가지 형태의 바람이 쉴 새 없이 뿜어져 나왔다. 귀문의 살수들은 소운이 공격을 해올 때만 반응을 했기에 대책없이 소운의 공격을 받아야 했다.

'일 초… 이 초… 삼 초……'

매화검법은 모두 십이 초로 이루어져 있었다. 때문에 풍진검법 역시도 십이 초였다. 소운은 마음속으로 숫자를 헤아리며 마지막 십이 초를 펼쳤다.

"이것이 마지막이다!"

소운의 몸이 빙글 돌았다. 그리고 그의 검이 강한 기세로 회전하기 시작했다.

"매화회선(梅花回旋)!"

회오리바람이 소운의 손끝에서부터 펼쳐져 나왔다. 그리고 귀문의 살수들이 서 있던 곳까지 날아가면서 거대한 회오리바람으로 변했다.

"크아아아앗!"

소운은 기합성을 내질렀다.

콰과과과과!

소운이 펼친 매화회선은 대부분의 살수들을 휘말려 오르게 했다.

"하아, 하아, 하아……."

소운은 주변을 돌아보았다. 소운의 공격을 받은 귀문의 살수들은 모조리 바닥에 누워 있었다.

"끝난 건가?"

소운은 갑자기 가슴을 움켜쥐었다.

'으윽… 무리는 무리였군…….'

소운은 검을 다시 허리춤에 갈무리했다.

탁탁탁탁.

소운의 귓가에 누군가 뛰어오는 소리가 들려왔다.

"소운 형!"

그리고 소운을 부르고 있는 이 목소리는 그가 이미 알고 있는 목소리였다.

"금초야, 네가 어찌 이곳에……."

금초는 전력을 다해 뛰어왔던지 얼굴이 상기되어 있었다.

"쌍아가 있는 방의 창문은 활짝 열려져 있고, 소운 형과 쌍아는 온데 간데없고… 이 아이가 날 깨워서 이곳으로 안내해 주었어."

금초는 턱 끝으로 자신의 등 쪽을 가리켰다. 금초의 어깨에는 자그마한 손 두 개가 그의 옷깃을 꽉 잡고 있었다.

"안녕, 아저씨."

"혜아야!"

소운은 금초의 어깨 위로 얼굴을 내민 당혜를 바라보며 놀라움을 금치 못했다.

"무슨 일이야, 소운 형! 쌍아는 어디 있어?"

"쌍아가 납치되었어."

"뭐라구?"

금초는 소운의 말을 도저히 믿을 수가 없었다. 쌍아를 납치하다니… 간이 배 밖으로 튀어나오지 않고서는 감히 그런 짓을 할 자가 누구란 말인가?

"이럴 때가 아니야. 난 그자들을 뒤쫓아야 해. 금초야, 넌 어서 돌아가서 당문 사람들에게 알려줘. 아무리 봐도 당문 내부 사람의 소행인 것 같아."

소운이 말하자 금초가 고개를 끄덕였다.

"부탁해."

소운은 급하게 움직였다.

금초는 소운의 신형이 눈 깜짝할 사이에 사라지는 것을 보고 그나마 안심했다.

'소운 형이 뒤쫓는다면 쌍아가 무사할 거야.'

"이봐."

금초의 뒤에 업혀 있는 당혜가 그의 어깨를 콕콕 찔렀다.

"왜 그러니, 꼬마야?"

"저 사람들 일어나고 있어."

금초는 쓰러져 있는 귀문의 살수들이 다시 몸을 일으키는 것을 보고 깜짝 놀랐다.

"뭐야! 빨리 돌아가야겠다."

금초의 귓가로 당혜의 목소리가 들려왔다.

"바보, 이미 포위되어 버렸잖아."

금초는 십여 명의 살수들이 자신의 주변을 포위하는 것을 보고 말했다.

"걱정하지 마, 꼬마야. 내가 지켜줄 테니까."

금초가 이렇게 말하자 당혜는 냉담한 어투로 대꾸했다.

"난 내가 지킬 테니 자신의 몸은 알아서 지켜."

당혜는 금초의 등에서 내려와 그와 등을—정확히는 금초의 다리—맞대고 살수들과 마주 섰다. 당혜의 작은 손에는 시퍼런 빛이 번들거리는 은침이 쥐어져 있었다.

당혜는 중얼거렸다.

"당문 사람들은 손이 매워, 아저씨들."

*     *     *

모용신지는 쓰러져도 쓰러져도 다시 일어서는 귀문의 살수들을 바라보면서 무척이나 놀라고 있었다. 아무리 강한 무공을 사용해도, 팔이 하나 떨어져 나가도 그들은 아무렇지도 않은 듯 공격을 해왔다. 적어도 숨통을 확실하게 끊어놓지 않는 한 귀문의 살수들은 움직임을 멈추지 않았다. 그는 가장 앞에 서서 적들을 상대하고 있는 풍아와 고연진을 보며 생각했다.

'그나마 저 둘이 있었기 때문에 이렇게까지 버틸 수 있었어.'

모용신지의 생각처럼 풍아와 고연진이 보여주고 있는 무위는 상상을 초월했다. 지난 이 년 간이 그저 허송세월로 보낸 것이 아니라는 것을 반증하듯 마도련을 상대할 때보다 한층 강해진 무공을 펼치고 있었다.

고연진의 검세는 더욱 부드러워졌지만 그 안에 담겨져 있는 변화는 틈 하나 없이 날카로웠다. 대여섯 명의 적들이 한꺼번에 달려들고 있는데도 고연진은 눈 하나 깜박하지 않고 그들을 상대하고 있었다. 그리고 모용신지의 기억이 정확하다면 고연진은 아직 실력의 반도 보여주지 않고 있는 것이었다. 고연진에게는 제이의 검인 환검이 있었다. 그녀는 아직 그 검을 펼치지도 않고 있는 것이다.

모용신지는 고연진이야 워낙 강한 것을 알았기에 그다지 놀라지는 않았지만 풍아의 실력을 보고서는 감탄을 금치 못했다. 풍아는 예전처럼 장력만을 가지고 승부하지 않았다. 정확하게 상대의 품을 파고드는 움직임과 빠른 손놀림으로 권과 장을 한꺼번에 사용하고 있었다. 이것은 흡사 쌍아가 보여주웠던 절묘한 공격법과 비슷한 것이었다. 게다가 풍아의 손에서 나오고 있는 장력은 예전의 열화와 같았던 장력이 아니었다. 모든 것을 일순간에 얼려 버리는 엄청난 한기를 동반한 장력인 것이다. 같은 연환장을 펼치더라도 풍아의 손에서 펼쳐지는 것은 한기를 품고 있는 연환빙장(連環氷掌)이었다.

'모두들… 많이 진보했구나.'

모용신지는 적들의 끝이 보이지 않는 암울한 상황이었지만 저 둘이 있었기에 그다지 절망적인 생각은 들지 않았다.

놀라고 있는 것은 모용신지뿐만이 아니었다. 귀문의 살수들을 진두지휘하고 있는 뱀 문신의 사내는 경악을 금치 못하고 있었다.

'이게 무슨 일인가? 겨우 여섯 명밖에 되지 않는 자들을 수백 명이 몰아붙이고 있는데 부상자가 늘어가는 것은 오히려 우리 쪽이지 않는가!'

뱀 문신의 사내는 상대들이 실력이 있다는 것은 알았지만 이 정도일 줄은 몰랐다. 사내가 보기에 저들은 전부 머리에 피도 마르지 않은 젊은 사람들이었다. 환갑이 넘은 고수가 반로환동해서 젊어 보이는 것도 아닐진대 저들이 보여주고 있는 무공은 저 나이 대의 젊은이들이 펼치는 것이라고 도저히 생각할 수 없을 정도로 강력했다.

"소교주님이 귀문 놈들을 모조리 끌어들인 이유가 있었군."

뱀 문신의 사내는 비룡단원들에게 공격을 시도하고 있는 귀문의 살수들을 독촉했다.

"더 달라붙어! 저놈들이 지칠 때까지 공격하란 말이야!"

비룡단원들은 상처를 입진 않았지만 조금씩 힘이 빠져 가고 있었다.

모용수린은 혼전의 와중에 고연진에게 달려가 말했다.

"고 소저, 저쪽 방향에서 포위해 오고 있는 적들의 포위망을 얇게 할 수 있나요?"

모용수린이 가리키고 있는 방향을 쳐다본 고연진은 아무 대답 없이 고개를 끄덕였다.

"좋아요. 그럼 제가 신호하면 공격해 주세요… 까악!"

고연진은 모용수린의 왼쪽 어깨 쪽으로 검을 찔러 들어갔다. 모용수린은 그것을 보고 비명을 질렀다.

풀썩.

모용수린의 등 뒤에서 공격을 해오고 있던 귀문의 살수가 목 부분을 얻어맞고 바닥에 쓰러졌다. 그것을 본 모용수린이 더듬거리며 말했다.

"아… 고… 고마워요."

고연진은 아무 말 없이 다가오는 적들을 상대했다. 모용수린은 그런 고연진의 모습을 보며 생각했다.

'그녀는 차갑기만 한 사람은 아닌 것 같아.'

"수린아, 뭐 하는 거야! 어서 물러서!"

모용신지의 고함 소리가 모용수린이 귓가에 울렸다.

"아앗! 또……."

모용수린은 이번에는 당하지 않겠다는 듯이 몸을 돌리며 손에 들려진 작은 단검을 휘둘렀다.

비룡단원들이 이렇게 고군분투하고 있을 무렵 그들이 싸우고 있는 객잔이 위치한 곳과는 조금 떨어진 숲 속에서 네 개의 말이 끄는 마차가 느린 속도로 움직이고 있었다.

'휴우… 어쨌든 저 속을 뚫고 들어가야 해.'

말을 움직이고 있던 마부는 고삐를 바로잡았다.

히히히힝!

"달려!"

모용수린은 혼전의 와중에서도 귀를 기울이고 있었다. 그러다가 말

울음소리를 듣게 되었다.

'지금이야!'

"고 소저, 지금이에요!"

고연진은 모용수린의 말을 듣고서 두 손으로 쥐고 있던 월광검을 오른손으로 바꿔 쥐었다. 그리고 나머지 왼쪽 손을 들어 방금 전 모용수린이 가리켰던 방향을 향해 뻗었다. 고연진의 왼쪽 손은 주먹을 쥔 상태에서 검지와 중지가 곧게 펴진 모양이었다.

'가라!'

슈아아앙!

고연진의 월광검에서 두 자 이상이 되는 검기가 솟아 나왔다. 청광을 가득 담고 있는 환검이었다. 고연진은 한쪽 손으로 다가오는 적들을 막아내며 다른 쪽 손으로 환검을 조종했다.

모용신지는 그것을 보며 생각했다.

'바로 저거야! 고 소저의 진정한 무공……'

고연진의 환검은 유연한 곡선을 그리며 살수들 틈으로 날아갔다.

"크아앗! 저건 또 뭐야!"

뱀 문신의 사내는 환검을 보고 깜짝 놀라다 못해 쓰러질 뻔했다.

'검강인가? 아니야… 이기어검?'

고연진의 환검은 귀문의 살수들 틈을 헤집고 다니며 조밀하게 모여 있던 그들의 틈을 벌려놓았다. 모용수린은 그것을 보고 환호했다.

'됐어! 역시 고 소저야!'

히히히히힝! 다그닥! 다그닥!

고연진이 벌려놓은 틈으로 사두마차가 돌진해 들어왔다. 이 마차는 혼전이 벌어지고 있는 사람들 틈을 귀신같이 빠져나와 비룡단원들이 있는 곳까지 다가왔다.

"도련니임! 아가씨!"

풍아는 마차를 몰고 있는 사람의 얼굴을 알고 있었다. 바로 모용수린과 함께 나타났었던 영아라는 사람이었다.

모용수린이 소리쳤다.

"영아, 이쪽이야!"

사두마차는 요리조리 사람들을 피해 모용수린의 앞까지 다가왔다. 모용수린은 마차를 몰고 있는 마부에게 외쳤다.

"속도를 줄이지 마!"

모용수린이 고개를 돌려 일행들에게 말했다.

"어서 올라타요!"

비룡단 일행들은 달려오고 있는 마차를 향해 몸을 날렸다. 고연진은 마차를 보며 생각했다.

'모용 소저의 부탁이 이것 때문이었나?

고연진은 마지막으로 다가오는 적들을 향해 날카로운 일격을 퍼부은 후에 마차 위에 올라탔다.

비룡단 일행들 여섯이 모두 마차 위에 올라타자 뱀 문신의 사내가 노기충천해 소리쳤다.

"어서 저 마차를 막아라! 말들의 다리를 잘라!"

마차는 무서운 속도로 움직이고 있었다. 때문에 돌진해 오고 있는 마차를 향해서 검을 들이대기란 무척이나 힘든 일이었다. 게다가 말들을 노리고 검을 던지면 어디에선가 나타난 시퍼런 검날이 모조리 그것들을 쳐내었다. 몸으로 길을 막아도 풍아가 쏘아 보낸 장력 때문에 비켜설 수밖에 없었다. 마차는 검은 살수들의 틈을 벗어나 사라져 가기 시작했다.

"이럴 수가······!"

뱀 문신을 한 사내는 자신의 눈을 믿을 수가 없었다. 수백 명이 둘러싸고 있었는데도 놓쳐 버린 것이다.

"아직 늦지 않았다. 저 마차 바퀴 자국을 뒤따라가!"

비가 내리고 있다고 해도 일곱 명이나 올라탄 사두마차는 길바닥에 선명한 자국을 남기고 있었다.

*　　　　*　　　　*

소운은 평원 지대를 지나 산길을 달리고 있었다.

'마기가 이쪽에서 느껴지고 있어.'

소운의 얼굴은 상당히 굳어져 있었다.

'혹시 쌍아에게 무슨 일이라도 일어났으면 어쩌지?'

소운은 걱정이 되기 시작했다. 그는 아까 전에 자신의 방에서 화를 내며 나갔던 쌍아의 모습을 떠올렸다.

'쌍아야, 제발 무사해라. 내가 무슨 일이 있어도 구해줄 테니까.'

소운은 부디 아무 일 없기를 바랬다.

산길을 지나서 아무런 인가도 보이지 않는 숲을 달리고 나니 소운의 눈앞에 홍등이 켜져 있는 붉은 도시의 전경이 눈앞에 들어왔다.

'성도로 도망을 쳤구나.'

소운의 눈앞에 있는 도시는 사천성의 중심인 성도였다. 소운은 지체 없이 성도를 향해 신법을 펼쳤다.

두두두두——

성도 쪽을 향해 달려가고 있던 소운의 귓가에 지축을 울리는 굉음이 들려왔다. 소운은 빗속을 빠르게 질주하고 있던 터라 시야를 방해받아서 앞쪽에서 사두마차가 무서운 속도로 달려오고 있음을 발견하지 못했다. 단지 소리로만 무언가가 다가오고 있다는 것을 느낄 뿐이었다. 그는 마기를 느껴서 쌍아를 찾는 것에만 집중하고 있었기 때문에 앞에서 다가오는 것이 무엇이든 간에 상관없었다.

"앞에 누군가 있어요!"

고연진이 안색이 변해 소리쳤다. 그녀는 정면에서 극한의 속도로 달려오고 있는 사람을 바라보며 무척이나 놀랐다.

'적인가? 저 정도의 고수가 남아 있었다니… 큰일이야!'

풍아가 말했다.

"어디? 어느 쪽에 있어요, 고 소저?"

고연진은 항상 고속으로 움직이는 검을 상대로 수련해 오고 있었기에 눈이 그만큼 훈련되어 있었다. 그래서 맞은편에서 누군가 다가오고 있다는 것을 쉽사리 알아챌 수 있었다. 하지만 풍아는 다가오는 사람을 쉽사리 발견할 수가 없었다.

풍아는 한참 동안이나 전방을 응시했다.

"아앗… 진짜네!"

풍아가 놀라서 소리쳤다.

모용수린이 말을 몰고 있는 마부에게 말했다.

"영아, 저자가 공격을 해오면 방향을 틀어! 알았지?"

"네, 아가씨!"

풍아는 두 손에 장력을 모았다.

"오기 전에 선제공격이닷!"

풍아의 두 손에서 장력이 뿜어져 나갔다. 그가 알고 있는 가장 강력한 장력인 용화장이었는데, 왼팔에 차고 있는 빙룡환에 의해 용화장이 빙룡화장(氷龍火掌)으로 변해 있었다.

사아아아악!

소운은 마기에만 집중하며 달리고 있다가 깜짝 놀랐다. 강력한 기의 움직임이 느껴진 것이다. 소운은 속력을 줄이며 자신에게 날아오고 있는 무언가를 바라보았다.

"우아앗!"

소운은 기겁했다. 차가운 한기를 내뿜고 있는 빙룡이 자신을 향해 날아들고 있었다.

"뭐야, 이건!"

소운은 그 장력이 맨몸으로 맞을 만한 성질의 것이 아니었기 때문에 허리에서 급히 영검을 꺼내 들었다.

'이제 쓸 수 있는 내공이 얼마 남지 않았는데!'

소운은 어쩔 수 없이 검에 진기를 집중시켰다. 순간 그의 검에서 광풍이 일며 다가오는 장력과 마주쳐 갔다.

쿠아아아앙!

"으읏……!"

소운은 인상을 찌푸렸다. 온몸에 한기가 불어닥치고 있었다.

"이크!"

풍아는 자신이 쏘아 보낸 장력을 상대가 손쉽게 막아내자 놀라지 않을 수 없었다. 그는 직감적으로 상대가 대단한 고수라는 것을 알아챘다.

"방향을 틀어!"

　모용수린이 상대가 풍아의 장력을 막아내는 것을 보고 소리쳤다. 마부는 그 소리를 듣고 왼쪽 두 마리 말의 고삐를 뒤로 당기며 외쳤다.
　"모두 조심해요!"
　급하게 마차를 트느라 균형이 전부 오른쪽으로 쏠렸다. 자칫하면 마차가 전복될지도 모르는 순간이었다. 모용신지는 그것을 느끼고 마차의 왼쪽으로 다가가 천근추의 수법을 썼다.
　쿠궁.
　마차가 들썩이더니 곧 안정을 찾았다.
　소운은 자신을 공격했던 상대가 갑자기 오른쪽의 평원으로 도망치는 것을 보고 생각했다.
　'혹시 그놈들인가?
　소운은 절정의 선월신법을 펼쳐 마차를 뒤따랐다.
　"아앗! 고 소저, 그놈이 뒤따라오고 있어요!"
　마차가 흔들리는 통에 뒤쪽으로 밀려나 있던 풍아가 급히 소리쳤다. 모용수린이 그런 풍아에게 말했다.
　"한 번 더 장력을 쏘아 보내요!"
　모용수린의 말에 풍아는 자세를 바로잡았다.
　"잠깐만요."
　막 장력을 쏘아 보내려는 풍아를 고연진이 막아 세웠다.
　"제가 해보겠어요."
　고연진은 월광검을 뽑아 들었다. 월광검은 달빛이 없어서 환하게 빛이 났다. 월광검이 빛나는 가운데 그녀의 앞으로 또 하나의 칼날이 나타났다. 시퍼런 빛을 지니고 있는 그녀의 환검이었다. 그녀는 그 검을 그대로 달려오고 있는 자에게 쏘아 보냈다.

소운은 마차를 뒤쫓다가 갑자기 무서운 기세를 지니고 있는 검날이 자신을 향해 날아들자 당황하며 검을 쳐냈다.

"이건 또 뭐야… 암기인가?"

그러나 소운에게 날아든 것은 그의 생각처럼 암기가 아니었다. 그가 한번 쳐내자 곧바로 방향을 바꾸어 다른 곳을 공격해 들어오는 것이다. 그것도 일정한 초식을 펼치면서 말이다.

'어라? 이 검법은?'

소운은 그 공중에 떠서 공격해 오고 있는 검날을 막아내며 마차 위를 올라다보았다. 비 때문에 자세히 확인할 수는 없었지만 환한 빛을 뿌리는 검을 들고 서 있는 여인이 보였다.

'아아… 저 검은……!'

캄캄한 밤에도 밝은 빛을 뿌리는 검, 저 검은 월광검이었다. 그리고 그 검을 지니고 있는 여인은 소운이 너무도 잘 알고 있는 사람, 고연진이었다.

고연진은 환검을 상대하고 있는 사람을 보며 이상한 느낌이 들었다.

'뭐지, 저 사람? 살기가 느껴지지 않아. 우릴 공격하겠다는 의지도 없어 보여.'

고연진은 환검을 움직여서 상대방의 뒤를 노렸다. 그런데 상대방은 방어할 생각은 않고 자신의 검을 도로 허리 쪽에 갈무리하는 것이 아닌가? 고연진은 갈등에 휩싸였다.

'무슨 짓이지? 왜 검을 거둔 거야?'

고연진은 막 상대방의 목 부근을 관통하려던 환검을 거두어들였다. 그녀가 검을 거두어들이자 달려오고 있던 상대의 입가에 언뜻 미소가 스치고 지나갔다.

“아아…….”

고연진은 그제야 마차를 따라오고 있는 사람의 얼굴을 확인할 수가 있었다. 그녀는 그 즉시 소리쳤다.

“마차를 세워요!”

고연진의 음성에 마차 위에 서 있던 일행들은 당황했다. 모용수린은 고연진에게 물었다.

“왜 그래요, 고 소저?”

고연진은 그녀답지 않게 조금은 들뜬 음성으로 답했다.

“우릴 따라오고 있는 사람은… 소운이에요.”

“네에?!”

고연진의 말에 마차 위에 서 있던 일행들 모두가 너무도 놀랐다. 마진은 마부석으로 달려가 말했다.

“이봐, 어서 마차를 세우라고!”

마부는 마진을 보며 난처한 표정을 지었다.

“아… 그렇지만…….”

“영아, 마차를 세워.”

“네, 아가씨.”

모용수린이 말하자 마차는 단번에 멈추어 섰다. 마진은 마차가 멈추어 서자 마부를 잠시 째려보았다.

소운은 달리던 마차가 멈추어 서자 얼른 달려갔다. 마차에서는 그가 이미 알고 있던 친숙한 얼굴들이 한두 명씩 뛰어내리기 시작했다.

“소운아!”

“소운 형!”

마진과 풍아가 소운을 보며 소리쳤다. 마진과 풍아는 고연진이 마차를 세우라고 소리칠 때만 해도 반신반의했었지만 이렇게 직접 소운의 얼굴을 확인하자 확실히 실감할 수 있었다. 눈앞에 있는 사람은 이 년 전에 아쉽게 헤어졌었던 소운인 것이다.

"아하… 마진 형, 풍아야!"

소운은 몸을 날려오는 그 둘을 바라보며 얼굴 한가득 미소를 지었다. 소운은 풍아의 어깨를 치며 말했다.

"이 녀석, 아까는 정말 얼어 죽을 뻔했었다고."

풍아는 소운의 말에 고개를 숙이며 미안한 표정을 지었다.

마차에서 뛰어내린 사람 중에는 이렇게 소운의 곁으로 다가오는 사람이 있는 반면에 멀찌감치 물러서서 지켜보는 사람들도 있었다. 바로 고연진과 모용수린이었다.

모용수린은 그렇게 만나고 싶었던 소운을 보게 되자 감격에 젖었다. 그녀는 아직도 대막에서 자신을 지켜주었던 소운의 모습을 잊지 않고 있었다. 고연진은 소운을 보며 아무런 말도 하지 않았다.

소운은 마진과 풍아와 반가움을 나누다가 고연진과 눈이 마주쳤다.

"잠깐만."

소운은 고연진에게 달려갔다. 그는 고연진이 무표정한 얼굴로 자신을 쳐다보고 있자 그럴 줄 알았다는 듯이 미소를 지으며 말했다.

"저는 확신했어요. 제가 검을 거두었을 때 연진 소저가 공격하지 않으리란 것을요. 어때요? 제 예상이 틀리지 않았죠?"

고연진은 소운을 보며 눈빛이 흔들렸다.

'당신은… 언제나 똑같은 웃음을 짓고 있군요……'

소운의 곁으로 모용수린이 다가왔다.

"어이, 낭군님, 잘 있으셨나요?"

소운은 모용수린의 말을 듣고 흠칫 놀랐다.

"모용… 소저……."

모용수린은 고연진과 소운 사이의 분위기가 심상치 않은 것을 보고 무언가 한마디를 꺼내려고 했다. 그런데 갑자기 소운이 소리쳤다.

"아앗! 맞아! 이러고 있을 때가 아니야! 쌍아가 위험해요!"

풍아가 다가오며 물었다.

"왜? 소운 형, 누나에게 무슨 문제라도 있어?"

"쌍아가 귀문과 한통속인 놈에게 납치되었어."

"뭐라고?"

소운이 던진 말은 일행에게는 큰 충격이었다. 그들은 방금 전까지 귀문의 살수들 틈에서 싸우고 있지 않았던가? 풍아는 특히 놀라며 소운에게 물었다.

"언제? 어떻게 잡혀간 거야?"

"자세하게는 말하기 힘들고… 쌍아와는 형산 쪽에서 만났는데 이번에 무언가 알아볼 일이 있어서 당문에 들렀거든. 그런데 당문에서 복면을 쓰고 있는 어떤 자가 쌍아의 방에 침입해서 이상한 연기를 뿌리고 그녀를 납치해 갔어."

소운의 말을 듣자마자 마진이 소리쳤다.

"그놈이다!"

소운이 물었다.

"그놈이라니?"

"우리도 당문에 묵었었는데 어떤 놈이 고 소저를 범하려고 침입했었거든."

소운은 가슴이 덜컥 내려앉았다.

"뭐어?!"

모용신지가 마차의 지붕 위에서 바닥으로 내려오며 말했다.

"다행히 우리가 알아채서 위험은 모면했어."

"신지야."

모용수린이 말했다.

"그러면 이러고 있을 때가 아니군요. 쌍아 소저는 지금 어디에 있는 거죠?"

소운은 성도 쪽을 가리켰다.

"저 안에 있어요."

"큰일이군요. 우리도 귀문의 살수들에게 쫓기고 있는 중이었는데……."

모용수린의 이 말에 이번에는 소운이 크게 놀랐다.

"귀문 놈들에게 쫓기고 있었단 말입니까? 이럴 수가… 그자들이 무슨 이유 때문에……."

"아마도 지금이면 마차 자국을 따라 이 근처까지 따라붙었을 거예요."

소운은 생각했다.

'정말 큰일이구나. 쌍아의 행방이 불분명한 지금에……'

모용수린은 잠시 생각하더니 말했다.

"이 많은 인원이 다시 성도성으로 돌아가기는 무리가 있어요. 성도성 쪽에는 지금 귀문의 살수들이 쫙 깔려 있을 테니까요. 대신에 소 공자와 고 소저께서 성도성으로 들어가 쌍아 소저를 구출해 내세요. 두 분의 실력이라면 충분히 살수들을 뚫고 나올 수 있을 거예요. 그리고 그때까지 우리들은 이곳을 지키고 있겠습니다."

모용수린의 말에 비룡단 일행과 소운은 잠시 침묵했다.

"생각할 시간이 없어요. 어서 움직이세요! 지금은 시간이 가장 중요하다구요!"

모용수린이 소리치자 일행들은 움직이기 시작했다.

소운이 고연진에게 말했다.

"쌍아를 구출하는 게 우선이니까."

소운은 고연진에게 손을 내밀었다. 고연진은 아무 말 없이 소운의 손을 잡았다. 소운은 일행들에게 소리쳤다.

"그럼, 부탁할게!"

소운과 고연진의 신형이 바람처럼 일행의 시야에서 사라졌다. 모용수린은 소운의 뒷모습을 바라보고 있다가 일행들에게 소리쳤다.

"지금부터 제가 하는 말 잘 들어요. 영아! 너는 마차를 가지고 저 숲 속에 숨어 있어. 조금 있다가 신호하면 언제든지 출발할 수 있도록 대기해. 지금 상황에서는 마차가 가장 중요하니까. 그리고 나머지는 숲을 등지고 사방진(四方陣)을 구성합니다. 신지 오라버니는 한 공자와 함께 전방을 맡으세요. 그쪽에서 최대한 시간을 끌어야 나머지가 편하니까. 화 공자와 마 공자는 양 옆에서 적들이 포위하지 못하게 공격을 하세요. 이러한 진을 구성하는 이유는 포위되었을 때 몸을 빼기도 쉽고 적들의 공격도 수월하게 막기 위함입니다."

화무인은 순간적으로 이런 것에까지 생각이 미친 모용수린의 기지에 감탄하지 않을 수 없었다. 모용신지는 어릴 적부터 많이 보아왔지만 확실히 모용수린의 머리는 다른 사람이 따라올 수 없다고 생각했다.

이들 일행이 숲 가까이에 진을 구성하고 있을 때 멀리서 검은 옷을 입은 살수들이 구름처럼 몰려오기 시작했다.

마진이 소리쳤다.

"드디어 왔군!"

화무인이 그런 마진에게 말했다.

"이미 알고 있으니 그렇게 소리칠 필요 없다."

"뭐라고?"

"네 쪽, 뚫리지 않도록 조심해라."

"흥, 너나 조심하시지!"

＊　　　＊　　　＊

당호는 한 허름한 객잔의 창문으로 들어가 비어 있는 방을 찾아 들어갔다. 그리고는 어깨에 메어져 있는 쌍아의 몸을 침상 위에 눕혔다.

"후후후, 이 정도면 절대 그놈들이 찾을 수 없겠지. 그나저나 독사, 이놈은 잘하고 있으려나? 오늘은 붉은 머리의 미녀를, 내일은 얼음장 같이 차가운 미녀를 안는 것이다. 하하하하!"

당호는 무엇이 그렇게 즐거운지 크게 소리 내어 웃었다. 그는 상기된 눈빛으로 잠들어 있는 쌍아를 바라보았다.

"그 약효라면 내일 아침까지는 절대 깨어나지 않을 것이야. 후후후."

당호의 손이 쌍아의 고운 뺨을 쓰다듬었다. 잠들어 있는 쌍아는 그것이 간지러운지 어깨를 움츠렸다. 당호는 그런 쌍아의 얼굴을 넋이 나간 표정으로 바라보았다.

"아름다워… 정말 매력적이야……."

당호는 이런 여자를 안을 수 있는 자신이 정말 행운아라고 생각했다.

'후후, 당가에 숨어들길 정말 잘했어.'

*          *          *

"이곳인 것 같아요."

소운은 이미 문을 닫고 불이 꺼져 있는 허름한 객잔을 가리켰다. 고연진은 소운에게 물었다.

"이 넓은 마을에서 쌍아 동생이 있는 곳을 어떻게 그렇게 잘 알 수 있는 거죠?"

소운은 곤란한 듯한 표정을 지었다.

"그건… 이야기가 좀 길어요. 일단은 쌍아를 구출하고 난 뒤에 말해 줄게요."

고연진은 대답이 없었다. 소운은 마기를 느끼고 찾아왔다는 말을 하려면 지난 이 년 동안의 일과 마인들에 대한 이야기를 꺼내야 하기 때문에 말할 수 없다고 한 것이었다. 그러나 그녀는 그렇게 받아들이지 않는 것 같았다. 그는 그런 그녀를 보면서도 지금은 아무런 말도 해줄 수가 없었다.

소운과 고연진은 객잔의 문이 닫혀 있어서 이층 창문으로 들어가는 길을 택했다. 소운이 먼저 뛰어 올라가 안의 상황을 살핀 뒤에 고연진에게 손짓했다. 소운이 창밖으로 손을 내밀었으나 고연진은 그의 도움을 받지 않고 혼자서 창문으로 올라왔다. 소운은 내밀었던 손이 머쓱해져서 얼른 거두어들였다. 이들은 객잔의 이층 복도 창문을 열고 들어갔다. 이층 복도에는 줄잡아 십여 개나 되는 방들이 쭈욱 늘어서 있었다.

“이 근방인 것 같은데 확실치는 않아요.”

소운은 마기를 느끼기 위해 진기를 끌어올렸다. 그러나 느껴지던 마기가 점점 희미해지더니 이내 사라져 버렸다.

‘큰일이야. 어디 있는 거지?’

고연진이 바닥을 가리켰다.

“물기가 저쪽 방으로 이어져 있군요.”

소운은 그 말을 듣고 소리쳤다.

“맞다! 비가 오고 있었지!”

고연진은 소운의 입을 막았다.

“쉬잇! 상대방이 도망치면 어쩌려고 그래요?”

소운은 고연진의 손이 자신의 입에 닿자 얼굴을 붉혔다.

“미, 미안해요.”

고연진은 자신의 손이 소운의 얼굴에 닿아 있는 것을 깨닫고 화들짝 놀라 물러섰다. 소운은 정신을 차리고 물기가 이어져 있는 방문으로 다가갔다.

벌컥!

“거기 멈춰!”

소운이 문을 박차고 들어갔다. 방 안에 있는 침상 위에선 끈적한 신음 소리와 함께 한 남자와 한 여인이 뒹굴고 있었다.

“까아악!”

“뭐, 뭐야, 임마!”

소운은 비명을 지르고 있는 여인이 쌍아가 아니라는 것을 알고는 후닥닥 달려나왔다. 그는 급히 방문을 닫으며 말했다.

“고 소저… 여기가 아닌가 봐요…….”

소운은 생전 처음 보는 광경에 다리가 후들거리도록 놀라고 있었다. 그가 이렇게 문을 닫고 나왔을 때 그가 들어갔던 방 바로 옆방에서 강렬한 폭발음이 터져 나왔다.

쿠아아아앙!

소운은 옆방의 문짝이 날아가며 화광이 뿜어져 나오는 것을 보고 급히 고연진을 감싸 안았다. 고연진은 당황했지만 소운을 밀어내지는 않았다.

"뭐야, 이 자식! 감히 어딜 들어와서 간지럽히는 거야!"

이 목소리는 소운과 고연진이 익히 알고 있는 목소리였다. 바로 쌍아의 음성이었다. 소운이 황당한 눈을 하고서 방 안에서 뿜어져 나온 이글거리는 화염을 바라보고 있을 때 복도로 반쯤 타 들어간 검은 옷을 입은 사내가 모습을 드러냈다.

"젠장할!"

사내는 이 말을 남기고 소운이 타 넘어 들어왔던 창문으로 몸을 날렸다. 고연진은 화광이 이글거리던 방에서 뛰쳐나온 사내의 얼굴을 보더니 봉목을 부릅떴다.

"아… 저 사람은……!"

소운은 즉시 검은 옷의 사내가 튀어나왔던 방으로 들어갔다. 방 안에는 두 손을 모으고 장력을 펼칠 준비를 하고 있는 쌍아가 씩씩대며 서 있었다.

"쌍아야……."

"소 오빠!"

쌍아는 소운을 보더니 눈물을 글썽였다. 소운은 쌍아에게 다가가 어디 다친 곳은 없는지 확인해 보았다. 쌍아는 소운에게 쓰러질 듯 기대며 말했다.

"내가 얼마나 무서웠는지 알아? 일어나 보니 이상한 곳에 와 있고, 생전 처음 보는 남자가 내 뺨을 건드리고 있고… 얼마나… 놀랐다고……."

쌍아는 소운에게 기댄 그 상태로 잠이 들어버렸다. 그녀는 미혼향을 흡입했으나 억지로 잠에서 깨어난 것이었다. 쌍아는 눈앞에 나타난 사람이 소운인 것을 확인하자 마음이 놓였다. 때문에 긴장돼 있던 마음이 풀려 버려 바로 잠이 들어버린 것이다.

소운은 생각했다.

'뺨을 건드렸다고 온 방 안이 타 들어갈 정도의 장력을 쏘아댄다면, 머리를 쓰다듬은 적도 있고 이렇게 안고 있기까지 한 나는……?

소운은 이마에 식은땀이 흘러내리는 것 같았다. 고연진이 소운에게 다가와 물었다.

"쌍아 동생은 괜찮은 건가요?"

"네, 괜찮아요. 이렇게 잠이 들어버렸지만."

고연진은 쌍아의 머리카락이 붉은 것을 보며 눈가에 이채를 띠었다.

"쌍아 동생도 많이 자랐군요."

"네, 처음엔 저도 몰라봤어요."

소운은 말했다.

"쌍아를 무사히 구해냈으니 어서 가죠."

소운은 쌍아를 두 팔로 안아 들었다. 고연진은 고개를 끄덕였다.

소운과 고연진은 객잔 밖으로 나와서 무척 놀라고 있었다. 모용수린의 예상처럼 귀문의 살수들이 온 사방에 쫙 깔려 있었던 것이다. 고연진은 앞을 가로막는 살수들에게 무조건 날카로운 검기로 대항했다. 그

들은 모용수린 등이 있는 곳까지 가장 빠른 길을 택해 움직이기 시작
했다. 귀문의 살수들은 천지사방에 깔려 있다고는 하지만 두세 명씩
흩어져 있었기 때문에 고연진의 검이 상대하기에 충분했다. 월광검과
환검이 한 번씩만 움직이면 살수들은 우후죽순처럼 쓰러져 나갔다.

소운은 쌍아를 업고 있는 상태여서 손을 쓰기가 불편했기 때문에 전
적으로 고연진에게 의지하고 있었다. 올 때는 소운의 빠른 선월신법을
이용해 눈 깜짝할 새에 달려왔지만 갈 때는 고연진이 길을 뚫어야 하
기 때문에 시간이 더뎌졌다.

'귀문 놈들… 이렇게나 사람이 많다니. 그들이 잘 버텨줘야 할 텐
데……'

소운은 걱정스런 마음이 들었다.

*　　　　*　　　　*

하늘이 어스름하게 변하고 있었다. 날이 밝아오고 있는 것이다. 마
진은 쉴 새 없이 날아드는 검들 사이에서 왜 자신이 검을 배우지 않고
권만을 배웠는지 후회가 밀려들기 시작했다. 화무인이나 모용신지는
검을 몇 번 움직이는 것만으로 적들의 공격을 막아섰지만 무기가 없는
자신은 그것보다 배는 힘든 노력을 들여서 검을 피해야 했다. 적에게
돌진해 들어가 근접전을 펼친다면 사정이 달라질지도 몰랐으나 지금은
어떻게든 뚫리지 않게 이 자리를 지켜야 했다. 만약에 적들이 숲 속으
로 들어간다면 그 안에 숨어 있는 마차가 파괴당할지도 몰랐다.

'소운이 떠난 지 한 시진이 지났어. 아직인가?

마진은 다가오는 살수의 검을 타고 올라가 그 면상에 주먹을 내질렀

다. 살수는 고개가 뒤로 젖혀지며 그대로 날아가 버렸다. 하지만 곧 몸을 일으켜 다시 올 터였다.

"조금만 더 힘을 내요!"

모용수린은 일행의 가운데 서서 위험한 곳을 도와주고 있었다. 그것이 주로 마진이 서 있는 쪽이었지만, 그는 그것을 가지고 부끄러워할 새도 없었다.

이들이 이렇게 검은 물결 속에서 악전고투하고 있을 때였다. 멀리서부터 하나의 목소리가 들려왔다.

"돌아왔어!"

그리고 귀문의 살수들 틈 사이를 가르며 시퍼런 빛을 내뿜고 있는 환검이 일행들의 앞에 나타났다.

풍아가 그 검을 보고 소리쳤다.

"왔구나! 신지 형, 저쪽을 도와주자!"

풍아와 모용신지는 환검이 나타난 쪽을 향해 공격하기 시작했다. 환검이 지나온 자리를 뚫고 고연진이 모습을 드러냈다. 그리고 그녀의 뒤를 이어 쌍아를 업고 있는 소운까지 모습을 나타냈다.

모용수린은 숲 쪽을 보며 소리쳤다.

"영아야, 준비해 둬!"

고연진과 소운이 안전하게 방어진을 구축하고 있는 일행들에게까지 도착하자 모용수린이 말했다.

"어서 숲 속에 있는 마차로 피해요!"

고연진은 그 소리를 듣고 모용수린이 있는 곳까지 다가와 적들이 접근하지 못하도록 검을 휘둘렀다. 소운은 그녀들을 지나쳐 숲 안으로 들어갔다. 뒤이어 양 옆을 지키고 있던 마진과 화무인이 마차 쪽으로 움직였고 고연진을 비롯하여 나머지 일행들도 숲 속으로 뛰어 들어가기 시작했다.

풍아는 구름 떼처럼 몰려 있는 살수들에게 소리쳤다.

"이거나 받아랏!"

풍아의 양손에서 반월 모양의 장력이 쏘아져 나갔다. 용화장 이식분월이었다. 풍아의 손에서 나가는 장력은 강한 한기를 내포하고 있었기 때문에 일행이 안전하게 뒤로 움직일 시간을 벌어주었다.

히히히힝!

숲 안에서 네 마리의 말이 평원 쪽으로 뛰쳐나왔다. 그리고 그 말들과 이어진 마차가 덜컹거리며 모습을 드러냈다. 풍아와 고연진은 가장 뒤에 서서 귀문의 살수들이 접근하지 못하도록 장과 검을 펼쳤다. 귀문의 살수들은 벌 떼처럼 마차를 향해 몰려들었지만 마차의 주위에는 접근하지 못했다.

"달려라, 달려!"

마부가 말들을 채찍질했다. 마차는 빠른 속도로 평원을 질주하기 시작했다.

마차의 지붕 위에는 고연진과 풍아, 마진, 화무인, 모용신지가 타고 있었고 마차의 안에는 쌍아를 업고 있던 소운과 모용수린이 타고 있었다. 마차 안의 좌석에 쌍아를 내려놓은 소운은 이마의 땀을 닦아내며 안도의 한숨을 내쉬었다.

'내공이 거의 바닥나긴 했지만 무사할 수 있어서 다행이야.'

모용수린은 숨을 몰아쉬고 있는 소운의 얼굴을 바라보며 생각했다.

'소운… 이제는 놓치지 않겠어요.'

모용수린은 품속에서 손수건을 꺼내 소운에게 건네주었다.

"아… 고마워요, 모용 소저."

"별말씀을요, 낭군님."

소운은 그 소리에 안색이 변했다.

"후후……."

모용수린은 웃고만 있었다. 일단은 위기를 벗어나게 되자 웃을 만한 여력이 생긴 것이다.

지붕 위에 서 있던 풍아는 아직도 마차를 향해 달려오고 있는 적들을 보며 말했다.

"우와! 저놈들 진짜 끈질기네……."

마차의 뒤쪽으로는 수십여 명의 검은 그림자가 죽어라 뒤쫓아오고 있었다.

"이거나 한 번 더 먹어라!"

풍아는 그들을 향해 장력을 쏘아 보냈다. 마부가 말했다.

"어느 쪽으로 갈까요?"

마부의 말에 고연진이 대답했다.

"당문이 있는 쪽으로 가주세요. 지금은 거기가 가장 안전할 테니까."

"네."

비가 그치고 있었다. 그리고 아침을 알리는 여명이 조금씩 모습을 드러내고 있었다.

*　　　　*　　　　*


뱀 문신의 사내는 다 해진 옷을 입은 사내 앞에 무릎 꿇고 앉아서 머리를 조아리고 있었다.

"그래서, 그 많은 인원을 동원했는데도 놓치고 말았단 말이냐?"

"며, 면목없습니다, 소교주님."

"에잇!"

당호는 눈앞에 있는 돌을 세게 걷어차며 분풀이를 했다. 그리고 나서 몸을 홱 돌려 움직이기 시작했다.

"어디로 가시는 것입니까?"

"당문으로 돌아간다."

"소교주님, 이제 그만 본 교로 돌아오시는 게……."

"닥쳐라, 독사! 당가 놈 행세를 하기 위해 보낸 세월이 일 년이다! 더 사태를 지켜본 뒤에 복귀하도록 하겠다."

"알겠습니다."

당호는 숲을 나와 당문이 있는 방향으로 신법을 펼치기 시작했다.

*　　　　*　　　　*

당문과 가까워지자 귀문 살수들의 모습은 더 이상 보이지 않았다.

"휴우, 결국에는 돌아왔구나."

풍아가 당문의 커다란 정문을 바라보며 말했다. 마차 위에서 내린 일행들은 당문의 문을 열고 들어가기 시작했다. 소운은 쌍아를 들쳐 업고 마차 안에서 나왔다.

"누나는 어때, 소운 형?"

풍아가 물었다. 소운은 웃으며 대답했다.

"자고 있어."

“에휴~ 팔자 좋구나. 누구 때문에 이 고생을 했는데.”

풍아와 소운은 당문 안으로 들어갔다.

“얼래? 금초야, 뭐 하고 있어?”

문 안에는 금초가 사색이 된 얼굴로 서 있었다. 풍아는 금초가 있다는 것이 무척이나 반가워서 이렇게 말했는데 금초는 풍아에게 대답조차 하지 못했다.

금초의 뒤에는 그의 허리춤밖에 오지 않는 키를 하고 있는 꼬마 당혜가 서 있었다. 당혜는 쌍아를 업고 있는 소운을 보며 말했다.

“늦었네, 아저씨.”

“어? 으… 응.”

금초는 당혜가 말을 하자 깜짝 놀랐다. 그는 귀문의 살수들에게 포위당했을 때 당혜가 펼쳤던 무공을 잊지 못하고 있었다. 일곱 살 꼬마라고는 도저히 생각할 수 없는 무시무시한 암기 수법. 당혜가 손을 두 번 떨치자 주변을 감싸고 있던 살수들이 전부 쓰러져 버렸었다. 금초가 손을 쓰기도 전에 당혜가 적들을 처리해 버린 것이다.

“어어? 고 언니다! 고 언니!”

당혜는 문으로 걸어오고 있는 고연진을 보더니 신이 나서 달려갔다.

“혜아야.”

고연진은 당혜를 안아 들었다. 금초는 그런 당혜를 보며 고개를 저었다.

성도에서부터 힘든 싸움을 해왔던 일행은 이렇게 무사히 당문에 도착하게 되었다.

비룡단 일행이 당문에 도착하자 금초가 미리 말을 해두었는지 가주를 비롯하여 당문의 가신들이 전부 당문의 입구 쪽으로 달려나왔다.

그리고 그 틈에는 어느새 옷을 갈아입은 당호도 같이 있었다.

　고연진은 당혜를 안아 들고서 달려오고 있는 당호를 바라보았다. 그녀의 눈빛은 차갑게 변하고 있었다.


〈8권으로 이어집니다〉